딴따라 끼로 세계를 변화시키고 있는 모든 '예외적 개인들'에게
이 책을 바칩니다.

송해 평전

# 나는 딴따라다

오민석 지음

스튜디오 본프리

# 한 대학교수가 만난 송해

목욕탕에서 송해 선생을 우연히 만나 선생의 평전을 쓰는 '사고'를 치기까지, 벌써 사계절이 흘러갔다. 일제시대부터 2015년의 현재에 이르기까지 선생의 몸은 고스란히 한국 현대사이다. 분단 70년의 역사가 그의 몸에 그대로 새겨져 있다. 악극단 시절에서 한류 열풍에 이르는 파란만장한 한국 대중문화의 발전사가 그의 얼굴에 그려져 있다. 근 90 나이에 지금도 활동하고 있는 아시아 최고령 MC, 국보급 연예인, 일요일의 남자, 영원한 국민 오빠, 희극계의 영웅 등, 그를 수식하는 온갖 기표들은 공인으로서의 그의 존재감을 유감없이 보여준다.

그러나 내가 만난 것은 이것뿐만 아니라 이 화려한 수사修辭들 뒤에 숨겨져 있는 한 "외롭고 높고 쓸쓸한" 영혼의 분투奮鬪와 고독과 슬픔이었다. 누가 역사를 함부로 쓰는가. 선생은 온 몸으로 수차례 생명의 위기를 넘기며 고통의 한국현대사를 관통해왔다. 역사는 그에게서 어머니와 아버지와 누이동생, 형님을 빼앗아 갔으며, 연예인으로서 고독한 출세 가도를 달리는 동안 그는 하나밖에 없는 아들을 잃었다.

그는 서러운 '딴따라'로서 무수히 괄시를 받았는가 하면, '딴따라'로서 최고의 명예인 은관문화훈장도 받았다. 무대 위에서 그는 누구보다 화려하고 당당했으나, 무대 밖의 그는 외로움을 옹이처럼 품고 있는 노년이었다.

전쟁터나 다름없는 연예계에서 평생을 비정규직으로 살면서 오늘날의 '국민 MC'가 되기까지 그가 거쳐 온 투혼의 세월을 기억하는 사람은 별로 없다. 사람들은 연예인으로서 국내 최고의 지명도를 가진 그의 현재, 즉 성공의 마지막 정거장만 주목하고 부러워한다. 그러나 그가 겪어 온 위기와 고통과 절망의 세월 없이 오늘날의 그는 없다.

그러니 사람들이여, 안일한 성공을 꿈꾸지 말라. 내가 주목하는 것은 그가 한국현대사와 더불어 늘 위태로운 길을 걸어오면서도, 인간으로서 숭고한 여러 가치들을 잃지 않았다는 거다. 잃기는커녕 그가 겪어 온 위기의 세월은 그를 더욱 웅숭깊은 '인간'으로 만들었다.

내가 보기에 선생은 누구보다 정이 많고 사랑이 넘치는 분이다. 그의 눈물이 그것을 말해주고 그의 말투가 그것을 알려준다. 그의 다정다감은 타자의 삶에 대한 깊은 이해에서 비롯되는데, 그 이해는 궁핍과 고통의 세월을 겪은 자만이 가질 수 있는 특권이다. 그의 사랑은 특히 가난하고 못 배우고 부족하고 약한 사람들을 향해 있는데, 이는 그처럼 세속적 명예의 꼭대기에 있는 연예인에게 쉬운 일이 아니다. 그가 무대 밖에서 어깨의 힘을 다 빼고 얼마나 소박하고 소탈한 삶을 영위하는지 이 책을 읽어보면 알게 될 것이다.

선생은 또한 원리원칙에 매우 충실하다. 삶에 대한 그의 이러한 태도는 그를 늘 위기로 몰고 갔으며, 동시에 그의 오늘날을 있게 한 원동력이다. 타협과 술수가 판치는 세상에서 누가 올곧은 원칙을 지키며 살 것인가. 그 길을 가는 자에게 고통이 있을 것이며, 그 고통이 또한 그를 키울 것이다. 그는 밥벌이의 위기 앞에서도 할 말은 하고 살았으며, 이것이 그에게 범접하기 힘든 어떤 아우라, 카리스마를 키워주었다. 위기를 두려워하는 자는 아무 것도 얻지 못한다.

그는 또한 완벽을 지향하는 대중예술가이다. 선생은 완벽을 방해하는 모든 것과 싸웠다. 그는 누구보다 자기 자신과 싸웠다. 그는 자신의 약한 몸과 싸웠고, 오차를 쉽게 용납하는 안일한 정신과 싸웠다. 그가 무대에서 보여주는 절대적 몰입의 경지는 고급예술만이 아니라 대중예술의 영역에도 숭고미sublimity가 존재한다는 것을 절절하게 알려준다. 이른바 '송해 투혼'은 완벽을 지향하는 그의 동력이다.


이 책을 쓰는 과정에서, 이야기를 하는 선생도 그것을 듣는 나도 참 많이 울었다. 다행이다. 나만 울보인 줄 알았는데 송해 선생님도 울보이셨던 거다. 말하자면 이 책은 울보들의 이야기인데, 나는 그 와중에 대상과 거리를 가지려고 무진장 애를 썼고, 선생의 '매혹'이 그것을 번번이 무너뜨렸다. 매혹과 거리 사이의 아슬아슬한 긴장의 결과가 이 책이다.

그러나 선생과 나 사이에 어떤 태생적인 '딴따라' 기질이 서로 통하였음을 이 자리에서 고백하지 않을 수 없다. 나는 영문학을 연구하는 대학교수이지만 시를 쓰는 딴따라다. 송해 선생님과 내가 겹쳐지는 이 딴따라의 영역이 나는 자랑스럽다. 딴따라는 모든 형태의 구속과 닫힘과 결정을 거부한다. 우리는 영혼이 자유로운 자들이다.

펜은 내가 잡고 있었지만, 이 책의 9할은 송해 선생님의 생애가 쓴 것이다. 눈코 뜰 새 없이 바쁜 와중에도 아낌없이 시간을 내주셨던 선생님께 깊이 감사드린다. 또한 이 책이 완성되기까지 가히 무제한의 지원으로 나를 감동시킨 출판사 스튜디오 본프리의 김승현 대표와 편집부의 식구들에게도 따뜻한 감사의 인사를 전한다. 부디 이 책이 널리 읽혀서 이들의 노고가 송해 선생님의 생애와 함께 빛나기를 바란다.

이 책의 말미에도 썼지만, 송해 선생님과 동시대를 살아서 기쁘고 행복하다. 이 환희가 오래 오래 지속되기를 바라는 것은 나만의 바람이 아닐 것이다.

2015년 4월 12일
교동 우거寓居에서

# 우연한 만남

누추한 행색의 노인들, 짐꾼들이
주섬주섬 일어나 선생께 아는 체를 한다.
반갑게 인사를 받으며 선생은
"이 사람들이 다 내 친구들이야"
라고 말한다.

나는 이 책에서
송해 선생님을 다양한
호칭으로 부를 것이다. 객관적
기록을 요하는 맥락에서는 별도의 존
칭을 사용하지 않을 것이며, 문맥에 따라 선
생(님), 형(님), 오빠(오라버니), 아저씨, 어르신, 할
아버지(할배) 등, 지금까지 대중들이 그에게 선사한 모든
명칭들을 다 사용할 것이다. 왜냐하면 그는 이 호칭들만큼이나 다
양한 존재성의 소유자이고, 이것이야말로 그가 대중들과 맺고 있는 관계
의 폭넓은 스펙트럼을 보여주기 때문이다. 그는 나이, 남녀노소, 지위고하를 불
문하고 우리 시대, 우리 대중들의 다정한 오빠이고, 형님이고, 아버지이고, 할아버지이
고, 선생님이고, 어르신이다. 대한민국에 이런 사람 또 있으면 어디 한번 나와보라. 이것은 송
해 선생만이 가지고 있는 유일무이한 특성이다.

# #1 과거. 인사동 수도약국 골목

인사동 수도약국 옆 골목에 가을 햇살이 마른 명주실처럼 따뜻하다. 저 앞에 송해 선생이 오고 있다. 텔레비전에서 자주 봐 눈에 익은데, 문제는 저 분이 송해 선생이라는 사실이 이상하게 떠오르지 않는다는 거다. 한눈에도 점잖고 인자한 풍모이다. 나는 저 분이 내 아버지의 친구이거나 아니면 먼 친척 혹은 초등학교 때 교장 선생님, 어쨌든 내가 잘 알고 있으나 당장 누구인지 도무지 생각이 나지 않는, 그러나 반드시 인사는 드려야할 어른이라고 생각한다.

드디어 선생과 마주친다. 나는 마치 잘 아는 어르신께 하듯이 "안녕하세요?" 하고 넙죽 인사를 한다. 송해 선생께서도 만면에 미소를 띠고 고개를 숙여 인사를 받는다. 그러면서 서로 스쳐지나가는 사이, 그러니까 선생이 나를 막 가로질러 가는 순간, 아, 나는 그제야 이 분이 송해 선생이라는 것을 깨닫는다. 얼른 뒤돌아보니 그는 아무 일 없었다는 듯 휘청휘청 가고 있다. 푸르고 푸른 인사동의 가을 햇살 아래, 나는 우리 시대의 한 아이콘을 이렇게 찰나에 놓치고 말았다.


# #2 현재. 낙원동 한 사우나

그로부터 20여 년이 지나도록 텔레비전 외에 송해 선생을 만날 기회는 없었다. 나는 일요일마다 늘어진 소파에 늘어지게 누워 손바닥으로 허벅지 장단을 쳐가며 〈전국노래자랑〉을 시청하였고, 그와 함께 늙어가는 나를 지켜보았다. 그는 나보다 훨씬 더디 늙었으며, 인사동 골목에서 우연히 선생과 마주쳤을 당시 30 중반이었던 나는 어느덧 50 중후반의 중늙은이가 되어버렸다.

서울에 살 때 나는 이 대도시의 소음과 번잡함을 싫어하였다. 그러나 서울 근교로 내려와 산 지 20여 년이 지난 요즈음 나는 서울의 복잡함과 그 안의 활력을 즐기는 촌놈으로 바뀌었다. 내가 근무하는 대학이 용인 수지로 이전한 후에 이런 증세는 더욱 심화되었다.

요즘 내가 서울에 갈 일은 주로 벗들과 한잔 걸치기 위해서이다. 나는 친구들과 대포 한잔 하며 낄낄거릴 때가 가장 즐겁다. 모임이 있을 때마다 나는 약속 시간보다 보통 두어 시간 먼저 인사동으로 가는 버릇이 있다. 모처럼의 서울나들이를 한가롭게 즐기기 위해서다. 나는 탑골공원 뒤쪽에 무수히 들어서 있는 싸구려 이발소에서 3,500원을 주고 이발을 하거나 낙원동에 있는 사우나에서 목욕을 하기도 하고, 인사동으로 진입하기 전에 2,000원짜리 시래깃국밥을 사먹기도 한다.

세계자본주의의 또 다른 중심인 서울 한복판에서 탑골공원 뒷골목과 낙원동을 점거하고 있는 가난한 노인들에 의하여 자본은 말도 안 되는 저렴한 가격으로 상품을 팔아야 하는 치욕을 경험한다. 어르신들 만쉐이!!!

보라, 탑골공원 주변의 가난한 노인들에 의해 무너진 자본주의의 물가 시스템. 송해는 2,000원짜리 '시래깃국밥'의 애용자다.

그날도 나는 이발을 하고 나서 낙원동 뒷골목에 있는 ○○사우나로 들어갔다. 그전에는 근처의 규모가 큰 ××사우나를 즐겨 애용했는데, 얼마 전 우연히 ○○사우나에 한번 들른 후에는 가끔 이곳을 찾는다. 지하 150미터에서 올라오는 암반수가 아주 좋다. 이곳은 사우나라는 이름에 어울리지 않게 규모도 아주 작고 실내도 낡은 시골 목욕탕처럼 생겼다.

그곳에서 일하는 때밀이 아저씨나 이발사 아저씨들도 어디 시골 읍 소재지 사람들처럼 꾸밈없고 수더분하다. 나는 '비까번쩍한' 사우나보다 이런 곳이 훨씬 더 편하다. 존엄한 인간이 공간에 기 죽어서야 되겠는가.

탈의실의 작은 평상에 앉아 옷을 벗어 라커에 넣고 탕 안으로 들어가려던 찰나, 아. 거기, 목욕을 끝내고 옷을 막 걸친 송해 선생이 내 쪽으로 걸어 나오는 것이 아닌가. 하필이면 목욕탕에서의 조우라니! 나는 또 넙죽 인사를 드렸다. 이번에는 이 분이 송해 선생이라는 것을 바로 알아본 것이다(나도 정신이 들 때가 있다).

이렇게 해서 나는 근 20여 년 만에 낙원동의 한 목욕탕에서 선생을 다시, 그것도 우연히 만난 것이다. 실오라기 하나 걸치지 않은 나는 무엄하게도 선생 앞에서 불알을 덜렁거리며 마침 그 무렵 출판된 내 첫 시집《기차는 오늘 밤 멈추어 있는 것이 아니다》개정판을 꺼내어 사인을 한 후 선생께 드렸고, 선생은 내가 내민 어떤 책—바흐친Mikhail Bakhtin의 카니발 이론에 관한 영어판 원서—의 뒷면에 당신의 사인을 해주었다.

# #3 현재, 낙원동 사무실

　선생의 주민등록상의 나이는 2015년 현재, 우리나이로 89세이다. 올해 90이라는 소문도 많지만 그는 정확히 1927년 4월 27일 생이고, 부인 석옥이 여사는 일곱 살 연하이다. 현재 부인과 둘이 ○○동의 어느 아파트에 살고 있고 두 딸도 인근에서 살며 가족 간 왕래가 잦다. 부인께서도 건강한 편이어서 80 초반의 나이에도 천하의 송해 선생을 내조하는 데 아직까지는 큰 지장이 없다. 큰 딸은 올해 환갑이 지났고, 명문여대 영문학과를 나온 장손녀는 20 후반의 전문직 여성이다. 둘째 딸에게는 여덟 살짜리 손녀와 5학년에 재학 중인 손자가 있다.


　군 제대 후 유랑 악극단의 광대로 떠돌던 시절, 노래, 연기, 사회(오늘날의 MC), 이 세 가지를 다 잘하지 못하면 바로 잘렸다고 한다. 한정된 자원으로 악극단을 꾸려나가자니 모든 단원들에게 초인의 재능을 요구하던 시기의 이야기다. 그는 여기에서 가수, 연기자, 사회자의 자질을 모두 겸비한 만능 엔터테이너로서 '지옥 훈련'의 과정을 거친다. 목구멍이 포도청인 시절의 이야기다.

　내가 볼 때 현재 살아 있는 세대 중 송해 선생 세대(내 아버지 세대다!)야말로 가장 불행한 세대였던 것 같다. 그들은 태어나자마자 자신의 의지와 무관하게 식민화된 조국에 (마르틴 하이데거의 표현을 빌면) '내던져졌으며', 해방되자마자 분단체제 안에 강제로 편입되었고, 동족상잔의 한국전쟁 속에서 생지옥, 아수라장을 겪었다. 저마다 자기 세대가 불행하다고 엄살을 떨지만 내 세대만 해도 송해 선생 세대에 비하면 잘먹고 잘 살았다.

우리 세대도 이념의 전쟁을 경험했으나 주로 책을 통해 겪었다. 송해 선생의 세대는 이념의 칼질을 몸으로, 목숨을 내놓고 겪었다. 이념 때문에 전쟁을 겪었고, 생사의 기로에 섰었고, 이념 때문에 가족들과 생이별을 했다. 게다가 일제시대까지 겪었으니 송해 세대의 불행과 불운은 그 뿌리가 깊다.

초등학교 시절 어린 몸으로 일본군과 순사들 말을 먹이기 위해 풀(마초) 뜯는 일에 허구한 날 동원되었다는 일화는 얼마나 기가 막히는 이야기인가. 초딩 자녀를 둔 요즘 부모들에게 경찰과 군인들 말먹이를 위해 자기 자식들이 들판에 나가 하루 종일 풀을 뜯어야하는 일이 벌어진다면 말 그대로 난리가 날 것이고, 전국의 초등학교는 무기한 폐교상태에 이르고 말 것이다.


첫 만남에서 송해 선생은 내게 "생애 전체가 공포"였다고 고백했다. 정전 후에도 소위 '딴따라'의 생활은 불안정하기 이를 데 없어서, "3년 앞을 보장할 수 없는" 인생이 계속되었다고 한다. 푸대접 받던 딴따라가 이제는 최고로 선망 받는 직종이 되어버린 요즈음에도 송해 선생은 가끔 엉뚱한 봉변을 당한다.

늦은 밤 전철을 타고 귀가하다 보면 취객들을 흔히 만나는데, 그들은 연예인을 자기들 멋대로 취급해도 좋은 무슨 장난감 정도로 안다.

"당신 같은 사람이 전철을 타니 전철이 만원이지"라는 취객의 봉변에 그는 "죄송합니다"라고 응수하고 전철에서 내려 다음 열차를 기다린다. 그런 사람을 하루에 무려 세 번씩 만나는 경우도 있다. 천하의 송해가 말이다. 그러니 연예인들 함부로 차지 마라. 그들도 인간이다. 그들도 늦은 밤, 피로에 지친 시민들과 더불어 생의 굴곡에 흔들리며 전철을 탈 권리가 있는 것이다. 그들도 아프다.

그는 근 30년 전에 오갈 데 없는 원로 연예인들의 사랑방 역할을 하는 '원로 연예인 상록회' 사무실을 열었다. 낙원동 어느 건물의 3층에 있는 사무실엔 여직원(실장) 한 명이 상근하고, 이제는 은퇴하여 세상으로부터 잊힌 원로 연예인들의 발길이 끊이지 않는다. 그들은 이곳에 모여 점당 100원짜리 화투를 치기도 하고 마작을 두기도 하며, 저녁때가 되면 화려해서 더욱 슬퍼진 과거를 회상하며 우르르 몰려가 대폿잔을 기울이기도 한다.

물론 술값은 거의 언제나 송해 선생 책임이다. 원로 연예인 다수의 노년은 대체로 불행한 경우가 많다. 어떤 사람은 1급 생활보호대상자로, 어떤 사람은 행려병자로 세상을 마감한다. 장례를 치를 가족이 없어 송해 선생이 장례 절차를 총괄하며 사자를 다독여 저 세상으로 보내기도 한다. "왜 선생님이 그런 일을 다 해야 하지요?"라는 나의 질문에 그는 "그럼, 어떻게 해. 이 나이에 버는 사람이 나밖에 없는데"라고 답한다.

점심을 먹기 위해 선생과 인사동 입구의 갈비탕 집으로 이동 중, 낙원 상가 옆 허름한 길바닥에 앉아 있거나 더러 누워 있던 누추한 행색의 노인들, 짐꾼들이 주섬주섬 일어나 선생께 아는 체를 한다. 반갑게

상록회 사무실에서 활짝 웃고 있는 송해.
뒤쪽에 2012년, 그에게 '대한민국 광고대상 최고 모델상'을 안겨준 기업은행의 광고 포스터가 보인다.

인사를 받으며 선생은 "이 사람들이 다 내 친구들이야"라고 말한다. 그는 낙원동 생활 근 30년의 터줏대감이다.

점심으로 갈비탕을 시키니 통김치가 반찬으로 나왔는데, 우리 '송해 할아버지' 가위를 들고 그것을 직접 자르신다. 긴 만남으로 보면 거의 초면의 첫 점심식사인데 이럴 수는 없다고 해도 선생은 끝내 거부하고 김치를 마저 다 자른다. 점심 식사 후 사무실로 돌아오는 와중에도 여기저기서 행인들이 선생을 반긴다.

사무실에 거의 도착했을 무렵, 대구 수성동에서 왔다는 아주머니 둘이 "송해 선생님" 하고 선생을 불러 세운다. 아까부터 우리 뒤를 쫓아왔단다. 선생은 그들과 사진을 찍고 몇 가지 친절한 안부를 물은 후 보낸다. 단 한 차례 선생과 우연히 만나 사진을 찍은 것만으로도 그들은 지상 최대로 행복한 표정이다. 선생을 만났다는 자랑이 최소 6개월은 갈 것이다. 존재 자체가 '보시普施'인 인생이 여기에 있다. 그래서 그는 만수무강할 '의무'가 있다.


사무실에서 선생의 사진을 여러 장 찍고, 셀카로 선생과 사진을 찍는다. 집에 돌아와 보니 프로와 아마의 수준이 너무나 분명하여 경악을 금치 못하겠다. 선생의 사진은 수십 장 중 그 어느 것에서도 안면의 긴장이 전혀 느껴지지 않는다. 카메라와 팬들의 시선 앞에서 60년 이상 단련된 자만이 보여줄 수 있는, 그야말로 자연스러움의 극치였다.

그런데 선생과 찍은 단 한 방의 내 사진은 얼굴 가득 경직된 근육으로 꽉 차 있다. 아까워 삭제하지도 못하니 이를 어찌할꼬. 아, 나는 언제 매사에 '자연'의 경지에 오를 수 있을까. 어쩌다 만취 상태나 되어야 술의 힘을 빌려 겨우 '합자연合自然'하는, 환갑을 이제 3년 앞둔 내 얼굴이 훅 달아오른다.

다음 약속을 잡고 함께 ○○사우나로 이동한다. 선생과 우연히 처음 마주쳤던 곳이다. 송해 선생의 대표적인 건강관리법은 소위 BMW(Bus 버스, Metro 지하철, Walking 걷기)로 알려진 바, 대중교통을 이용해 최대한 많이 걷는 것과 목욕탕에서 매일 냉온탕을 번갈아 하는 것이다. 그는 유명세를 톡톡히 치르는 대스타임에도 불구하고 생판 남들과 발가벗고 목욕하는 것을 전혀 개의치 않을 정도로 소탈하다.

이 시골스러운 목욕탕은 그래서 그런 그에게 잘 어울린다. 그는 〈전국노래자랑〉 녹화를 갈 때도 하루 전에 미리 내려가 그 지역의 목욕탕에 들러 사람들과 담소를 나누는 일을 빼먹지 않는다. 현지인들의 분위기를 생생하게 파악하고 느끼고 소통할 수 있는 가장 좋은 방법이란다.

그는 먼저 열탕에 들어가 땀이 흐를 때까지 몸을 덥힌다. 함께 있던 내가 숨이 차서 더 이상 견디기 힘든 상황이 되었을 때, 선생은 아무렇지도 않다는 표정으로 열탕에서 나온다. 그러고 나서 목욕탕 벽의 모서리에 등을 부딪히며 셀프 안마를 한다. 다음으로 냉탕에 들어가 몸을 식히며 꽤 오랫동안 스트레칭으로 몸을 푼다.

이 사우나의 냉탕 벽엔 수도꼭지가 두 개 달려 있는데 선생은 물속에서 그 수도꼭지를 잡고 몸을 앞뒤로 당기며 팔운동을 한다. 90에 가까운 노년에도 불구하고 날렵한(?) 힘이 느껴진다. 내가 장난스레 다

가가 "선생님, 이러다가 수도꼭지 다 뽑히겠어요"라고 했더니, "이거 한 이백 번쯤 하면 트림이 나와"라는 답변이 돌아온다. 소화가 잘 된다는 이야기다.

시험 삼아 송 선생과 똑같은 시간을 냉탕에 함께 있었더니 젊은 내가 몸이 으슬으슬 떨려오는데 선생은 끄떡도 없다. 그는 한겨울에도 예외 없이 냉탕욕을 한다고 한다. 몸무게가 75킬로쯤 나가지 않느냐고 물으니 68킬로란다. 비슷한 키의 나와 몸무게도 비슷하다. 그날 내 몸무게는 정확히 68.1킬로였다. 그래서 "의외로 날씬하시네요"라고 했더니 크게 웃는다.

탈의실로 나와 그가 수건으로 물기를 닦는 동안 때밀이 아저씨가 그의 등에 스킨로션을 발라준다. 잠시 후 이발사 아저씨가 선생을 앉혀놓고 머리를 손질한다. 그는 30여 년 전 합정동의 어느 이발소에서도 선생의 머리를 두어 번 손질한 적이 있는데 지금도 선생의 두부에 있는 작은 흉터의 위치까지 정확히 기억하고 있다.

드라이가 끝나면 그는 항상 송해 선생에게 "예뻐지셨습니다"라고 말한다. 그러면 선생은 "예뻐지게 해줘서 고마워요"라고 응답하는데 이것이 매번 이곳에서 이발을 한 후 이들이 주고받는 인사법이다. 놀라운 것은 국내 최정상의 연예인인 송해가 무대에 설 때의 헤어스타일이 바로 이 이발소의 작품이라는 것이다.

생각해보라. 이발료가 3,500원, 염색료가 5,000원이다. 탑골공원 뒷골목 낙원동에는 이런 이발소가 여러 개 있는데, 강남의 연예인 전용 헤어살롱에서 수십만 원씩 주고 머리손질을 하지 않고도 그는 멋진 모습으로 무대에 설 줄 안다.

그는 기획사도, 로드매니저도, 그 흔한 코디도 없이 원로 연예인들의 사랑방 역할을 하는 상록회 사무실에 직원 한 명 달랑 두고 모든 일을 직접 한다. 지방 공연이 있을 때는 집에서 전철을 타고 서울역까지 가서 KTX로 이동한다. 상록회 사무실 문을 연 지가 근 30년, 이 직원이 이곳에 근무한 지도 근 20년이 다 되어간다. 그나 직원이나 한결같고 변함없다.

# #4 현재

송해 선생 사무실에서 상록회 직원인 조○○ 선생, 방문 중이던 양희봉 팝스오케스트라 단장과 함께 근처 식당에서 '돼지 불백 백반'을 시켜 먹었다. 선생은 반찬으로 나온 부침개를 집어 다른 사람들 밥숟갈 위에 일일이 올려주었다. 선생은 그 후에 나와 함께 하는 여러 자리에서도 거의 항상 당신 음식을 덜어 내 밥그릇에 옮겨놓곤 했다.

양희봉 팝스오케스트라는 몇 년 전 장안의 화제를 불러 일으켰던 송해 단독콘서트 〈나팔꽃 인생 60년-송해 빅쇼〉의 음악을 담당했던 악단이다. 송해 선생은 만 84세의 나이로 2011년 9월 12일 서울 장충체육관에서 이 공연을 시작했는데, 2013년 5월 8일 KBS홀에서 대장정의 그 화려한 막을 내릴 때까지 햇수로는 무려 3년간, 서울, 수원, 대전, 안동, 제주, 광주, 의정부 등 전국 18개 지역에서 총 42회의 공연을 했다. 1회 공연 때부터 거의 전석 매진이었다.

빅쇼 투어를 마치었을 때 그의 나이 86세였다. 수많은 아이돌 그룹의 부침으로 점철되어온 한국 대중 연예사에 길이 남을 이 기록은 현재 활동 중인 후배 연예인들에게도 소중한 목표이자 귀감이 될 것이다.

송해 빅쇼가 세종문화회관에서 열렸을 때 많은 언론들이 이를 "희극인으로서 최초의 세종문화회관 공연"이라는 제목으로 보도했는데, 이는 송해 선생으로서는 영광스러운 일이겠지만 거꾸로 한국사회가 '코미디언'으로 상징되는 대중문화를 그동안 얼마나 천대해왔는지를 보여주는 사건이 아닐 수 없다. 도대체 세종문화회관이 뭐기에 코미디언은 그곳에서 공연을 할 수 없다는 말인가. 이 편견의 위계는 어디에서 시작되는가.


유랑극단의 '광대'로 시작해 오늘날에 이른 송해 선생의 '성장기'는 그대로 한국 대중 연예사의 굴곡어린 변화의 과정을 보여준다. 낄낄거리며 대중문화를 즐기면서 다른 한편으로는 그들을 '딴따라'로 천시해온 한국사회는, 이제 '딴따라'가 자본과 결합하면서 최고의 돈벌이 직업이 되자 선망의 갈채를 보내고 있다.

수많은 십대 청소년들이 가수, 댄서, 영화배우, 개그맨으로서의 미래를 꿈꾼다. 전국 대학의 연극영화학과와 실용음악과는 최근 들어 사상 최고의 경쟁률을 보이고 있다. 우리 시대가, 우리 사회가 도대체 언제부터 '딴따라'들을 이렇게 존경해왔는가.

내가 볼 때 한국의 대중문화는 그 막강한 영향력에 비해, 적어도 국가 행정 단위에서는 여전히 홀대당하고 있다. 예술의 전당, 세종문화회관 같은 최고 공연장의 문은 대중예술가들에게 잘 열리지 않는다. 국립국악원은 있어도 국립희극원은 없으며, 세종문화회관이나 예술의 전당에 버금가는 대중예술 공연장도 없다. 사실 대중예술은 실컷 가지고 놀다가 버리면 그만인 것쯤으로 치부되고 있고, 연예인들 역시 그 소비자들인 대중들로부터 이런 대접을 받고 있다.

대중문화에 대한 학문적 연구의 역사와 성과 역시 빈약하기 짝이 없다. 영국의 대학들이 이미 1940~50년대부터 대중문화에 대한 연구 성과를 축적해왔으며, 근 30여 년 전부터 미국 대학의 영문학과들이 앞다투어 대중문화를 연구해온 것과는 사뭇 다른 판이다.

대중문화와 연예인들을 선전도구로 활용하지 않은 정권이 없지만, 그들의 복지나 인권에 대해 진지한 고민을 보여준 정권은 거의 없다. 비판적 문화연구자들에게도 대중문화는 현실을 호도하는 '나쁜 기제'로 이해되며, 대중문화가 대중들의 삶과 맺는 그 '치정凝情처럼 끈끈한' 관계에 대한 깊은 인식은 대체로 부족하다.

내가 영문학자로서, 시인으로서, 문학평론가로서 '송해'라는 문화 텍스트를 읽고 해석하는 것은 바로 이런 맥락에서이다. 대중문화는 대중들과 떼려야 뗄 수 없는 관계에 있다. 대중들이 중요한 만큼 대중문화도 소중하다. 대중문화는 기록되어야 하고 연구되어야 한다.

KBS〈가요무대〉녹화 전, 대기실에서 송해와 필자

# #5 현재. 인터뷰 첫날

본격적인 인터뷰 첫날. 오늘은 선생을 아침 아홉 시부터 만나 가족사와 관련된 이야기를 주로 나누었다. 내가 전날 전해준, 내가 쓴 인물이야기 책들을 손자가 오늘 꼭 읽기로 약속했다고 한다. 오늘 다시 내가 쓴 인물이야기 중 유일한 스테디셀러인 《세상을 지도 안에, 김정호》를 사인해서 주었다.

2003년 8월 11일, 평양 모란봉 공원 야외무대에서 개최되었던 〈전국노래자랑〉 이야기를 나누다가 화제가 자연스레 근 65여 년 전에 생이별한 송해 선생의 모친과 누이동생으로 옮겨 갔다. 살아 있다면 승용차로 30분이면 달려가 그들을 만날 수 있었음에도 불구하고 선생은 이 절호의 기회를 스스로 포기했다고 한다. 만에 하나 그들에게 피해가 갈까봐 그랬다는 것이다.

갑자기 분단체제에 대한 온갖 소회가 한꺼번에 다 밀려왔다. 분단은 가족 간의 생이별이라는 수많은 비극적 개인사의 원인이었을 뿐만 아니라, 최근까지도 한국사회를 이념의 질곡에서 한 치도 벗어나지 못하게 만드는, 전 세계에서 한국에만 있는 불온한 부적이고 올가미이다.

선거 때마다 등장하는 '색깔론'도 그것을 악용하는 집단에게는 분단체제가 가져다준 기가 막힌(!) 선물이 아닌가. 분단체제를 역이용하는 사람들에게 통일은 영원히 오지 말아야할 손님 같은 것이다. 분단체제가 극복되기 전까지 나는 한국사회에 있어서 소위 철학 혹은 사상의 '대중적' 발전을 기대하지 않는다. 그것은 우리 모두의 '주홍글자'이고, 저주의 부적이고, 아픈 상처이다.

이런 생각을 하며 나는 문득 혼잣말처럼 "전 세계의 유일한 분단국가에서나 있을 수 있는 슬픈 이야기군요"라고 중얼거렸는데, 이 대목에서 주책없이 눈시울을 붉히고 말았던 것이다. 그리하여 약 15초 정도 인터뷰가 중단되는 사태가 발생했는데, 곧이어 선생의 입에서 이산의 역사가 직접 구술되면서 선생의 눈자위가 붉어지더니 늙고 지친 그의 눈가로 눈물이 끊임없이 흘러내렸다.

어느 책에선가 데리다Jacques Derrida는 데카르트René Descartes를 패러디하면서 '나는 애통해한다, 고로 존재한다(I mourn therefore I am)'고 하였다. 송해 선생은 이후에 나와 나눈 거의 모든 대담의 자리에서 거의 항상 눈물을 보였다. 평소에 워낙 질질 잘 짜는 나도 덕분에 수도 없이 함께 울었다. 데리다의 말마따나 애통이 존재의 이유라면 세상은 도대체 얼마나 많은 슬픔으로 가득 차 있다는 말인가. 그러나 슬픈 대상 앞에서 아무나 애통해하는 것이 아니다. 애통도 특권이다. 사랑 없이 애통도 없기 때문이다.

이제 90살을 눈앞에 둔 송해 선생은, 근 65년 전에 생이별한 어머니 이야기만 나오면 어느 자리에서나 예외 없이 눈물 바람이다. 남인수의 〈가거라 삼팔선〉만 불러도 벌써 목이 메고, 손인호의 〈한 많은 대동강〉은 반도 채 건너기 전에 눈시울이 붉어진다.

한참 이야기를 경청하다가 나는 그가 깊은 슬픔에서 허덕이는 것을 더 이상 볼 수 없어 화제를 술로 옮겼다. 소문난 애주가인 선생에게 평소의 주량을 물어봤더니 "소주 한 병 마시면 아쉽고, 두 병 반쯤 마시

필자와 대화 중 고난의 과거를 회상하며 눈물을 흘리고 있는 송해. 이 와중에 이 사진을 찍은 나는 얼마나 '지독한' 취재자인가?!

면 더 마시고 싶어져"라는 답이 돌아왔다. 허걱. 이것이 도대체 90 연배의 '할배'가 할 소리인가 말이다. 그러면서도 "술을 매일 마시면 건강에 좋지 않아. 그저 일주일에 세네 번이 딱 좋지"라고 하는데, 헉, 그러면 하루걸러 매일 마시는 게 좋다는 이야기? 송해 선생의 술에 관련된 이야기들은 나 같은 내로라하는 술꾼조차 엄두도 못 낼 전설적인 일화들이 많다.

방송인 이상벽이 제주도에서 어떤 행사를 마친 후, 선생과 새벽녘까지 술을 마신 적이 있다. 아침에 일어난 이상벽은 필름이 완전히 끊긴 상태여서 전날 밤 도대체 자기가 어떤 몰골로 호텔에 들어왔는지 갑자기 궁금해졌다. 프런트에 물어보니, 세상에… 그 새벽에 이상벽보다 스무 살이나 많은 노구의 송해가 이상벽을 업고 들어오더라는 것이었다. 이상벽 역시 연예계의 소문난 술꾼이라는 사실을 염두에 두면 송해 선생이 얼마나 대단한 '주신령酒神靈'인지 알 수 있다.

한번은 지방 녹화를 끝낸 후에 언제 끝날지 모르는 술자리에 지친 스태프들이 하나 둘 여관방으로 도망친 적이 있다. 선생이 방마다 돌아다니며 문을 두드려도 쥐 죽은 듯이 조용했다. 한마디로 더 이상 마시고 싶지 않았던 것이다. 선생은 프런트에서 비상키를 가져다 방마다 돌아다니며 문을 따고 장롱, 욕조 등에 숨어 있던 스태프들을 찾아 질질 끌고 다시 술집으로 갔으니, 아, 가련한 스태프들이여, 사랑이 깊으면 술병도 깊어지니 널리 이해하시라.

선생은 술잔을 받고 나서 술을 몰래 따라 버리는 장면들도 놓치지 않고 잡아냈는데, 한번은 코미디언 이용식이 그날따라 컨디션이 좋지 않아 탁자 아래 냉면 대접에다 받은 술을 슬쩍슬쩍 버리며 술을 마셨다. 술자리가 끝날 무렵, 선생께서 "자, 다들 실컷 마셨지? 만족해?"라고 묻자 모두들 고개를 끄덕이던 순간이었다. 송해 선생이 이용식에게 다가가더니 탁자 아래 술을 따라 놓은 대접을 꺼내드는 것이 아닌가? 이용식이 사색이 된 얼굴로 선생을 쳐다보자 선생은 아무렇지도 않은 듯이 "자네는 술을 모아서 마시나보지?"라고 하는 것이 아닌가. 그날 이용식은 자신이 몰래 따라 버린 소주를 '원샷'에 대접으로 마시고 저승길(?)로 갈 뻔했다나 어쨌다나.

자, 이제 1927년 어느 날의 황해도로 돌아가자.

# 재령에서 부산까지

어머니는 어떤 불길한 예감을 했는지
"이번에는, 조심하거라"라며
아들을 보냈다.
그것이 마지막이었다.

유년의 기억

# #6 과거. 1927년 4월 27일. 황해도

송해는 은진 송씨로 1927년 4월 27일, 황해도 연백군 해월면 토현리에서 송제근과 박신자의 7남매 중 막내아들로 태어났다. 송해가 남하할 때는 7남매 중 위로 8~9세 연상의 형님과 아래로 7~8세 연하의 여동생만 생존해 있었다. 막내 여동생은 아들을 낳으라는 의미로 남자이름을 붙여주었는데, 그 이름이 송감태宋甘泰였다.

송해가 태어날 무렵은 1919년 3·1운동 이후 일제가 강점 초기의 무단통치에서 소위 '문화정치'로 조선에 대한 통치방법을 유화, 회유 방식으로 전환한 지 8년 정도 지난 시점이다. 그로부터 4년 후인 1931년, 일제는 만주사변을 일으키면서 '문화정치'를 버리고 조선을 병참기지화하며 노골적인 민족말살통치를 재개한다. 창씨개명, 강제징용,

정신대 동원 등 야만적인 정책들이 송해가 네 살이었던 1931년 이후 시작되어 해방직전까지 실행되었다. 그러니까 송해는 일제가 가장 혹독한 야만적 통치를 하던 시절에 유년을 보낸 것이다.

1927년, 송해가 태어나던 해에 신간회가 창립된다. 신간회가 좌우익이 합작하여 결성한 대표적인 항일단체라는 것을 고려하면, 그 이전에 항일독립운동이 이미 우익 민족주의, 좌파 사회주의 등 다양한 방식으로 발전하고 있었음을 알 수 있다. 3·1운동 이후 급속히 발전하던 항일운동은 1922~1923년 사이에 민족주의 계열에서 사회주의 운동이 분리돼나가면서 더욱 다양한 양상을 드러내는데, 이 과정을 통해 민족주의와 사회주의 진영들 사이의 갈등과 대립도 첨예화된다. 신간회는 좌우 양쪽이 이런 문제의 심각성을 통감하고 오로지 항일, 독립을 위해 서로 대동단결할 필요에서 조직되었으나 내부갈등을 극복하지 못하고 불과 4년 후인 1931년, 해체되고 만다.

어찌됐든 일제 치하 탈식민 민족해방운동의 과정에서 생겨난 사상적, 이념적 갈등은, 해방직후 소련과 미국의 한반도 진주, 한국전쟁, 분단의 유구한 세월을 거치면서 오늘에 이르고 있다. 만일 분단이 되지 않았더라면, 이와 같은 사상적 갈등은 오히려 대중적 성숙의 과정을 거치면서 우리 사회를 더욱 건강하고 균형 있게 만드는 소중한 자양분이 되었을 것이다.

새는 두 날개로 난다고 하지 않았던가. 그러나 분단체제는 사상의 자연스럽고도 건강한 성장을 현실적으로 불가능하게 만들고 있으며, 이념과 사상은 다양한 이익집단들의 사기와 기만, 당리당략의 끝없는 속죄양으로 '왜곡'당하고 있다.

일제 치하에서 태어나 한국전쟁과 분단의 과정을 거치며 늙어온 '송해 세대'는 온전히 이 과정의 피해자들이다. 이 과정에서 수많은 사람들이 죽어나갔으며, 가족들 간의 생이별을 경험하였고, 고향을 떠나 만주로, 간도로, 연해주로, 일본으로, 남북한으로 떠돌았다. 이런 의미에서 현존하는 세대 중, '송해 세대'야말로 가장 '불행한 세대'이다. 송해보다 8년 연상인 가수 현인도 일본에 성악 공부하러 갔다가 강제 차출되어 사할린에서 일본군 위문공연을 다니다 징용을 피해 도망치지 않았던가.

'뽕짝' 1세대의 수많은 가요들은 이와 같은 유랑정서, 전쟁과 고향상실의 상처를 담고 있으며, 그래서 언제 들어도 슬픈 회한으로 가득 차 있다. 비라도 추적추적 내리는 날, 고복수의 〈타향살이〉, 백년설의 〈번지 없는 주막〉, 남인수의 〈고향의 그림자〉를 들으면서 단 한번이라도 질질 짜보지 않았다면, 그런 사람은 이 세대의 고통을 이해하지 못하는 사람일 가능성이 높다.

송해가 태어나던 시절은 또한 근대적인 의미의 '연예문화'가 본격적으로 시작되던 시기였다. 송해가 태어나던 1927년, 한국방송공사KBS의 전신이라 할 수 있는 경성방송국이 라디오 전파를 처음으로 발사했다. 같은 해에 명월관을 중심으로 활동하던 기생들은 잡지 〈장한長恨〉을 창간해 일종의 '문화적 독립선언'을 했다. 그것은 근대적 의미의 몸의 독립 선언이면서 동시에 기생으로 대표되는 '대중문화'의 독립성에 대한 선포에 다름 아니었다.

레코드 산업이 본격적으로 시작된 것도 1920년대 중반이다. 축음기의 대중적 보급과 레코드 산업의 발전은 그 궤를 함께 했다. 조선

**〈기생, 조선을 사로잡다〉**
신현규 저, 어문학사
근대 연예문화와 기생문화의 상관성에 관한
훌륭한 자료이다.

**〈번지없는 주막-한국가요사의 잃어버린 번지를 찾아서〉**
이동순 저, 선
1세대 대중가요를 체계적으로 연구한 책이다.

제국의 멸망 이후 왕궁에서 저잣거리로 진출한 기생들이 사실상 이 시대 대중문화를 선도했다고 해도 과언이 아니다. 그들은 전통 예악의 계승자이자 한국 최초의 근대 '연예인'들이었다. 기생들은 라디오 방송에 출연하거나 각종 전람회, 박람회, 상품의 광고모델, 영화배우로 활동하며 대중들의 아이콘이 되어갔다. 1928년에서 1936년 사이에 콜럼비아, 빅타, 오케이, 태평, 포리돌, 리갈, 시에론 등의 각 레코드사들은 음반 제작에 기생 출신의 여가수들을 잇달아 참여케 함으로써 1930년대 중반 레코드 음악의 황금기를 장식했다.

이들의 활동기와 일정하게 겹치면서(1933~1934년) 뒤를 이어, 남인수, 고복수, 김정구, 현인, 이난영, 황금심 같은 기라성 같은 1세대 대중가수들이 본격적으로 등장하게 되는 것이다. 송해는 이들 1세대 대중가수들보다 짧게는 대략 8년에서 길게는 16년 정도 연하이다.

1930년대에는 또한 미국영화, 대중음악, 스포츠, 서양 스타일의 패션 등이 유행하면서 경성(지금의 서울)거리에 새로운 형태의 근대적 대중문화가 본격적으로 형성된다. 1930년대에 경성에는 카페, 다방, 극장, 백화점, 바bar 같은 소비문화의 공간들이 마구 들어서면서, 단발머리에 양장을 입은 '모던 걸'들과 양복에 백구두를 신은 '모던 보이'들이 온갖 폼을 잡으며 소비문화의 첨병 역할을 하게 된다.

다수의 민중들이 초근목피로 연명하던 이 시절에 이와 같은 소비지향적 대중문화가 유행하게 된 것은 역설적이지만, 이는 사실 일제에 의해 강요된 '왜곡된' 근대화의 산물이다. 1919년 이후 일제가 소위 문화정치를 감행하면서 〈동아일보〉, 〈조선일보〉, 〈시대일보〉와 같은 우리말 신문도 간행되었고, 다른 한편으로는 일제판 '엔터테인먼트'로서의 근대적, 상업적 대중문화가 형성되기 시작한 것이다. 우리나라에서 '대중문화'라는 단어가 최초로 사용된 것도 〈조선일보〉 1933년 4월 28일자 사설이라고 한다.[1] 중요한 것은 송해가 태어날 무렵 이미 한국의 근대적 연예문화가 본격적으로 형성되고 있었다는 사실이다.

# #7 현재. 종로3가의 한 족발집

나이와 관련하여 인터넷에 떠도는 송해 선생의 '위엄'은 다음과 같다. 가령 송해 선생이 1962년에 사망한 마를린 먼로보다 무려 한 살이나 오빠라는 것이다. 마를린 먼로가 1926년에 태어났음을 두고 하는 말이다. 그러나 이는 잘못된 정보이다. 선생은 호적에 나온 대로 1927년생이다. 마를린 먼로보다 한 살 어리다. 그래도 이게 어디란 말인가. 마를린 먼로와 불과 한 살 차이라니.

카스트로와 함께 쿠바혁명을 주도했던 아이콘인 체 게바라야말로 선생보다 한 살 어리다. 말하자면 선생은 체 게바라의 '엉아'인 셈인데, 그는 안타깝게도 1967년, 비명에 사라졌다. 마틴 루터 킹과 오드리 햅번도 선생보다 무려 두 살 어리다.

그런데 이게 다 무슨 소용이란 말인가. 인터넷의 수많은 20대 블로거들이 송해 선생을 보고 '웰케(왜 이렇게) 귀여워'라고 하는 것을. 나이로 따지면 마를린 먼로와 맞먹고, 체 게바라와 마틴 루터 킹의 '엉아'이며 오드리 햅번의 '오빠'인, 90대에 가까운 그를 심지어 10대 팬들도 귀여워한다.

내가 보기에도 선생은 근엄함과 귀여움을 동시에 갖고 있다. 어젯밤 종로3가의 '한일족발집'에서 선생과 〈전국노래자랑〉의 신재동 악단장, 박춘식기념사업회 이사장인 작곡가 김병환 선생 등과 함께 소주를 마실 때의 일이다. 만석인 술집으로 들어서자 술을 마시고 있던 중년 여성들이 앞자리의 남편들을 깡그리 무시한 채 일제히 '송해 오빠'를 연호했다. 선생은 그들과 일일이 악수를 하고 우리와 함께 자리에 앉았다.

술 마시던 도중 선생께서 유쾌한 농담을 하는 것이었다. 옆자리에 앉은 내가 웃으며 선생의 어깨를 두드리자, 신재동 악단장이 깜짝 놀라 내게 말하는 것이 아닌가. "아니, 우리 오 교수님은 선생님의 어깨를 만지네?" 그래서 내가 "그러면 안 돼요?"라고 묻자, 신 단장은 자기들은 절대로 그렇게 못한다는 것이었다. 말하자면 선생의 얼굴이 그들에게 있어서 '용안龍顏'이라면, 선생의 어깨는 그들에게 '용체龍體'나 다를 바 없다는 것이었다. 20년 이상 함께 활동한 악단장에게도 선생은 범접하기 어려운 어떤 엄숙한 아우라aura를 가지고 있음을 새삼 깨달았다.

그렇지만 어찌하랴. 어제 그 시간, 선생은 내게 '느무(너무)' 귀여우셨다. 20대 블로거들의 표현을 다시 빌면, 선생은 '왤케 귀여워.' 나는 '어쩌라고? 배 째!'라는 눈길을 신 단장에게 슬쩍 보냄으로써 그의 항의를 묵살(?!)했다.

# #8 과거. 1935년. 재령

1935년(8세), 송해는 남들보다 한 살 늦게 황해도 연백군 해월면 소재 유곡초등학교[2]에 입학한다. 그러다 얼마 후 숙박업체와 주막을 운영하던 부친을 따라 초등학교 재학 중 재령군으로 이주한다. 송해가 월남하기 전까지 거주했던 재령평야 일대는 남한의 만경평야에 버금가는 곡창지대였고, 기독교가 널리 전파된 곳이었으며, 교육과 교통의 요지였다. 재령의 명신중학교는 배재중학교나 숭실중학교에 버금가는 역사와 전통을 가진 학교였으며, 특히 배재중학교와 운동경기의 맞수로 유명하였다.

재령평야는 논바닥을 한 삽 정도만 파면 어디서나 토탄土炭이 쏟아져 나올 정도로 비옥한 땅이었고, 당시 재령평야는 '나무리벌'[3]이라 불리기도 했는데 이곳에서 생산되는 쌀은 그 품질이 탁월해 예로부터 왕의 진상미로 유명세를 탔다. 쌀알이 길고 커서 동양 최고의 최우수미로 대우받았다. 쌀이 얼마나 찰지고 기름진지 밥을 해 먹으면 (송해의 표현을 빌면) "미끄러워서 파리가 못 앉을 정도"였다고 한다. 주민들은 토탄을 파서 석탄 대신 연료로 사용하기도 했다. 재령평야는 끝도 없이 넓어서 한여름이면 초록색의 망망대해가 펼쳐진 것 같았고, 추수기에는 황금물결이 재령강 하구로 끝없이 펼쳐져 있었다.

송해의 조부, 조모는 송해 부모의 연세 40 전후에 사망하여 송해에게 조부모에 대한 특별한 기억은 없다. 송해의 부친은 당시 대부분의 사람들이 농사를 짓던 것과는 달리 숙박업과 주막을 운영하는 소상인이었다. 그는 이런 직업을 통하여 새로운 문물을 누구보다 일찍 받아들였고 두루두루 인맥이 넓었다.

그는 사람들과 어울리기를 아주 좋아하는 멋쟁이 신사였는데, 남들이 다 '지까다비(일제시대 배급용 운동화)'를 신고 다닐 때에도 동네에서 제일 먼저 가죽구두를 신고 다닐 정도였으며, 늘 상아로 만든 빨부리를 물고 다녔다. 당시로서는 흔치 않았던 '미깡(귤)'을 선물로 받아오기도 했으며 술을 좋아하여 양철통으로 팔던 당시의 카바이드 소주를 즐겨하였다. 그는 놋그릇 밥뚜껑에 소주를 따라 마셨으며 중절모와 맥고모자를 쓰고 동네를 활보하던 '한량'이었다.

그러나 그 세대 대부분의 아버지들처럼 송해의 부친도 엄하고 권위적인 편이어서 송해 역시 부친과의 살갑고 긴밀한 유대의 기억은 없다. 아버지의 일터를 따라 송해는 여러 번 이사를 다녔는데, 연백에서 유곡초등학교에 다니다 재령으로 옮긴 이후에도 중학교에 가기 전까지 양원초등학교, 명신초등학교로 두 번이나 전학을 갔다.

연백 시절 송해의 집은 기역자 모양으로 생겼으며 초가집 지붕에 벽에 회칠을 한, 당시 황해도 농촌에서 흔히 볼 수 있었던 중산층 가옥이었다. 당시 대부분의 집들이 그랬던 것처럼 앞마당엔 우물이 있었고, 재령으로 이주 후에는 도회지답게 기와를 얹은 집에서 살았다. 안채 앞에는 아버지가 운영하던 숙박시설과 주막이 함께 있었다.

잦은 전학으로 친구들을 지속적으로 사귀지 못했어도 송해는 워낙 '명랑소년'이어서 아이들과 스스럼없이 어울려 친구가 많은 편이었다. 늘 남들 앞에 나서기를 좋아해서 참외 서리를 할 때도 친구들은 겁에 질려 숨어 있고 송해가 서리를 해와 친구들에게 나누어 주기 일쑤였다. 나중에 서리한 사실이 들통 나 뭇매를 맞는 것도 늘 송해 혼자 몫이었다. 송해의 이런 성품은 변함이 없어서, 그는 지금도 사람들과 어울리는 것을 무엇보다도 좋아하며, 늘 "사람이 재산이다"라고 입버릇처럼 말한다. 녹화 때마다 뒤풀이를 하자고 후배들을 '꼬시는' 것도 늘 송해이다.

송해의 적극적이고 뒤로 밀리지 않는 이런 성격은 성인이 되어서도 그대로 이어져서, 그는 지금도 늘 앞장서 총대 매는 역할을 한다. 말하자면 '할 말은 하고 사는' 성격이다. 지금까지 〈전국노래자랑〉을 거쳐 간 300여 명의 PD들(송해의 표현을 빌면 "시어머니들")치고 송해와 싸우지 않은 사람이 거의 없다는 사실이 이를 증명한다. 그러나 뒤끝도 없다. 다툰 후에도 결국은 소주 한 잔 하며 앙금을 다 푼다. 같은 일로 두 번 다시 야단치지 않는다.

2014년 4월 16일 세월호 참사 직후, 〈전국노래자랑〉은 애도의 뜻을 담아 8주 동안이나 방송을 내보내지 못했다. 악단 단원들은 무려 두 달 동안 개런티를 받지 못한 채 손가락만 빨아야 했다. 송해 역시 비정규직이지만, 송해는 관계자를 설득해 이들 개런티의 60%를 받아냈다. 이들이 송해 앞에서 벌벌 떨면서도 인간적으로 그를 존경하는 이유가 여기에 있다.

유년시절 송해는 또한 암기하는 것을 좋아했다. 내가 볼 때 그의 암기력은 타고난 것이다. 〈전국노래자랑〉 사회를 볼 때에도 그는 진행용 멘트를 위한 큐 카드를 전혀 사용하지 않는다. 노래자랑 중간에 소개

대본을 읽고 있는 송해. 그의 암기력은 타고났다.

되는 신인가수들의 이름과 그렇고 그런 곡명들을 그는 한 치의 실수도 없이 정확히 소개한다.

그는 90이 다 된 요즘도 어린 시절의 암기력을 그대로 가지고 있다. 상록회 사무실의 직원인 조○○ 선생의 말을 빌면 대부분의 전화번호는 보자마자 기억해버려 수첩이 필요 없다고 한다. 1세대 대중가요(소위 '뽕짝') 수백 곡의 가사를 머릿속에 넣고 있어서 아무 때나 줄줄이 노래가 엮어 나온다. 그의 표현에 의하면 "가사를 외우지 않고 부르는 노래는 모두 다 가짜"이다. 가사를 외워야 그 노래를 제대로 이해할 수 있다는 뜻이다. 노래방 문화 때문에 가사를 거의 외우지 못하는 '불구'가 되어버린 우리 세대가 귀담아 들을 말이다.

암기력의 귀재인 송해도 가끔 실수할 때가 있는데, 그럴 때는 그의 탁월한 애드리브ad-lib가 그것을 커버해준다. 한번은 무대에서 엘레지의 여왕, 가수 이미자를 소개하는데 갑자기 이름이 생각나지 않았다고 한다. 송해는 이미자에게 어서 나오라고 손짓을 한 후, 이미자가 무대에 서자 능청스럽게 관객에게 물었다. "여러분, 이 분이 누구시죠?" 송해의 질문에 관객들은 "이미자요"라고 크게 화답하였다. 아무도 송해가 가수 이름을 까먹었다는 사실을 눈치 채지 못했다.

송해의 어머니는 귓밥이 두툼하고 눈썹이 진하며 인자하신 성품의 소유자였는데 활달하고 장난기가 심한 막내아들 송해를 끔찍이도 귀여워하고 아꼈다. 어머니에 대한 송해의 그리움은 거의 신앙에 가깝다. 2012년 6월, KBS2-TV의 〈여유만만〉이라는 프로그램은 송해를 초대해 아주 뜻깊은 자리를 마련했다. 송해가 그토록 그리워하는 어머니의 모습을 설명하면, 그것을 들은 동양화가가 그 자리에서 직접 송해 어머니의 모습을 스케치하도록 한 것이었다. 하얀 머릿수건을 두른 어머니의 그림을 본 송해는 쏟아지는 눈물을 참지 못하고 어머니를 외치며 그 앞에 엎드려 대성통곡을 했다. 수많은 시청자들이 그와 함께 울었다.

2014년 KBS 설날특집 〈이산가족 콘서트〉에서 그는 〈불효자는 웁니다〉를 불렀는데, 이것은 처음부터 끝까지 노래가 아니라 통곡이었다. 1절이 끝나고 간주 후 2절로 넘어가자 그는 아예 무대에 무릎을 꿇고 통곡하며 노래를 불러 현장의 관객들은 물론 전국의 시청자들을 눈물바다로 몰고 갔다.

1998년 금강산 관광이 처음 시작되었을 때, 송해도 우여곡절 끝에 북한에 발을 디딜 수 있었다. 만물상을 구경할 때 안내원이 "이곳에서는 자기 마음속에서 보고 싶어 하는 것이 있으면 무엇이든지 다 볼 수 있다"고 하는 것이었다. 송해가 그럼 어머니 모습도 볼 수 있냐고 묻자, 안내원은 "눈을 감고 조용한 마음으로 어머니를 세 번 보고 눈을 뜨면 어머니가 보일 것"이라고 하였다. 송해는 반신반의하면서도 어머니가 너무 그리워 안내원이 시키는 대로 했다. 송해가 눈을 떴을 때였다. 만물상의 수많은 바위들 위로 어머니의 모습이 실제로 환하게 떠오르는 것이었다. 기적 같은 장면이었다. 생이별한 후 꿈속에서조차 한 번도 나타난 적이 없던 어머니가 무슨 신기루처럼 만물상의 바위를 배경으로 갑자기 나타난 것이다. 그는 얼른 무릎을 꿇고 어머니에게 눈물로 사죄를 드렸다. 눈을 들어 다시 보니 어머니는 온데간데없이 사라지고 없었다.

송해에게 있어서 어머니는 영원한 부재, 그 자체이다. 그 부재는 무엇으로도 채워지지 않는다. 나이를 먹어도, 국내 최정상의 연예인으로 온갖 영화를 다 누려도 채워지지 않는 결핍의 동굴이다. 이 동굴은 슬픔의 진원이고 송해로 하여금 연민의 눈으로 세상을 바라보게 만든다. 아파보지 않고, 슬픔에 넋을 잃어보지 않고, 이 세상의 약한 것들, 불행한 존재들, 가슴 아픈 사연들과 공감할 수 없다. 이래서 슬픔도 때론 힘이 되는 것이다. 화려한 연예인의 신분에도 불구하고 그가 늘 낮아지는 것은 어머니라는 부재가 그를 늘 가난하게 만들기 때문이다.

말하자면 그는 '모든 것을 다 가졌으나 모든 것을 다 잃은 자'이다. 그는 상실한 자들의 아픔을 누구보다 잘 안다. 우리 사회의 하위주체 sub-altern들, 소위 가난한 '서민들'이 그에게 열광하는 이유가 바로 여기에 있다. 그는 〈전국노래자랑〉이라는 프로를 통하여 이 사회의 변방, 주변부에 밀려 있는 많은 사람들을 문화의 중앙으로 끌어들인다.


재령은 해주에서 가까워 각종 해산물이 풍부하였다. 곤쟁이젓, 밴댕이젓, 황석어젓 등 젓갈류가 유명했을 뿐만 아니라, 말나물, 조기, 참게, 굴 등도 아주 흔하였다. 한겨울이면 어머니는 아버지에게 드리려고 굴을 씻어 조리에 담아 물을 내리곤 하였는데, 굴을 유난히 좋아하던 송해는 그럴 때마다 아버지가 드실 굴을 한 주먹씩 주머니에 집어넣고 냅다 달아나곤 하였다. 굴을 다 먹고 집으로 돌아오면 어머니는 야단을 치기는커녕 "애야, 다음에는 그냥 먹고 싶다고 말하거라. 그러면 엄마가 줄게"라고 말하는 것이 고작이었다. 송해의 회상에 따르면, 어린 송해가 자주 굴을 들고 내빼는 것을 알면서도 굴을 높은 선반에 올려놓지 않고 늘 송해의 손이 닿는 높이에 놓아두셨다고 한다.

어머니는 또한 송해가 아주 어릴 때부터 부뚜막에 송해를 앉혀놓고 당시로서는 아주 귀했던 수삼을 꿀에 재서 먹이곤 하였다. 수삼의 쓴 맛이 싫었던 어린 송해는 먹지 않겠다고 (송해의 표현을 빌면) "지랄"을 하곤 했는데, 어머니는 그럴 때마다 송해의 엉덩이를 두드려가며 수삼을 먹였다. 나이 90이 다 되도록 비공인 세계 최장수 MC를 '씽씽하게' 할 수 있는 송해의 건강은, 어려서부터 송해가 장복했던 어머니의 수삼 덕분이 아닌가 싶다.

초등학교 시절 송해는 여느 애들처럼 겨울이면 재령평야에서 쥐불놀이를 즐겼으며, 가을걷이 후 논바닥에 물이 빠지면 고랑을 파서 물이 고이게 한 후 그곳에 모여든 민물고기와 참게를 잡고 놀았다.

당시 황해도 어린이들에게 게잡이는 아주 흔한 놀이거리였는데, 가을에 살얼음이 낄 무렵이면 동면에 들어가기 직전에 살이 통통하게 찐 개구리를 잡아 등을 밟고 뒷다리를 빼내어 미끼로 사용하기도 하였다. 낚싯줄에 개구리 뒷다리를 묶어 논가에 대략 1미터 간격으로 세워 놓으면 참게들이 그것들을 덥석 물고 놓질 않는 것이었다. 개구리 뒷다리는 침을 많이 흘리는 유아들한테 좋다고 하여 장터에 가면 그것을 모아 파는 사람들도 있었다.

논두렁에서 버들치(버들붕어)를 잡아 병에 담아 놓고 관상용으로 즐기던 것도 그 시절 아이들의 취미생활이었다. 어떤 때는 싸리나무와 갈대줄기를 이용해 도랑 밑에 발을 치고 물고기와 게를 잡기도 했다. 송해는 이렇게 잡은 물고기로 끓여 먹었던 '잡어탕'의 맛을 지금도 잊지 못한다.

초등학교 시절 송해는 유달리 개구쟁이였다. 아버지가 아끼던 맥고모자를 부메랑처럼 집어던져 밤을 따는가 하면, 친구들과 함께 교실 바닥의 쓰레기 통로로 몰래 옆 반에 숨어 들어가 여학생들의 도시락을 훔쳐 먹기도 했다. 어떤 여학생을 "특히 좋아하여 그녀를 특별히 못살게 굴었는데(?)", 이제 와 생각하니 그 여자애가 첫사랑이었던 것 같다고 고백한다. 나중에 중학교에 진학한 후에도 그 아이 생각을 많이 했는데 초등학교 졸업 후 다시는 만나지 못했다고 한다.

놀랍게도 송해는 근 80년이 지난 지금도 그 여학생의 이름을 기억하고 있었는데, 그녀의 이름은 오청옥이었다. 성이 오 씨라는 것 외에는 이름을 잊어버렸었는데, 언젠가 경상북도 청도군에서 〈전국노래자랑〉 녹화를 끝내고 식사를 하는 도중 주인이 주방에 미나리를 추가로 주문하면서 "야, 청옥아, 여기 미나리 연한 것 좀 있으면 더 가져와" 하더란다. 그 이름을 듣는 순간, 그 시절, 그 아이의 이름이 바로 '청옥'이었음이 갑자기 떠올랐다고 한다. 송해에 따르면 청옥이는 당시 재령, 해주 인근 최고의 부잣집 딸이었으며 최고의 미인이어서 뭇 남학생들의 가슴을 설레게 했다고 한다.

어린 송해의 가슴에 첫사랑의 떨림을 심어주었던 청옥이는 분단 조국의 다른 편에서 어떻게 늙어갔을까. 송해처럼 건강하여 지금도 살아 있을까. 더 젊었을 때에 혹시 비밀리에 떠돌아다니는 통신을 통해 송해의 〈전국노래자랑〉을 보고 그를 기억했을까.

# 청소년기

# #9 과거. 1943년. 해방 전후

1943년(16세), 송해는 초등학교를 졸업하고 재령 제1중학교에 입학한다. 송해가 제법 늦은 나이에 중학교에 입학한 것은 초등학교 입학도 늦게 했지만, 초등학교 재학 중 두 번의 전학 과정에서 학업을 일시 중단하곤 했기 때문이다.

당시에 금강산, 묘향산, 장수산 등으로 수학여행을 간 적이 있는데, 열차를 타고 버스를 갈아타고 멀리 가봐야 1박 2일이 고작이었다. 그 중에서도 송해에게 인상적이었던 풍광은 장수산의 다람절이라는 절이다. 절벽에 매달려 있는 모습이 꼭 다람쥐 같다고 해서 붙여진 이름이다. 당시에 선생님들은 너무나 엄하고 범접하기 어려운 존재여서 요즘 아이들처럼 수학여행 가서 선생님들을 골탕 먹이고 하는 일은 엄두도 못 냈다.

　송해에게 있어서 이 시절 첫사랑이었던 오청옥에 대한 그리움 외에 사춘기의 혹독한 방황의 기억은 없다. 송해에게 그 시절(일제 말기, 사회주의 건설기)은 모든 것이 두려움이었고 공포였기 때문에 한가하게 사춘기를 앓을 겨를조차도 없었다. 그 나이에 으레 가질 법한 미래에 대한 분홍빛 설계 따위가 들어설 자리도 없었다. 그냥 하루하루 살고 또 내일이 오고 그런 세월이 지나가고 있었다. 그렇게 중학교를 졸업할 무렵 해방을 맞이했다.

　해방과 동시에 한반도는 그야말로 혼란의 도가니에 빠져들었다. 민족 자력에 의한 독립이 아니었을 뿐만 아니라, 해방과 동시에 각각 남과 북으로 진출한 미국과 소련의 개입은 사태를 더욱 복잡하게 만들었다. 탈식민화과정에서 생겨난 사상과 이념의 대립은 건강한 자생적 해결의 과정을 거치지 못한 채 영원한 대립의 길로 굳어지고 말았다.

　해방되던 1945년에 시작하여 남북한에 각각 별도의 정부, 국가권력이 형성되던 1948년까지의 3년간은 사실상 분단이 완성되어가는 과정에 다름 아니다. 남한에서는 미군정에 협조하며 권력을 장악하려는 세력과 친일, 반민족 세력을 척결하고 통일 정부를 세우려는 세력들 사이에 싸움이 끊이지 않았다. 1946년의 대구항쟁, 1948년의 제주도 4·3항쟁은 이와 같은 갈등이 분출된 사건들이었다.

　북한에서는 소련의 도움 아래 "1945년 10월 10일에서 13일에 걸쳐 개최된 북조선 서북5도 대표자 및 열성자 대회에서 조선공산당 북조선분국이 수립되었고, 1946년 2월에는 북조선임시위원회가 수립되었다."4 1946년 8월 29일에는 '북조선로동당' 창립대회가 열린다.

이런 과정을 통해 1948년 8월 15일 남한에 미군정 치하의 대한민국 정부가 수립되고, 바로 뒤를 이어 소련 점령하의 북한에 9월 9일 조선민주주의인민공화국 정부가 들어섬으로써, 한국전쟁을 거쳐 지금까지도 적대적인 두 개의 권력, 두 개의 '나라'가 만들어진다.

송해가 재령 제1중학교를 졸업하고 고등학교(재령 제2중학교)를 다니던 시절(1945~1948년)의 북한은 한편으로는 국민들에게 사회주의 이념을 전파, 학습시키고, 다른 한편으로는 토지개혁, 공장 등 주요 생산수단의 국유화 등을 진행하면서 사회주의 정부를 수립해나가던, 말하자면 사회주의로의 급격한 이행기, 과도기였다.

학생들은 초등학생, 중고생, 청년 단위로 '소년단', '민청' 등의 조직으로 편입되었고, 위로는 '인민위원회', 멀게는 '로동당' 조직 등이 건설되고 있었다. 중고시절 송해의 직책은 소위 '벽보주필'이라는 것이었다. 당시 벽보주필은 일종의 학급신문 반장이었다. 학급신문을 제작해 벽에 붙이고 그것을 '벽보'라 불렀으며 그것을 주관하는 대표학생을 '벽보주필'이라 칭했던 것이다. 학급신문은 사회주의 이념을 학습하고 전파하는 내용을 주로 담고 있었으며 '벽보주필' 송해는 파란색의 넓고 좁은 띠가 그려진 완장을 차고 다녔다. 송해의 표현을 빌면, 그 당시에도 그는 "나대기(나서기)" 좋아했다.

그러나 10대 중후반 청소년이었던 송해에게 조직과 이념 중심의 위계적이고 강압적인 '공식문화(public culture)'는 매우 불편하고 융화하기 힘든 것이었다. 이념의 옳고 그름을 떠나 구속과 강제가 싫었던 것이다. 자고로 시인, 화가, 음악인, 대중 연예인 등 '영혼이 자유로운' 사람들치고 '조직의 규율'을 즐기는 사람은 없지 않은가.

또한 바흐친의 주장대로 모든 민중문화는 공식문화를 혐오하며 공식문화의 위계를 끊임없이 교란시킨다. 〈전국노래자랑〉의 출연자들이 보여주는 문화 역시 점잖고 위계적이며 형식적인 공식문화에 대한 야유이고 교란이다. 그러나 사회주의 건설기의 청소년들이 이것을 어떻게 회피할 것인가. 송해는 궁여지책으로 주로 육상부, 축구부, 농구부 등 운동부로 떠돌며 사회주의 '공식문화'로부터의 작은 일탈을 즐겼다. 다른 한편으로는 친구들끼리 모여 알토 색소폰을 배우기도 했다.

어린 시절부터 송해는 노래를 좋아해 가사를 통째로 외우고 사람들 앞에서 노래 부르기를 즐겨하였다. 그러나 이 시절 송해가 부르던 노래는 대중가요가 아니라 소위 《노래집》에 실려 있는 사회주의 선전용 가요들이었다. 노래집은 '부녀가요', '작업가요(노동가요)' 등으로 나뉘어 있었는데 송해는 여기에 실린 노래들을 "뜻도 모르면서" 늘 흥얼거리고 다녔다.

이때 부른 노래 중에 가령 〈벌목의 노래〉라는 제목의 가요도 있었는데, 그 가사가 '미세, 당기세, 깊은 산판에서 산울림 울리며…'라는 식으로 노동현장에서 노동의욕을 고취시키고 사회주의 이념을 주입시키는 내용이었다.

놀라운 것은 2011년 6월 16일 중국 청도(칭다오)에서 〈전국노래자랑〉 녹화를 마친 송해가 제작진들과 함께 현지의 북한 음식점에 갔을 때, 그곳 노래방기계에서 송해가 청소년 시절 〈가요집〉에서 배웠던 노래가 지금도 북한에서 불리고 있다는 사실을 확인한 것이다. 왜 아니겠는가. 1948년에 발표된 박재홍의 〈울고 넘는 박달재〉가 지금 21세기에도 여전히 노래방 중년들의 애창곡이 아닌가.

당시에 재령에서 가까운 해주에는 해주음악전문학교가 있었는데, 북한에서는 유일한 음악전문학교였다. 그러나 해주음악전문학교가 하는 일은 음악에 대한 전문화된 교육보다는 사회주의 이념을 전파하기 위한 효과적인 선전, 선동의 매체와 인력을 개발하는 것이었다.

사회주의 이념을 전파하는 다양한 방법 중 음악을 매개로 한 '문화 선전'은 매우 효과적인 것이어서, 당시에 중앙에는 '인민군 협주단'이, 도 단위에서는 '도립극단'이 각각 이런 역할을 담당했다. 도립극단이 한 번 공연을 하고 가면 온 시내가 들썩였으며 청년들은 신바람이 들어 그 바람을 잠재우느라 며칠씩 잠을 설칠 정도였다.

해주음악전문학교 학생들은 레닌모에 당시로서는 최고급 옷감인 사지(serge)로 만든 곤색(네이비 블루) 나팔바지 교복을 입고 다녔는데, 요즘으로 치면 일종의 '연예인 양성학교' 학생들이어서 어린 학생들에게는 선망과 탄성의 대상이었다. 노래 잘하고 끼를 억누르지 못하던 송해에게 해주음악전문학교는 거의 유일한 선택 대상이었다.

# 청년기, 한국전쟁, 그리고 남하

1949년(22세)에 송해는 해주음악전문학교 성악과에 입학한다. 미래에 대한 구체적이고도 특별한 계획이 있어서가 아니었다. 그는 그저 무대 위에 서고 싶었으며 대중들의 환호를 받고 싶었다. 일종의 '딴따라' 끼가 그를 몰고 간 것이었다. 그러나 돌이켜보면 이것이야말로 국내 최고의 만능 엔터테이너로서 본격적인 훈련의 시작이었다.

# #10 현재. 2014년 7월 27일. 전남 고흥군

2014년 7월 27일 방영된 〈전국노래자랑〉 전라남도 고흥군 편, 출연자인 한 할머니와 송해 선생과의 대화.

송해: "〈독도는 우리 땅〉을 부르시는 특별한 이유가 뭐지요?"

출연자: "송해 오라버니 죽기 전에 만나기가 소원이었는디, 오늘 드디어 소원 푸는 구먼이라. 아, 독도는 옛날 옛적부터 우리 땅인디 일본 넘들이 꼭 즈그 땅이라 해서 나가 손자손녀들에게 우리 땅이라고 알려주려고요. 그란디 나가 나이가 많이 들어가꼬 (손가락으로 악단을 가리키며) 저 딴따라 저런 거 못 마춘게, 그냥 배운대로 할 팅께 땡만 하지 마십쏘이, 땡만. (단원들이 키득키득 웃는다.)"

송해: (웃으며) "저기, 말씀을 너무 빨리 하셔서 못 알아들었는데, 뭘 못 맞춘다고 하셨어?"

출연자: "음악을…, 한 번도 안 맞춰봤소. 그래서 땡 해불며는 나가 그냥…, 긍께 땡 하지 말고…."

송해: "아니, 아니이, 이렇게 애국의 정열을 가지고 나왔는데, 누가 땡 해 감히…. (심사위원들을 쳐다보며) 땡 안 할 거죠?"


위의 출연자 할머니가 〈전국노래자랑〉의 악단원들을 가리키며 "저 딴따라"라고 하는 것을 보라. 스타 시스템이 만들어진 지금은 '딴따라'라는 표현을 사용해도 그것이 하등 문제가 되지 않는다. (그러니 악단원들도 키득 키득 웃지 않는가.)

이 기표記標는 이미 욕설과 경멸의 기의記意를 벗어버린 것이다. 그러나 한국전쟁 직후 악극단 시절만 해도, 송해 선생은 '딴따라'라는 말만 들으면 피가 거꾸로 솟았다고 한다. 당시만 해도 연예인은 비천한 신분이어서 천대 당하기 일쑤였기 때문이다. 음식점이나 술집에서 팬들이 자신을 알아보면 부끄러워 얼굴을 가리거나 돌려야 했다. 무대

위의 영웅이 무대 밖으로 나가는 순간 바로 '딴따라'로 전락하는 시절이었다.

대중문화를 대하는 관객들의 이와 같은 이중적 태도는 1960년대 이후 라디오, 텔레비전 방송에서의 소위 '스타'들이 탄생하면서 서서히 극복된다. 송해 선생은 '딴따라'는 프랑스어 '팡파르fanfare'의 다른 이름이며, 팡파르는 스타의 등장을 알리는 나팔소리라고 생각한다. 하긴 광대를 옛날에는 '풍각쟁이' 혹은 '나팔쟁이'라고 불렀다. 송해 선생은 2003년, 김대중 정부로부터 그동안 문화계에 기여한 혁혁한 공로를 인정받아 보관문화훈장을 받았는데, '딴따라'로 살아온 그간의 설움을 "나는 딴따라다. 영원히 딴따라의 길을 가겠다"라는 인사말로 되갚았다.

나는 언젠가 선생께 시인도 결국 딴따라이며 내가 발표한 어느 시에 "나는 딴따라다. 사랑 받고 싶다"라고 쓴 적이 있다고 고백했다. 이후 선생은 여러 자리에서 동석한 다른 연예인들에게 나를 소개할 때마다, "오 교수는 스스로를 딴따라라고 말하는 사람이야, 우리 계통 사람들을 잘 이해하지"라며 내내 자랑스러워했다. 나도 문득문득 내가 송해 선생과 같은 '딴따라'이며, 무언가 유사한 부류, 즉 '친족親族'이라는 사실이 자랑스러웠다.

내가 볼 때 '딴따라'는 사물에 대한 신선한 감각을 잃지 않는 사람이며, 타자(남)의 삶을 대신 사는 사람, 그래서 타자의 고통을 나의 고통으로 느낄 수 있는 사람이고, 슬픔과 기쁨, 외로움, 고통 같은 감각의 촉수가 유별나게 발달한 사람이다. 그래서 송해 선생과 (교수이지만) 딴따라 시인인 나는 대담을 진행할 때마다 뻑 하면 같이 울고, 그러다가도 뻑 하면 함께 낄낄거리기 일쑤였다.

# 우리는 딴따라다

한국사회는 이제 '딴따라'가
최고의 돈벌이 직업이 되자
선망의 갈채를 보내고 있다.

우리 시대가, 우리 사회가 도대체 언제부터
'딴따라'들을 이렇게 존경해왔는가.

# #11 과거. 1950년 6월 25일

송해는 해주음악전문학교 성악과에서 음악에 관련된 나름의 교육을 받았지만, 그것보다는 '선전대'의 이름으로 전국을 돌아다니며 공연을 한 것이 더 기억에 남는다. 중앙의 '인민군 협주단', 도 단위의 '도립극단'과 그 아래 단위에서 해주음악학교의 '선전대' 팀이 전국의 북한 대중들을 상대로 사회주의 이념을 전파하기 위해 공연을 다녔고, 공연을 할 때마다 선풍적인 인기를 불러 모았다. 1년에 평균 1~2회, 한번 나가면 2개월 이상 계속되는 공연이었다. 전국의 집단농장과 원산 선교리의 무기공장 같은 '작업장(공장)'이 주 무대였고 원산뿐만 아니라, 신의주, 평양 등 북한 전역을 돌아다니며 공연을 했다.

〈전국노래자랑〉 녹화 때문에 근 30년 가까이 전국을 떠돌고 있는 송해의 '역마살' 인생은 이미 이때부터 시작된 것이다. 송해에게 있어서 첫 무대였던 해주음악전문학교 선전대 공연과 인생 말년의 무대인 〈전국노래자랑〉은 내용만 다를 뿐 외양은 거의 유사하다. 전국을 떠도는 유랑 무대, 그 위에서 벌어지는 노래와 춤과 사연, 그리고 관객들의 환호성. 우연치고는 대단한 수미상관首尾相關이다.

해주음악전문학교 선전대의 공연은 주로 합창과 무용이었다. 무용은 러시아를 통해 들어온, 가령 '캉캉'처럼 당시 유럽에서 오래 유행해 온 춤이었다. 송해가 노년에도 불구하고 무대 위에서 몸의 움직임이 자연스러운 것은 이때의 훈련 덕택이다. 송해는 이미 20대 초반에 전국 단위의 선전대 공연을 통해 대중 앞에서의 무대와 공연이 어떤 것인지 몸으로 체험했으며 이는 이후 무대에서 평생을 보낸 연예인으로서의 그의 삶에 마르지 않는 자원이 된다.

이 모든 것이 아무런 계획이 없이 이루어진 일이었으니, 어떤 '보이지 않는 손'이 그의 생애를 이끌어 갔을까. 그 '보이지 않는 손'은 이후 근 65년 동안 그를 이끌어 한국전쟁 당시의 군예대(軍藝隊, KAS), 전쟁 직후의 악극단, 1960년대 이후의 무수한 라디오, 텔레비전 방송을 거쳐, 35년째 계속되어온 〈전국노래자랑〉 앞에 그를 세워 놓았으니, 그 '보이지 않는 손'에게 축복 있을진저.

송해가 선전대 생활을 한 지 1년 반쯤 지난 1950년(23세) 6월 25일 새벽, 드디어 우리나라 역사상 최대의 비극인 한국전쟁이 터진다. 한국전쟁이 발생하기 전인 1949년 여름에도 옹진반도를 중심으로 이미 남북 간의 군사적 충돌이 자주 있었다. 한국전쟁의 발화지점이 결국 옹진반도였다는 것은 작은 싸움이 어떻게 큰 싸움으로 번지는지를 보여주는 좋은 예이다. 물론 작은 싸움에 큰 싸움의 구조가 이미 새겨져 있었다면, 작은 싸움은 이미 큰 싸움을 예견하는 지표에 다름 아닐 것이다.

한국전쟁을 크게 네 국면으로 나누면 다음과 같다.

제1국면은 한국전쟁이 발발한 6월 25일부터 인천상륙작전에 의해 전세가 역전되는 9월 중순까지의 기간에 해당된다. 북한군은 전쟁이 일어난 지 3일 만인 6월 28일 서울을 점령하였고, 약 1주일 정도 서울에 머문 후 남쪽으로 계속 밀고 내려갔으며, 미국을 비롯한 유엔군의 개입으로 8월에 들어 전쟁은 낙동강 부근에서 교착상태에 빠진다.

제2국면은 1950년 9월 15일 당시 유엔군 사령관이었던 맥아더의 주도로 시작된 인천상륙작전에 의해 전세가 다시 역전되어 남한군과 유엔군이 북진을 계속하다가 중국군의 개입에 의해 다시 전면적인 후퇴를 하게 된 1950년 11월 말까지의 기간이다. 인천상륙작전 이후 미군이 계속 북진을 하자 중국정부는 참전을 경고하였고, 10월 말경 결국 중국군이 의용군의 이름으로 개입하기 시작한다. 미군과 유엔군이 북진을 하는 과정에서 퇴각하던 북한군이 일부 민간인에 대해 살상을 저질렀고, 미군과 남한군도 마찬가지로 북한군과 연관된 사람들에 대하여 보복행위를 저질렀다. 중국군과 북한군은 11월 27일 이후 대대적인 반격을 감행하여 미군과 남한군은 다시 퇴각을 하게 됨으로써 전세는 다시 역전된다.

제3국면은 미군과 남한군이 대대적인 퇴각을 한 1950년 11월 27일 이후부터 전선이 38선 부근에서 다시 교착상태에 빠지고 휴전협상이 시작된 1951년 7월 초순까지의 기간을 말한다. 중국군의 개입에 따라 다시 뒤로 밀리던 남한군과 미군이 1951년 1월 4일, 수도 서울을 포기하고 서울 이남까지 일시 남하하게 되는데 이 과정을 소위 '1·4 후퇴'라고 하며, 남북군의 무수한 교차를 거치면서 양쪽으로부터 생명의 위협을 받던 수많은 민간인들이 이때 남한으로의 긴 피난대열을 형성하게 된다.

제4국면은 38선 부근에서 전선이 교착된 상태에서 남북 간 휴전협상이 시작된 1951년 7월 초순부터 1953년 7월 27일 정전이 이루어질 때까지의 약 2년간의 기간을 말한다.

어쨌든 이 과정을 통하여 "남한측이 민간인 약 100만 명, 군인 약 50만 명 정도가 사망하였고, 북한측은 민간인 약 200만 명, 군인 약 50만 명 정도가 사망하였다. 이밖에도 미군을 비롯한 유엔군이 5~6만 명 사망하였고, 중국군이 약 100만 명 사망하였다. 그러므로 적어도 한국전쟁으로 인하여 한국인 300~400만 명, 외국인 100만 명 이상이 사망했다고 볼 수 있다."[5] 나치의 학살로 사망한 유태인의 숫자가 대략 600만 명이다. 한국전쟁에서 사망한 사람들이 외국인들을 합쳐 대략 400~500만 명이다. 이 숫자만으로도 지구는 비극의 행성이고 그래서 충분히, 충분히 슬프다.

송해가 어려서부터 한국전쟁 직전까지 살던 재령평야와 구월산 일대는 38선에 가까워 전쟁의 소식이 빠르게 전해졌고, 1951년 7월 휴전협상이 시작된 이후에도 남북 간에 치열한 전투가 끊이지 않던 지역이었다.

동쪽으로 해주만海州灣을 접하고 있고 동북 쪽으로 재령평야를 가까이 둔 옹진반도에서 시작된 한국전쟁이 인천상륙작전 시 남한군과 유엔군의 북진, 중국군의 개입에 의한 북한군과 중국군의 남진을 반복할 때, 재령평야와 구월산 일대는 양쪽에서 쏟아대는 폭탄과 무자비한 살상으로 아비규환이었다. 폭탄소리가 지나간 후 나가보면 시체들이 널려 있고 양방 간에 밀고 당기기가 계속되었다. 며칠 간격으로 점령군이 바뀌었다. 주민들은 오로지 생존을 위하여 어느 쪽 군대가 오건 길가에 나가 집단으로 박수를 치며 그들을 환영해야만 하는 웃지 못할 사태가 빈번히 일어났다. 어느 쪽이든 잘못 보이면 현장에서 사살당하는 일이 비일비재했기 때문이다.

군인들은 주민들이 박수를 치면 어느 쪽을 응원하고 있는지를 확인하곤 했다. 주민들이 오인으로 인하여 엉뚱하게 반대편을 옹호하고 있는 사실이 드러나는 경우도 더러 있었는데, 그것이 확인되면 그 자리에서 사살해버렸다. 군인들 입장에서 보더라도 남북군이 수시로 밀고 올라갔다 내려왔다하는 상황이 반복될 때, 현장에 계속 남아 있는 민간인 중 그 누구라도 언제, 어떤 식으로 반대편의 게릴라로 돌변하지 말라는 법이 없었기 때문에 극도의 긴장 속에서 공포에 떨긴 마찬가지였을 것이다. 민간인이든 군인이든 생사 앞에서 오로지 목숨을 부지하기 위해 생존본능에 모든 것을 맡기던 시절의 이야기이다.

이 기간에 우리는 특히 구월산이라는 공간을 주목할 필요가 있다. 재령평야의 서북쪽에 위치해 있던 구월산은 우리나라 4대 명산 중의 하나로 해발 945m에 이르는 거대한 산이다. 한국전쟁 당시 구월산은 남북군 모두에게 전쟁의 요지여서 구월산을 점령하지 않고 북진 혹은 남진을 하기 어려울 지경이었다. 남한군이 북진할 때에는 미처 퇴각하지 못한 북한군인들이 남아 빨치산 활동을 하였으며, 북한군이 남진할 때에는 함께 후퇴하지 못한 남한군인들이 적의 후방에서 게릴라 작전을 폈던 곳이 바로 구월산이다. 한국전쟁사에서 자주 언급되는 소위 '구월산 유격대'의 전투들도 모두 이 과정에서 일어난 것이다.

한 예로 송해와 황해도 재령에서 소학교를 함께 다녔던 이덕배 씨는 고등학교 3학년 때 북한군에 동원되어 전쟁터에 나갔다. 그러나 남한군이 북진할 때 상관들만 후퇴하자 신병이던 그는 후퇴도 못한 채 남은 소대원들을 지휘하지 않으면 안 되었다. 고등학교 시절 군사훈련을 받았다는 이유에서였다. 그리하여 황해도 연백에서 전투를 하던 도중 그는 미군에 포로로 잡혔다.[6] 그가 포로로 잡혔던 황해도 연백은 송해가 태어난 곳이고 재령과 아주 가까운 구월산 일대를 의미하는 것이다.

해주음악전문학교 학생 신분으로 그때까지 징병을 당하지 않았던 청년 송해는 점령군이 수시로 바뀌는 당시의 상황에서 수시로 몸을 숨기지 않으면 안 되었다. 특히 구월산에 남아 있던 약 4,000여 명의 북한군 패잔병들이 밤만 되면 꽹과리와 풍각을 울리며 내려오곤 했는데, 이때마다 마을의 청년들은 60~80리 떨어진 다른 지역으로 서둘러 피신하곤 하였다. 징병을 피하기 위해서였다. 마을에 내려온 그들은 산山생활에 필요한 물품들과 음식들을 탈취해 소가 끄는 구루마에 싣고 다시 산으로 들어가곤 했다. 이런 상황이 대여섯 번 반복되었고, 그때마다 2~3일 정도 지나면 청년들은 다시 마을로 돌아오곤 하였다.

그러던 어느 날 비슷한 상황이 또 일어났다. 정확히 1950년(23세) 12월 3일이었다. 1·4 후퇴가 거의 한 달 전이므로 인천상륙작전에 의해 퇴각했던 북한군이 중국군과 함께 파죽 공세로 다시 남진하던 시기였다. 해주 이북 북쪽에서 피난민들이 몰려 내려오기 시작했다. 구월산의 북한군은 다시 토벌작전을 감행했고, 송해는 여느 때와 마찬가지로 어머니께 "잠시 또 피했다 오겠습니다"라고 인사를 했다. 툇마루에 서 있던 누이동생은 아무 말 없이 걱정스러운 눈길로 송해를 쳐다보았고, 어머니는 여러 차례 반복된 일이었음에도 불구하고 어미로서 어떤 불길한 예감을 했는지 "이번에는, 조심하거라"라며 아들을 보냈다.

송해는 지금도 "이번에는"이라고 말했던 어머니의 마지막 음성과 그 애절했던 눈길을 잊지 못한다. 흰 머릿수건을 두른 어머니의 눈가에 눈물이 그렁그렁 맺혀 있었다. 그리고 그것이 마지막이었다. 이후 지금까지 근 65년이 지나도록 송해는 어머니를 다시 보지 못하였다.

새까만 제비처럼 생겨 사람들이 '쌕쌕이'라 불렀던 유엔군 전투기[7]들이 구월산 계곡 사이사이를 그야말로 제비처럼 날아다니며 융단폭격을 가하고 있었고 피난민들로 가득 찬 신작로에도 '쌕쌕이'가 포탄을 마구 갈겨댔다. 아군이고 적군이고 없이 아수라장이 된 상황에서 송해는 동네 청년들 20여 명과 함께 엉겁결에 피난길에 오른다. 송해가 영문도 모른 채 섞여 있던 이 긴 행렬이 바로 나중에 '1·4 후퇴'로 명명된 유랑의 고된 길이었다.

# #12 현재. 낙원동 사무실

아침 아홉 시에 사무실에 들어가니 송해 선생이 손자 ○○○(초등학교 5학년)와 통화 중이다. 지상에서 가장 인자하고 가장 자애로운 할아버지의 목소리이자, 세상에서 가장 행복한 노인의 모습이다. 손자가 다음 주 강원도 홍천으로 가는 가족모임에 함께 가자고 조른단다. 문득 손자 ○○○가 대빵 부럽다. 종달새를 밀어낸 뻐꾸기처럼(ㅋㅋㅋ), 저 녀석을 밀어내고 그 자리에 대신 들어가 송해 할아버지에게 응석 부리고 싶다.

나만 해도 할아버지, 아버지로부터 도대체 살가운 애정의 표현을 받아본 기억이 거의 없다. 송해 선생 역시 당신의 아버지로부터 그런 사랑을 받아보지 못했다. 왜 우리 앞 세대와 우리 세대의 아버지들은 모두 엄하고 무서웠으며 빽 하면 소리만 질러댔냐 말이다.

생각해보면 연명하기조차 힘든 시절에 아버지의 기품을 유지하는 일이 그렇게 어려웠던 것이다. 그렇게라도 폼 잡지 않으면 그나마 남아 있는 아버지의 위신이 어느 때고 쉽게 무너져 내렸던 것일까. 그 엄하고 혹독한 껍데기 체면의 뒤에서 우리 세대의 아버지들은 얼마나 "외롭고 높고 쓸쓸"했을까. 아서 밀러Arthur. Miller의 〈세일즈맨의 죽음〉에 나오는 늙은 아버지 윌리 로먼Willy Loman처럼 우리 세대의 아버지들은 왜 그렇게 자신의 무능력과 치부를 들키기 싫어했을까.

사실은 자신의 치부만이 아니라 자식에 대한 사랑의 감정까지 그들은 들키기를 거부했던 것이다. 아들이 올 거라는 편지를 받으면 내내 싱글벙글거리고 아내에게 아들의 미래에 대해 이야기하며 좋아하다가도, 아들이 다가올 날이 가까워지면 점점 불안해하다가 막상 아들이 도착하면 마치 화가 난 것처럼 아들과 말다툼을 하던 우리 시대의 윌리 로먼, 아버지들이여. 생존경쟁의 위태로운 전쟁터에서 항상 최고가 되어야 했으나 사실은 중간치거나 꼴찌였던 우리의 아버지들이여, 이제 그만 우시라.

어느덧 우리가 아버지가 되어 당신들을 기억하노니 그 모든 체면이고 허물이고 다 내려놓으시라. 그 외로운 새장에서 튀어 나오시라. 와서 함께 마음껏 다시 우시라.

# #13 과거. 1950년 12월 3일

1950년 12월 3일, 영원한 이별인지도 모른 채 어머니와 헤어져 나온 송해는 친구들과 해주로 향했다. 그들을 맞이한 것은 거리마다 널려 있던 시체들과 38년 만의 강추위와 폭설이었다. 유엔군 '쌕쌕이'와 북한군의 기관총이 동족인 그들의 뒤통수를 향해 포탄과 총알을 날려댔다. 눈 덮인 신작로에는 시체들이 즐비했다. 죽은 어미의 시신 위에서 울고 있는 아기의 모습도 보였다. 피난민의 '구루마'를 끌고 가던 소가 총알에 맞아 죽어 있는 모습도 보였다. 그 와중에 누가 도려냈는지 피투성이가 된 소의 옆구리가 헝겊 조각처럼 너덜거렸다. 계곡으로 도망치다 한 길도 넘는 눈에 빠져 허우적대면 어김없이 총탄이 또 날아들었다.

이 과정에서 함께 피난길에 오른 친구들 여럿이 죽었다. 한번은 폭파된 다리 위를 지날 때였다. 철근이 삐죽삐죽 드러난 다리 위에서 어물거리던 친구가 갑자기 총탄에 맞아 쓰러졌다. 그 자리에서 세상을 뜨고 만 그는 송해의 불알친구인 김익규였다. 그 와중에 송해는 철근에 매달린 채 다리 틈새에 몸을 숨겨 겨우 목숨을 부지했다.

38년 만의 강추위와 폭설 속에서 이들이 해주 연안까지 가는 데 꼬박 일주일이 걸렸다. 재령에서 해주까지가 고작해야 60~70킬로미터 내외의 짧은 거리임을 감안하면 이들 일행의 '고난의 행군'이 어떤 것인지 짐작이 간다. 재령에서 떠날 때 그들은 아무 것도 가진 것이 없었다. 몸만 서둘러 빠져나와 식량조차 없었다.

시신이 즐비한 계곡에 몸을 숨기며 이동하다보면 등 뒤로 북한군의 기관총 사격이 이어졌다. 그들이 사용하던 바퀴가 달린 수냉식水冷式 기관총은 위력이 대단하였다. 총소리만 들어도 귀청이 찢어져 그 자리에 쓰러지고 말 지경이었다. 죽음의 검은 음향이 늘 귓가에서 맴돌았다. 총탄에 맞은 사람들의 몸은 하릴없이 구멍이 뚫리고 찢겨진 채 선홍색의 피를 꾸역꾸역 뿜어댔다. 사람들과 가축들의 비명소리, 울음소리가 길마다 산모퉁이마다 가득하였다.

그들은 포격을 맞은 폐가에서 어느 편인지 알 수 없는, 패잔병들이 먹다 남긴 음식 따위를 주워 먹으며 연명했다. 누룽지, 생쌀, 얼어붙은 고구마 등이 이들의 주식이었다. 그나마 이런 것들조차 구하지 못할 때에는 생솔잎을 뜯어 먹거나 꼬박 이틀씩을 굶기도 하였다. 38년 만의 강추위와 폭설 속에서 이들은 체온으로 서로를 녹여가며 밤을 지새웠다. 누군가는 부상당한 상처 때문에, 누군가는 동상에 걸려, 밤새 신음소리가 끊이지 않았다. 칠흑처럼 어두운 방구석에서 누군가 서러운 울음을 속으로 삼키는 소리도 들렸다.

동이 트면 총탄과 포탄의 소나기를 뚫고 또 발걸음을 옮겨야 했다. 지상의 모든 생명들을 겨냥한 총소리들이 마치 '악마의 찬양'처럼 온 하늘과 들판에 울려 퍼졌다. 가다보면 이번에는 유엔군의 '쌕쌕이'들이 피난민들을 향하여 총탄을 쏟아 부었다. 중국군이 북한군과 함께 피난민으로 위장한 채 남하하고 있다는 소문 때문이었다. 어떤 때는 하루 종일 폐가에 숨어 꼼짝달싹하지 못했다. 송해의 표현을 빌면 "매 시간마다 사선死線"이었다.

이 '죽음의 행렬'이 해주 연안에 도착했을 때 일행의 절반 이상이 사망해 남은 사람은 고작 일곱 명이었다. 해주 시내에는 이미 '조선민주주의인민공화국'의 국기가 펄럭이고 있었고 임시 시장까지 열리고 있었다. 중국군과 연합한 북한군의 남진 행렬이 이미 해주를 지나고 있었던 것이다.

송해 일행이 재령을 떠난 1950년 12월 3일 직후에 소위 '구월산 유격대'가 조직된다. 이들은 1·4 후퇴 때에도 남쪽으로 퇴각하지 않고 북한군의 후방에서 교란작전을 수행하며 휴전협상이 시작된 1951년 7월 이후까지도 치열한 전선을 형성하고 싸운다. 이 과정에서 이들은 수많은 전과를 세우게 되는데, 육군본부에서 나온 한 자료에 의하면 구월산에서는 "유엔군 공군기의 공습으로 인하여 1951년 3월까지도 산불이 계속되고 있었다."[8] 이런 자료는 송해가 재령을 떠나온 직후 구월산을 중심으로 피비린내 나는 유격전이 북한군과 유격대 사이에서 계속 펼쳐졌음을 보여준다.

이 상황에 대해서 송해는 많은 세월이 지나서야 당시에 그곳에 남아 있다 월남한 친구를 통해 알게 되었는데, 그 친구의 표현을 빌면 그 당시에 재령평야, 구월산 일대의 모든 것이 "갈가리 찢어졌다." 구월산 가까이에 살고 있었던, 그가 남기고 온 가족들, 그의 아버지, 어머니, 형과 누이동생은 그 포화의 지옥을 어떻게 견뎌나갔을까. 그들은 거꾸로 송해가 지금쯤 어느 불바다 속을 헤맬까, 이 와중에 목숨이나 부지했을까 걱정했을 것이다.

송해와 그 일행 일곱 명이 해주 연안에 도착했을 때 그곳에서 그들은 작은 나룻배를 발견한다. 나룻배 위에는 일종의 방탄용 쌀가마들이 빙 둘러 놓여 있었고, 이들이 서둘러 해안을 떠나려 할 때 갑자기

기관총의 집중사격이 시작되었다. 쌀가마에 총알이 날아와 푹푹 박혔으며 배 꽁무니 수면 위에서 총알이 물살을 튀기며 날아다녔다. 그들은 배 바닥에 납작 엎드린 채 바다로 나아갔다.

그들이 향한 곳은 연평도였다. 육로는 이미 북한군과 중국군이 점령하고 있었기 때문에 연평도로 가야 다시 배를 타고 남한 어느 쪽으로든지 피난이 가능하다는 판단에서였다. 연평도는 해주 연안에서 직선거리로 약 40킬로미터 정도 떨어져 있다. 그리 먼 거리는 아니었다.

이들이 연평도에 가까이 갔을 때 해안가에 산더미처럼 크고 검은 물체가 정박해 있는 것이 보였다. 나중에 알고보니 그것은 피난민들을 수송하기 위해 유엔군이 준비한 군상륙선 LST였다. 높이가 무려 40미터 정도 되었고, 피난민들이 승선할 수 있도록 긴 망들이 난간으로 내려와 있었다.

송해 일행은 망을 붙잡고 배 위로 올랐다. 연평도에 가면 피난민들을 위해 이런 상륙선이 준비되어 있을 것이라는 정보도 전혀 없었고, 그런 기대도 하지 않은 상태였다. 약 3,000여 명의 난민들이 그 배 위에 올라탔다. 피난민을 태운 배는 서해 앞바다로 멀리 나아가 항로를 남쪽으로 틀었다.

배 안에서 먹을 것이라곤 '안남미'밖에 없었다. 피난민들은 혁대를 풀고 옷을 찢어 연결해 깡통으로 선상에서 40미터 아래의 바닷물을 퍼 올렸다. 식수가 부족해 그렇게 바닷물로 밥을 해 먹었다. 밥인지 소금인지 구별할 수 없을 정도로 짰다. 연료는 배의 측면에서 조금씩 뜯어낸 송판조각들이 전부였다. 예측할 수 없는 미래가 송해 앞에 다시 펼쳐지기 시작한 것이다.

망망대해를 바라보며 송해는 살아온 날들과 살아갈 날들이 막막했다. 어머니를 다시 만날 수 있을까. 전쟁은 언제까지 계속될까. 어느 쪽이 이 전쟁의 최종 승자가 될까. 그 다음엔… 그 다음엔… 또 어떤 세상이 펼쳐질까.

도무지 아무것도 갈피를 잡을 수가 없었다. 그냥 끝도 없이 펼쳐진 잿빛 바다가 눈앞에 있었고, 한겨울의 매서운 바닷바람이 검은 짐승 같은 LST를 향해 세차게 불어오고 있었다.

송해는 함상艦上에서 망망대해를 바라보며 자신의 새로운 이름을 떠올렸다. 그는 바다 해海자를 따서 마음속으로 자신을 '송해宋海'9라 불러보았다. '송복희宋福熙'라는 원래의 이름이 사라지는 순간이었다. 그는, 자신도 모르게, 지금까지와는 전혀 다른 새로운 운명이 자신을 기다리고 있다는 것을 직감했던 것이다.

배는 3일 밤낮을 항해한 끝에 마침내 부산 항구에 도착했다. 송해는 피난선의 목적지가 부산인지 어디인지도 모른 채 그냥 배가 가는 대로 흘러온 것이었으며, 부산에 도착해서도 처음에는 그곳이 어디인지조차도 몰랐다. 그가 고향 재령을 떠나 부산에 오는 동안 전선은 다시 38선을 중심으로 교착상태에 빠져들었다.

# 甲寺 오르는 길 1


　　　　팽나무,　　　고욤나무,

　　　말채나무,　　　느티나무, 노간주나무,

　　　회화나무,　　　꾸지뽕나무,

　　풍개나무,　　　참회나무,

　　시무나무,　　　쉬나무,

　　　단풍나무,　　　비목나무,

　　　윤노리나무,　　　소나무,

　　고로쇠, 졸참나무,　　　왕지똥나무,

　　　　　때죽나무,　　　산수유, 갈참나무, 층층나무,

　　　　　쪽동백나무,　　　물푸레나무, 은행나무,

　　　　백당나무,　　　팥배나무,

　　　참비나무,　　　싸리나무,

　　조팝나무,　　　대팻집나무,


길을 오르며, 그래도 이 초록빛 지구가 살 만한 곳이라고 생각
하다. 전국노래자랑에 나온 박춘자(64, 가사) 씨는 사회자 송해
씨가 나오게 된 이유를 묻자, 자신이 위암에 걸렸으며 죽기 전
에 전국노래자랑에 나오는 게 소원이었다고 대답했다. 그는
太平歌를 부르다가 끝내 울었다.[10]

무려 십여 년 전에 발표한 내 시다. 그 무렵 나는 글을 쓰기 위해 갑사 경내(옻샘골)에 있는 민박집에서 혼자 겨울을 보내고 있었다. 가족들과 헤어져 배낭에 책을 가득 싸매고 와서 눈 속의 겨울을 침묵 속에 견디고 있을 때였다. 스님들로 말할 것 같으면 일종의 '동안거冬安居'였다. 겨우 내내 말 한마디 하지 않고 지냈다. 세 끼 먹을 때만 민박집 거실 바닥에 앉아 다른 식객들과 밥을 나누었다. 그 묵객의 시절에도 나는 민박집 거실의 진공관 TV를 통해 〈전국노래자랑〉을 빼놓지 않고 보았다.

이 시에 나오는 것처럼 〈전국노래자랑〉에 나오는 많은 출연자들이 송해 선생을 만나는 것이 평생의 소원이었다고 말한다. 누구는 65년을 기다렸다고 하고 누구는 73년을 기다렸다고 한다. 가만히 보면 이 햇수는 그 말을 한 출연자들의 나이이다. 물론 과장이 들어있고 그 세월 내내 그들이 송해 선생 생각만 하며 지냈을 리 만무하다. 그러나 선생이 〈전국노래자랑〉 근 30년의 긴 세월 동안 수많은 사람들의 기다림과 그리움의 대상이 되어온 것은 분명한 사실이다.

# #14 현재. 2013년 5월. 〈전국노래자랑〉 경남 창녕군

2013년 5월, 경남 창녕군 편으로 방송된 1657회 〈전국노래자랑〉에는 창녕읍에 거주하는 정기세(68세) 씨가 출연했는데, 그는 무려 44년 전, 그러니까 1969년(42세) 송해 선생이 월남에 위문공연을 갔을 때 자신과 함께 찍었던 사진을 들고 나왔다.

당시 맹호부대 소속 사병(병장)이었던 정기세 씨는 우리 나이로 24세, 연예인답게 그 와중에도 선글라스를 끼고 그와 함께 기념사진을 찍었던 송해 선생은 42세였다. 그는 오로지 이 사진을 송해 선생에게 보여주기 위해 〈전국노래자랑〉에 나왔다고 말했다.

송해 선생에게 그가 보여준 두 장의 흑백 사진에는 44년의 세월이 덕지덕지 묻어 있었다. 송해 선생은 당시의 위문공연을 회상하며, 공연이고 뭐고 일단 만나면 출연자와 사회자가 서로 껴안고 울기부터 했다고 말하며 울먹였다. 당시에 선생을 포함하여 전쟁터로 위문공연을 가는 연예인들은 출국 전, 사망 시 '전사처리'를 하겠다는 서약서에 도장을 찍고 갔다고 한다.

이념과 이권으로 뒤얽힌 '추악한' 전쟁터였던 월남에서 44년 전에 각기 다른 역할로 만났던 두 노인은 이렇게 〈전국노래자랑〉의 무대에서 회포를 풀었다. 정기세 씨는 이어서 〈해운대 엘레지〉를 불렀는데, 박자가 불안정하자 송해 선생은 옆에서 함께 노래를 부르며 그를 응원했다. 중간에 심사위원이 '땡'을 두 번이나 쳤지만 송해 선생은 그것을 무시하고 정기세 씨와 함께 그 노래를 끝까지 완창했다.

정기세 씨는 지금도 일요일 12시 10분이 되면 〈전국노래자랑〉을 틀어놓고 송해 선생과 월남의 습하고 뜨거웠던 공기를 회상하고 있을까. 역사는 덧없이 지나가지만 사람들 가슴 속의 상처는 지워지지 않는다.

지금도 부산 해운대 해수욕장 한 귀퉁이에는 가수 손인호 선생의 〈해운대 엘레지〉 노래비가 서 있다. 그 노래의 가사처럼 "언제까지나 언제까지나 헤어지지 말자고 / 맹세를 하고 다짐을 하던" 수많은 사람들이 '악의 전쟁터'에서 영원한 이별을 겪고, 겪고 또 죽었다. 이런 의미에서 한국전쟁이고 월남전이고 이라크전이고, 세상의 모든 전쟁은 악이다.

# 광대,
# 유랑을 시작하다

한번 공연을 떠나 전국을 돌다 와 보면
큰 딸 아이가 그새 알아보기 힘들 정도로
쑥 자라 있었다. 할 말이 없었다.

# 입대, 그리고 군예대 생활

# #15 과거. 1950년 12월 중순. 부산

송해가 재령을 떠난 지 근 10여 일 만인 1950년(23세) 12월 중순경, 송해와 피난민을 실은 군 상륙선은 마침내 부산항에 도착한다. 멀리 보이는 항구는 한눈에 보기에도 매우 부산한 모습이었다. 그것은 어찌 보면 활기차기까지 한 풍경이었는데, 배가 항구 가까이 갈수록 피난민들의 남루하고도 고단한 모습들이 눈에 들어왔다. 그들의 활기는 피난지에서 일용할 양식을 구하기 위한 동물적인 몸부림에 지나지 않았다. 죽음과 직면한 사람들이 '끝까지 살아남아야 한다'는 본능의 명령을 따라 이리저리 바삐 움직이고 있을 뿐이었다.

배에서 내린 피난민들은 안내원의 지시에 따라 일렬종대로 앞으로 나아갔다. 어디로 무엇을 위해 가는지도 몰랐다. 오랜 항해와 굶주림으로 지친 그들이 마침내 당도한 곳은 커다란 마구간 같은 곳이었다. 여기저기 말똥들이 널려 있고 양철판으로 둘러친 담장이 차가운 겨울 바람에 이리저리 흔들리고 있었다. 나중에야 알았지만 그곳은 일종의 '신병 입대소' 같은 곳이었다. 신병들은 마구간의 마초馬草 위에서 잠을 잤다.

송해는 이렇게 피난민의 줄을 따라 자신의 의지와 무관하게 군에 입대하게 된다. 그는 단 3일간 간단한 제식훈련을 받고 부산의 수송국민학교에 임시로 자리를 잡고 있었던 육군 통신학교로 배정된다. 한 번에 약 100여 명씩 '뭉텅뭉텅' 자대배치를 받았는데 고등학교 졸업 이상의 학력을 가진 사람들이 송해와 함께 통신학교로 배정된 것이었다. 기수로 치자면 3기였다.

통신학교에서의 교육은 매우 혹독한 것이었다. 일반 체신(통신)전문학교에서 2~3년에 걸쳐 익혀야할 기술을 단 3개월에 마쳐야했고, 이런 수준을 만들기 위해 무수한 '매질'이 가해졌다. 단 하루도 매를 맞지 않은 적이 없을 정도였다. 전시 체제하에서 온갖 매질이 '훈련'의 이름으로 난민 출신의 송해와 그 일행에게 가해졌다.

통신학교의 부서는 보급부, 유선부, 무선부 등으로 나뉘어 있었는데, 송해는 무선부로 갔다. 당시로서는 전깃줄이 없이 통신을 한다는 것이 무척 신기해 보였고, 선배격인 2기생들 유선부 군인들이 연병장에서 무거운 전깃줄과 씨름 하는 것이 무척 힘들어 보였기 때문이다.

일가친척 하나 없이 혈혈단신으로 남하한 송해의 유랑생활은 이렇게 시작되었다. 한 치 앞도 내다볼 수 없는 '공포와 불안'의 인생이었다. 군대에서 중간에 탈영을 하는 사람도 많이 있었다. 송해도 힘든 군

생활을 견디기 힘들어 종종 탈영을 생각했다. 남한에 호적도 없으니 문제가 될 것도 없었다. 그러나 부대 밖으로 나간들 아무도 그를 기다리는 사람이 없었다. 연고가 없는 삶이 그를 계속해서 군대에 붙들어 두었다. 군대에 있으면 최소한 잘 곳이 있었고 먹을 것이 있었기 때문이다.

그렇지만 가족들이 면회를 오는 친구들을 보면 부러움을 참을 수가 없었다. 그는 동기들이 가족들에게서 얻어온 딱딱한 누룽지조각을 먹으며 자주 울었다. 재령 고향집 부엌에 계신 어머니가 자꾸 눈에 밟혀서였다. 어머니가 밥을 짓는 가마솥 뚜껑을 열 때마다 푸짐하게 피어오르던 하얀 김과 그 옆에서 재갈재갈 조잘대던 누이동생이 떠올랐다. 이제는 모두가 꿈이었다.

피난선 함상에서 지은 '송해宋海'라는 이름처럼, 시작도 끝도 없는, 막막한 바다와 같은 인생이 이렇게 시작되었다. 이제 살아야겠다는 생각이 들었다. 어떤 식으로든 이 망망대해에 닻을 내려야 했다. 살기 위해서는 (송해의 표현을 빌면) "뭐든지 하나라도 튀어야 했다." 그는 통신학교의 매질을 온몸으로 견디며 당시에 군 무선통신의 최고 기술자격인 소위 '766 고속도 통신사' 시험에 합격을 했다. 1분에 120자 이상의 모스 부호를 날릴 수 있어야 합격할 수 있는 고난도의 시험이었다. 선임병들에게 매 맞는 것이 무서워 화장실에 숨어 밤새도록 모스 부호를 외운 결과였다.

당시에 766 고속도 통신사 자격의 취득은 엄청난 통신기술의 소유를 의미하는 것이었고, 이 시험에 합격하면 군내에서도 매우 훌륭한 대접을 받았다. 이 자격증을 소유한 병사가 희박하여 '보물 대접'을 받앉으며 전방의 전선에도 내보내지 않을 정도였다. 송해가 통신병으로 복무할 당시의 통신학교 교장(조웅천)도 1956년 소장으로 예편한 후, 1957년 체신부 차관이 되었다.

이때 이후 국내 최고의 지명도를 가진 연예인이 된 지금까지 그는 매사에 항상 최선을 다한다. 그가 하는 모든 일에 최선이 아닌 것은 없다. 그는 매사에 최고의 집중도를 가지고 달려들며 자신이 가지고 있는 모든 능력, 잠재력과 에너지를 남김없이 쏟아낸다. 이것은 그의 타고난 성실성 때문이기도 하지만, 그러하지 않으면 생존 자체가 불가능할 수도 있다는, 오갈 데 없는 유랑자 특유의 동물적 감각, 즉 공포와 두려움의 발로이기도 하다.

그 본능은 오랜 세월을 거치며 하나의 습관이 되어서 국내 최고령 연예인이 된 지금도 변함이 없다. 백전노장의 최장수 국민MC임에도 불구하고 그는 마치 금방 잘리기라도 할 것 같은 위기감과 긴장감을 가지고 모든 프로그램을 대한다. 〈전국노래자랑〉이고 〈가요무대〉고 다 마찬가지이다.

어느 노래 가사처럼 아무런 연고 없는 타향에서 '누가 이 사람을' 알아 주냐 말이다. 그는 그 누구의 도움도 없이, 의지할 데 한 곳 없이 풍랑의 세월을 하나하나 헤쳐 나왔다. 그 외롭고 쓸쓸한 유랑의 길 위에는 (오늘날 그 나이의 청년이라면 누구나 가질 법한) 장래에 대한 분홍빛 계획도, 희망도, 포부도 없었다. 그냥 하루하루, 주어진 위기에 맞서 쓸쓸한 동물처럼 분투해왔을 뿐이다. 최고로 성공한 연예인 중의 한 명인 그의 인생에 이상하게도 슬픔과 고독의 냄새가 풀풀 나는 것은 바로 이런 이유 때문이다. 누군들 이 유랑의 삶을 즐겨 맞이했겠는가.

# #16 현재. 2014년 8월 8일. 〈전국노래자랑〉 충남 태안

2014년 8월 8일, 오전 9시 40분, 여의도 KBS 방송국 신관 후문 입구에서 나는 '한남관광' 리무진 버스에 올라탔다. 다음날 충남 태안에서 녹화할 〈전국노래자랑〉을 취재하기 위해서였다. 버스에는 송해 선생과 무대감독 김상연, 신재동 〈전국노래자랑〉 악단장, 심사위원인 작곡가 박성훈, 김동찬, 방송국 소속의 코디 등이 타고 있었다. 나는 무대감독 김상연의 배려로 선생의 옆자리에 앉았다.

버스가 방송국을 떠났다. 차창가로 방송국이, 서울이 서서히 멀어져 갔다. 나는 힐끗힐끗 선생의 옆모습을 쳐다보았다. 눈을 감은 채 가만히 앉아 있는 그에게 나는 아무 말도 걸지 않았다. 먼 길 떠나는 노년의 그를 배려하는 마음도 있었지만, 그에게서 범접하기 어려운 어떤 아우라가 강하게 풍겨 나와서였다. 그것은 마치 큰 전투를 앞둔 장수의 절대고독, 결단, 몰입의 분위기 같은 것이었는데, 그 누구의 방해도 용납하지 않겠다는 정신의 어떤 강고한 성城 같은 것이 느껴졌다.

버스가 서해대교 휴게소에 도착했을 때에야 나는 겨우 그에게 말을 걸었다. 이 희대의 연예인이, 고속도로 휴게소 중에서도 아마 가장 번잡한 이곳에서 점심식사를 한다는 것이 잘 이해가 가지 않아서였다.

"선생님, 이런 휴게소에서 선생님처럼 유명하신 분이 처음부터 끝까지 식사를 제대로 할 수 있습니까?"

"아, 괜찮아요. 팬들이 인사하고 사진 찍고, 뭐 그러는 거지."

대수롭지 않게 대답한 그의 말대로 몇몇 팬들의 인사와 사진 찍기 등이 자연스럽게 이어졌다. 우리는 휴게소의 식당에 줄을 서서 주문한 음식을 받아왔으며 우왕좌왕 식사를 겨우 끝냈다. 그는 모든 팬들에게 환하게 웃으며, 〈전국노래자랑〉 국민 MC의 모습을 유감없이 보여주었고, 팬들이 원하는 대로 자신의 몸을 맡겼다. 팬들은 그를 어려워하면서도 마음대로 사진 찍고, 마음만 먹으면 얼마든지 그의 통통한 볼에 마구 '뽀뽀'라도 할 기세로 그에게 달려들었다. 버스 안에서와는 달리 그는 그냥 편안한 아버지였고, 인자한 할아버지였다.

태안 읍내에 있는 초라한 모텔에 짐을 풀자마자, 선생과 나, 악단장, 심사위원들은 읍내의 목욕탕으로 갔다. 이것은 송해 선생에게는 일종의 제의祭儀같은 것이어서, 녹화를 나갈 때마다 그가 거치는 일과이다. 그는 서울에서 가까운 곳, 심지어 수원 정도에서 녹화가 있을 때에도 반드시 하루 전날 내려가 스스럼없이 발가벗고 동네의 촌부들과 대화를 나눈다.

중요한 것은 녹화 당일인 다음날이었다. 녹화는 태안 군민체육관에서 8월 9일, 오후 1시부터 시작되었고, 그 전에 출연자들의 리허설이 오전 9시부터 있었다. 선생은 이날 새벽 5시 30분에 나를 포함한 일행과 함께 모텔 바로 옆의 식당에서 아침을 먹었다. 그리고 리허설이 시작되기 훨씬 전인 오전 7시 30분경에 이미 녹화현장에 도착했다.

대기실에 앉아 그가 하는 일은 그날의 녹화대본을 들여다보거나 가만히 눈을 감고 앉아 있는 일이었다. 전날 버스 안에서의 그의 모습이 다시 살아났다. 그는 더 이상 자애로운 할아버지도, 인자한 아버지도 아니었다. 극도의 집중과 긴장이 그를 감싸기 시작했다. 그는 내부로부터 모든 장애물, 방해물들을 거부하며 정신의 어떤 중심을 향하여

무대에 오르기 전에는 항상 고독한 긴장과 집중이 선생을 지배한다.

깊이깊이 들어가고 있었다. 나는 가능한 한 멀찍이 떨어져 그의 모습을 관찰했고, 가까이 가도 그에게 말을 걸지 않았다. 그렇다. 국내 최장수, 최고령 MC인 그가, 지금 '떨고(?)' 있는 것이다.

1980년에 시작된 〈전국노래자랑〉이 2015년 현재 1,700회를 훨씬 상회했으니, 1988년부터 사회를 맡은 그가 한 〈전국노래자랑〉 녹화 횟수는 간단한 계산으로도 1,350회를 상회한다. 같은 일을 이만큼 반복했다고 생각해보라. 그리고 이 반복을 통해 최고의 성과를 인정받았다고 생각해보라. 그런 일 앞에, 백전노장인 그가 저렇게 긴장하고 있는 것이다. 그는 끝내 '우황청심환'까지 복용했고, 긴장한 탓인지 자꾸 기침을 했으며, 그럴 때마다 무대감독이 '판피린'을 가져다주었다.

나중에야 안 일이지만, 내가 선생의 KBS 〈가요무대〉의 녹화 과정을 처음부터 끝까지 함께 할 때도 이런 현상은 반복되었다. 〈가요무대〉에서 1세대 '뽕짝' 한 곡을 부르기 위해 그는 당일 오전 11시부터 밤 8시 30분까지 대기실과 무대에서 계속 서성였다. 그때도 선생은 예외 없이 우황청심환과 판피린을 복용했다.

그는 1세대 대중가요 수백 곡의 가사를 암기하고 있고, 아무 때나, 아무 자리에서나, 심지어 목욕탕에서 샤워를 하면서도 줄줄이 노래를 불러대는 백전노장이다. 그런데 무대 위에서 그 흔하고, 그가 그렇게 사랑해마지않는 노래 한 곡을 부르기 위해 그는 이 길고도 긴 긴장의 시간을 견딘다.

독자들이여, 이 사실이 믿어지는가? 〈전국노래자랑〉의 무대 위에서 우리의 영원한 광대인 '송해 형님'은, '송해 오빠'는 얼마나 활달하고 자유로운가? 그는 얼마나 많이 스스로 낮아지며 자주 망가지는가? 그런데 이 '떨림'은 도대체 어디서 오는 것일까?

그것은 물론 한편으로는 철저한 프로정신으로 무장한 예술가, 장인의 그것이다. 세계적인 소프라노인 조수미도 어느 인터뷰에서 서울시의 어떤 구민회관에서 열리는 작은 음악회에 설 때에도 "심히 떨린다"고 고백한 적이 있다. 자신에게 가장 익숙하며, 자신에게 가장 '쉬운' 일을 대하는 이들의 이 '떨림'의 정체는 무엇인가? 내가 옆에서 지켜본 바에 의하면, 그것은 사실 떨림이라기보다는 극단적인 긴장, 몰입, 집중이었다. 그것은 자신이 가장 사랑하는 일을 대하는 성스러운 제의祭儀였으며, 기원祈願이었고, 초월이었다.

송해 선생의 표현을 빌면 "내 직업을 천직으로 아는 사람은 같은 무대에 백 번 나와도 백 번 긴장하며, 관객이 단 한 명이 있더라도, 만 명의 관객이 있다는 자세로 대한다." 그는 공연 40분 정도 전에 청심환까지 복용해가며 그 "마음을 진정시키고", 관객들이 입장하는 모습을 무대 뒤에서 지켜본다. 그에 따르면 "관객들이 천천히 들어오는지, 갑자기 몰려오는지, 그 상황을 보아야 그날 그 관객들의 분위기를 파악할 수 있기 때문이다. 관객들은 단 한 번도 동일하지 않다."

무대에 오르기 전부터 그는 모든 것을 잊고, 다른 모든 것을 거부하며, 오직 그 일, 그 일의 어떤 중심에 자신의 모든 것을 던지고 있었다. 그는 자신의 능력, 재능, 에너지, 그리고 몸과 영혼의 모든 것을 다 쏟아내고 있었던 것이다.

그런데 나는 송해 선생의 이 몰입이 때로 가엾다. 그것은 존경 받아 마땅할 장인의 숭엄崇嚴한 자세이기도 하지만, 나는 그 안에서, 오로지 생존을 위해 몸부림치지 않으면 안 되었던, 가난하고 외로웠던 한 사내의 뒤안길을 읽는다. 가족과 이별하고 매순간 혼신을 다해 세상과 싸우지 않으면 연명할 수 없었던 기구한 한 사내의 운명 말이다. 국군 통신학교에서 뭇매를 맞아가며 '766 고속도 통신사' 자격을 취득하는 것으로 시작했던 그의 유랑은 지금도 계속되고 있고, 그것은 영원한 '비정규직' 떠돌이, 광대의 그것이다.

무대에 오르기 전, 어떤 고독한 긴장과 집중이 선생을 지배한다면, 무대에 올라가는 순간 그의 태도는 돌변한다. 선생은 본격적인 녹화가 시작되기 30분 전이면 벌써 무대로 올라가는데, 아무런 인사나 소개도 없이 바로 노래를 불러버린다. 주로 〈나팔꽃 인생〉이나 〈신명나는 세상〉 같은 자신의 노래를 부르는데, 갑자기 나타난 그가 예고도 없이 노래를 시작하는 순간, 관객들은 바로 흥분의 도가니에 빠진다.

팔과 몸을 가볍게 흔들며 노래를 부르는 그의 모습을 보면 무대에 오르기 전의 집중과는 전혀 다른 방향으로 그의 에너지가 분출됨을 알 수 있다. 그것은 몰입이나 집중과는 정반대편에 있는 어떤 해방의 정서를 향해 있다. 무대에 오르기 전, 내면의 고독한 중심을 향해 있던 그의 정신은 이번에는 관객들을 향하여 밖으로 마구 넘쳐난다. 안으로 응축되었던 에너지가 어느 순간을 기다려 밖으로 되튀어 나올 때의 그 환희, 해방, 넘침, 자유의 미학이 바로 관객과 시청자들이 무대와 텔레비전 화면에서 만나는 선생의 모습이다. 그것은 잠시 가두었던 어떤 연료의 폭발이며, 이 에너지가 80 후반이라는 그의 나이를 순식간에 지워버린다. 그는 갑자기 자유로운 영혼이 되어 3세부터 100세가 넘는 출연자들, 관객들과 어울리고 춤추고, 울고 웃으며, 그들의 '형님'과 '오빠'가 되어버리는 것이다.

〈전국노래자랑〉 무대에 오르기 직전, 뒤에서 무대장치 사이로 관객들을 쳐다보고 있는 송해

그러나 독자들이여, 기억하시라. 우리들의 국민 MC, 송해 '엉아'가 이런 모습을 보여주기 전까지 얼마나 깊고도 외로운 집중의 시간을 갖는지.

# #17 과거. 1951년. 대구시 내당동

3개월간의 통신학교 교육을 이수한 후 송해는 당시에 대구에 있던 육군본부에 통신병으로 배치된다. 송해가 육군본부에 배속될 무렵 전선은 38선을 중심으로 계속 교착상태에 머물렀다. 게다가 후방의 육군본부에 최고의 기술을 가진 통신병으로 배치된 덕분에, 그는 전쟁 중 입대했음에도 불구하고 동족끼리의 총부림이 난무하는 전투현장에는 단 한 번도 가담해본 적이 없다.

불행 중 다행이라면 다행이었다. 그가 만일 당시의 전선에 배속되어 생명을 잃었더라면, 우리는 지금의 송해를 영원히 볼 수 없었을 것이다. 이번에도 어떤 '보이지 않는 손'이 그를 번쩍 들어 목숨을 부지하도록 한 것이다. 그리고 그 손은 그를 군예대軍藝隊, 악극단, 라디오, TV 방송을 거쳐 지금의 〈전국노래자랑〉에 세워 놓았고, 그 사이 근 65년의 무상한 세월이 흘러갔다.

당시 송해가 근무하던 부서는 통신대 중에서도 수신소였고, 수신소는 최고 수준의 보안을 유지해야 하는 일종의 '비밀부대'이어서 정규 군부대에 편입되지 않고, 대구시 내당동에 있던 민가에서 생활했다.

송해가 근무하던 민가 옆에는 '라사점(羅絲店, 오늘날의 양복점)'이 하나 있었다. 이 라사점의 주인은 독실한 크리스천이었고 부인이 옆에서 일을 도왔다. 부인은 소아마비 때문에 휠체어에 앉은 채 재봉틀을 돌리며 옷을 수선하기도 하고 남편의 양복 제작 일을 거들기도 하였다. 이 부부의 이름은 이기하 그리고 이종숙이다.

부부는 그곳에 있던 송해를 마치 친동생처럼 따뜻하게 대해주었다. 혈혈단신 남하해 일가친척 하나 없는 그가 딱해서였다. 송해가 가면 소아마비에 걸린 불편한 몸으로 '누이(이종숙 씨를 송해는 이렇게 불렀다)'는 감자도 쪄주고, 계란도 삶아주고, 없는 반찬 있는 반찬을 다 꺼내 밥을 차려주기도 하였다. 어떤 때는 부대에서 몰래 빠져나와 그 집에서 낮잠을 자다 부대에 복귀하는 일도 있었다. 나중에 제대를 하고 악극단을 떠돌면서 이들과의 소식도 자연스레 끊어졌다.

# #18 현재

송해 선생에 관한 자료조사를 하던 어느 날 나는 우연히 '유튜브'에서 선생이 〈가요무대〉에 나와 한복을 입고 전통가요 메들리를 부르는 장면을 목격하였다. 선생은 내가 무지 좋아하는 남인수의 〈낙화유수〉라는 노래를 아코디언과 기타, 드럼만으로 편성된 단출한 반주로 부르고 있었는데, "이 강산 낙화유수 흐르는 봄에 / 새파란 잔디 위에 지은 맹세야 / 세월에 꿈을 실어 마음을 실어 / 꽃다운 인생살이 고개를 넘자"라는 가사가 선생의 구성진 목소리에 실리고 있었다.

그런데 배경 화면에 어떤 동영상이 비치는 것이었다. 잠깐 비치다 사라진 동영상을 보기 위해 나는 화면을 다시 앞으로 돌렸다. 거기에는 어떤 무대에서 노인이 휠체어에 앉은 할머니를 밀고 송해 선생 앞으로 나오는 장면이 있었다.

선생은 그 할머니를 보자 잠시 멍한 표정을 짓더니 이내 "누이"라고 부르며 달려갔고, 휠체어에 앉은 할머니의 손을 잡고 어찌할 줄을 모르며 무릎을 꿇은 채 어린애처럼 엉엉 우는 것이었다. 할머니도 안경을 들어 올리며 울었고, 선생은 카메라도 관객들도 전혀 의식하지 않은 채, 그냥 계속 울었다. 그 울음은 말 그대로 폭포수처럼 줄줄 쏟아지는 울음이어서 나는 '사람이 어떻게 저렇게 울 수가 있지'라는 생각을 하다가 영문도 모른 채 갑자기 슬퍼져서 그만 따라 울고 말았다.

며칠 후 나는 송해 선생에게 이 화면을 보여주며 이 할머니가 누구냐고 물었다. 북한에 있는 친누이가 돌아왔을 리도 없고 선생이 '누이'라고 부르며 손잡고 우는 저 노인이 도대체 누구란 말인가.

선생의 이야기를 들으니 화면에 잡힌 이 할머니가 바로 앞에서 언급한 내당동 통신대 시절, 선생을 동생처럼 돌봐주었던 이종숙 씨였다. 당시에 어느 방송국에선가 사람 찾는 프로그램이 있었고 송해 선생이 그 프로에 나가 이 '누이'를 찾아달라고 했다는 것이다. 내당동 시절의 간단한 이야기만 듣고 방송국에서는 이 부부를 찾아냈는데 당시에는 대구가 아니라 경기도 어딘가에 살고 있더라는 것이다.

방송국에서는 녹화 직전까지 이 사실을 숨기고 무대에서 송해 선생과 이들을 갑자기 상면하게 했는데, 화면상의 선생의 얼굴을 보아 대중 선생의 나이 칠십 정도 때였던 것 같다. 그러니 전쟁이 끝나고 이 '누이'와 헤어진 지 근 40년 만의 상봉이었던 것이다. 그 때 휠체어를 밀고 나왔던 노인은 바로 이 누이의 남편으로 선생에게 형처럼 잘해 주었던, 양복점 주인 이기하 씨였다. 이 부부는 지금 이 세상 사람이 아니다. 선생은 이분들의 아들(이○훈)과 딸(이×훈) 이름까지 명확하게 기억하고 있었다.

이 화면을 보면서 내 머리 속으로, 한국전쟁 당시의 까까머리 송해에서 시작해 유랑극단의 광대, 그리고 라디오와 텔레비전을 거치며 국내 최상의 연예인으로 늙어온 선생의 인생이, 그리고 그 속에 엄마 잃은 한 어린아이의 쓸쓸한 모습이 한꺼번에 스쳐갔다. 그리고 이 글을 쓰기 위해 그 화면을 지금 다시 보면서, 나는, 또 운다. 인생은 왜 이렇게 죄다 서러울까.

# #19 과거. 1953년 7월 27일. 휴전협정 체결

송해가 자대배치를 받은 지 3~4개월이 지난 1951년(24세) 7월 10일, 남북 간 휴전협상이 시작되었다. 전선은 38선을 중심으로 다시 교착상태에 빠져들었다. 그로부터 무려 2년여가 지난 어느 날이었다. 상급부대에서 전보가 날아들었다.

당시에 무선 통신의 암호가 'ㅂ'으로 시작하면 '보통전보', 'ㄱ'으로 시작하면 '긴급전보'를 의미했다. 그런데 그날 날아온 전보는 'ㅇ'자가 붙어 있었다. 그것은 심각한 군사기밀을 의미하는 것이었다. 사병인 송해는 무슨 내용인지도 모른 채 벌벌 떨며 신호를 날렸다. 당시에 통신학교 2층에는 영화 〈돌아오지 않는 해병〉을 만든 이만희 감독이 선임으로 근무했었는데, 그에게 알아보니 그것은 휴전협정의 조인을 전군에 알리는 전보였다. '1953년 7월 27일 밤 10시를 기점으로 모든 전선의 전투를 중단한다'는 내용이었다.

드디어 전쟁이 끝난 것이다. 1953년(26세) 7월 27일이었다. 언론에도 자주 공개가 되었지만, 이렇게 해서 송해는 모스 부호로 전군에 휴전협정의 조인을 알린 최초의 군인들 중의 한 명이 된다.

그는 지금도 휴전을 알리던 손끝의 떨림을 잊지 못한다. 그러나 돌이켜보면 그에게 있어서 휴전은 분단체제가 다시 영속화됨을 의미하는 것이었다. 이로써 그가 고향의 가족들과 재회할 수 있는 가능성은, 적어도 지금까지는, 영원히 사라지고 말았다.

군복무 중 지금의 연예인으로서 송해에게 가장 중요한 사건은 3군 종합 콩쿠르 대회에 나가 최우수상을 받은 것이다. 송해의 계급이 일병이었을 때다. 북한에서 해주음악전문학교와 선전대 활동을 통해 단련된 노래실력이 공식적으로 인정받는 순간이었다.

이 대목에서 우리는 소위 '군예대'에 대해 알아볼 필요가 있다.

1948년 8월 15일 그리고 9월 9일 남북한에 각각 단독정부가 수립된 이후, 같은 해 10월 19일 여수·순천 사건이 일어난다. 이 사건은 당시 전남 여수에 주둔하고 있던 국방경비대(국군의 전신) 소속의 좌파 군인들 2,000여 명이 이보다 먼저 일어난 제주 4·3 사건 관련 제주 도민들에 대한 진압을 거부하면서 일으킨 무장 반란 사건이었다. 반란군은 순천을 점령하고 곡성까지 진출하다 10월 27일경 진압군에 의해 소탕된다. 그 후 반란군 중 일부 잔존 세력은 지리산 등으로 들어가 빨치산 활동을 하였다.

이 사건이 일어난 직후, 반공사상의 고취를 위해 "군에서는 보병 제5사단 지리산 전투지구 특별선무공작대를 창설하게 된다. 이들은 공비의 귀순 공작이나 피해 지역에 대한 위문공연을 주목적으로 하였다."[11] 여기에서 말하는 '특별선무공작대'는 다음해(1950년) 공식적으로 발족된 군인 위문부대인 '군예대'의 전신이었다.

군예대와 관련하여 정확한 자료는 많지 않으며, 대부분 여기에 참여했던 악극인들, 연예인들의 개인적인 경험의 기록에 의존하고 있다. 그나마 '디지털 충주문화대전'에 나와 있는 한 자료에 의하면 우리는 다음과 같은 사실을 확인할 수 있다.

"1950년 6·25 전쟁 당시 후퇴를 거듭하던 육군 6사단 2연대는 충주의 남한강 가에 진을 치고, 육군본부의 정식 승인 하에 화랑소대와 양양소대의 2개 소대를 합쳐 정식으로 육군 군예대를 발족하였다. 이에 따라 당시 육군 6사단 2연대에 복무 중이던 코미디언 배삼룡이 단위 부대 위문단의 인솔자로서 격전지를 찾아다니며 위문 공연을 시작하였다. 1950년 9·28 서울 수복 이후 육군 군예대는 제1소대 양악대, 제2소대 연예대, 제3소대 국악대로 편성되었다. -중략- 1953년 7월 정전 협정 이후 육군 군예대의 활동도 점차 약화되었다가, 1960년대 월남 파병과 더불어 육군 군예대 활동이 다시 활기를 띠고 많은 연예인들이 월남으로 옮겨가 파월 장병들을 위문하였다. 1960년대 후반 대금산조 명인 이강생, 코미디언 이주일, 피리 명인 정재국 등은 27

사단 연예대에서 활동했고, 구봉서, 남진, 진송남, 배일집 등은 해병대 군예대에서 활동하였다. -중략- 가수 안다성, 송달협, 고대원, 유춘산, 임노설 등 25명은 1102 야전공병단 군예대에 소속되어 강원도 강릉 부근에 배치되어 활동하였다. 6·25 전쟁 당시 육군 군예대에서 활동한 연예인으로는 〈한많은 대동강〉의 가수 손인호, 박시춘, 남인수, 허장강, 이예춘, 김진구, 백설희, 박노식과 '산조춤 명인'의 김진걸, 이매방, 황해, 독고성 등이었다."[12]

이 기록을 통해 알 수 있듯이 당시 군예대는 반공이념의 선전을 위해 만들어진 것이었지만, 당시 군복무 중이었던 대표적인 연예인들에게는 향후 연예인으로서 자신들의 기량을 훈련하는 마당이기도 했다. 다른 기록을 보아도 국내에서 악극단 출신의 수많은 연예인들이 군예대를 거쳐 갔음을 알 수 있다. 위에 열거된 연예인들 외에도 도성아, 박호, 윤부실, 강남춘, 박옥초, 윤인자, 최성호, 길옥윤 같은 악극단 출신의 연예인들이 이 무렵 군예대 활동에 동참한다.[13]

흥미로운 것은 송해가 해주음악전문학교의 학생으로서 1949년부터 남으로 내려온 1950년 12월 이전까지 북한에서 사회주의 이념을 전파하기 위한 선전대 활동을 하던 동일한 시기에, 훗날 송해와 같은 무대에 서서 한국 연예계를 이끌어 왔던 구봉서, 배삼룡 등 코미디언들은 남한에서 반공이념을 전파하기 위한 또 다른 형태의 선전대인 '군예대' 활동을 했다는 것이다. 이들은 각기 서로가 하는 일을 모르면서 서로 다른 진영에서 서로 적대적인 이념의 전파를 위한 무대에 서 있었던 것이다. 이는 2차 대전 이후 이념전쟁의 모순이 가장 폭발적으로 분출된 한반도에서 볼 수 있는 '슬픈' 역사에 다름 아니다.[14]

3군 노래자랑에 나가 최우수상을 받은 송해는 군복무 시절 내내 그 유명세를 톡톡히 치른다. 그는 군예대가 자신의 부대에 위문공연을 올 때마다 무대에 올랐을 뿐만 아니라, 임시 휴가증을 끊어 군예대의 위문 공연장에도 자주 불려나갔다.

이 과정을 통해 그는 북한에서의 선전대와는 다른 방식의 무대를 새롭게 경험할 수 있었고, 이후 연예계 생활에 필요한 다양한 인맥들을 서서히 형성하게 된다. 전쟁으로 잠시 끊겼던 '역마살' 인생이 다시 꿈틀대고 있었던 것이다.

# #20 과거. 1964년

한국전쟁 이후에도 군예대 활동은 1964~1974년에 걸쳐 진행된 파월장병 위문공연으로 이어졌다. 당시의 내로라하는 연예인들, 이미자, 김추자, 패티김, 은방울 자매, 김세레나, 김상국, 남진, 나훈아, 윤복희, 문주란, 박재란, 현미, 권혜경, 이한필(위키 리) 등 가수들, 송해, 서영춘, 배삼룡, 남보원, 박시명 등 유명 코미디언들, 영화배우, 무용단, 심지어 미스 코리아들까지 위문공연에 동원되었다.

앞서 말했지만 당시 연예인들은 월남으로 출발하기 전에 서약서를 써야했다. 위문공연 중 사망하더라도 민간인으로서 보상을 요구하지 못하며 그냥 '전사처리' 된다는 내용이었다. 송해 선생의 표현을 빌면 "말도 안 되는 엉터리" 요구이었다.

당시에 월남에서는 전선이 정해지지 않고 아무 곳에서나 돌발적으로 전투가 벌어지는 상황이었기 때문에, 위문단을 실은 헬리콥터나 비행기를 향해 언제 어디서 포탄이 날아올지 몰랐다. 송해 선생은 이 '목숨을 건' 위문공연에 무려 세 번이나 참여해야했다.

실제로 코미디언 '홀쭉이(양석천)'가 위문공연을 갔을 때는 비행기가 이륙하자마자 추락하는 사건이 일어나기도 했다. 다행히 죽은 사람이 없었지만 어쨌든 다들 목숨을 걸고 전선으로 나가는 꼴이었다. 송해 선생은 제일 마지막까지 버티다가 "분위기상 어쩔 수 없이" 결국 서약서를 쓰고 3번이나 위문공연에 참여했다. 위문공연을 떠날 때마다 가족은 물론이고 주위가 온통 눈물바다가 되었다.

한번은 C-46 군 수송기를 타고 위문공연을 가던 중이었다. 프로펠러가 4개이어서 당시에 '4발기'라고 불리기도 했던 작은 비행기였다. 함께 동석했던 병사가 송해가 앉아 있던 창가로 와서 자꾸 밖을 내다보는 것이었다. 궁금해진 송해 선생이 왜 자꾸 밖을 쳐다보냐고 묻자 병사의 대답이 걸작이었다.

"프로펠러 하나가 안 돌아가네요."

송해 선생은 내게 이 이야기를 하면서 그 순간 "당장 내리고 싶더만, 미치겠더라"고 말했고, 나는 "내릴 데가 어디 있냐"고 대답했다. 당황한 송해 선생에게 병사는 위로랍시고 이렇게 말했다.

"선생님, 프로펠러가 네 개니까 한 개 정도는 안 돌아가도 돼요. 뭐… 기름이 샌다면 모르지만요."

참고로 C-46 수송기는 한국전쟁 당시 미군이 사용하던 수송기인데, 연예인들이 한창 월남전에 투여되던 1967년 4월 8일, 서울시내

청구동 주택가에 추락, 폭발하여 탑승자 12명을 포함하여 63명이 사망한 사건도 있다.

당시에 연예인을 실은 수송기들은 베트남까지 직통으로 가지 못하고 필리핀 클라크 공군기지에 내려 하루씩 쉬었다 다시 이동하곤 했는데, 한번은 송해 선생이 클라크 시내의 트레일러 하우스(간이숙소)에서 하룻밤을 묵을 때였다. 저녁 무렵 맥주나 한 잔 하기 위해 일행들과 함께 시내의 '그라브(클럽 club의 송해 선생식 발음)'로 들어가는 찰나였다. 어디서 정보를 얻었는지 한국의 연예인들이 오는 것을 알고 클럽의 밴드가 환영의 트럼펫을 불기 시작했다.

놀랍게도 그것은 한국의 〈아리랑〉이었다. 송해 선생은 "눈물이 쫙 났다." "여기가 어딘데 여기서 아리랑이 들리느냐 말이다." 그래서 송해 선생은 그날 밤 클럽에서 (돈을) "막(마구!) 썼다."

한국전쟁, 월남전을 포함하여 일종의 구조악構造惡일 수밖에 없는 모든 전쟁의 제일 밑바닥엔 전쟁의 원인과 이유도 모른 채 동원돼 희생당한 수많은 사람들이 있고, 군예대 연예인들도 위문기간 내내 그런 위험에 노출되어 있었다. 그 어떤 '보이지 않는 손'이 이번에도 송해 선생을 죽이지 않고 한국으로 고스란히 데려왔다.

# 광대, 악극단에 들어가다

# #21 과거. 1954년

한국전쟁 중 입대한 송해는 3년 8개월간의 긴 군복무를 끝내고 1954년(27세) 8월에 드디어 제대를 한다. 정전협정이 조인된 지 무려 1년여가 지난 후였다. 송해에게 있어서 제대는 한편으로는 군대라는 굴레로부터의 해방이었지만, 다른 한편으로는 아무런 대책도 없이 허허벌판에 다시 내팽개쳐진 것이나 다를 바 없었다.

당시에 송해뿐만 아니라, 소위 '삼팔따라지'들의 운명이 다 이러했을 것이다. "〈표준국어대사전〉의 '따라지'의 풀이를 보면 '놀음판에서의 삼팔따라지'를 제일 먼저 싣고, 뒤를 이어 '38선 이북에서 월남한 사람을 일컫는 삼팔따라지'를 실은 후, 마지막으로 '보잘 것 없거나 하찮은 처지에 놓인 사람이나 물건을 속되게 이르는 말'을 싣고 있다. 북한의

〈조선말대사전〉(1992년)에는 '여럿 가운데서 키도 작고 몸집도 작아서 풍채가 보잘것없이 생긴 사람이나 하찮은 물건을 낮잡아 이르는 말'이란 뜻과 '놀음판에서 한 끗을 이르던 말'이란 뜻을 달고 있다."15

어쨌든 '삼팔따라지'라는 기표記標에는 월남하여 아무런 연고가 없던 당시의 북한 '난민'들에 대한 '업신여김'의 기의記意가 있다. 이 단어에는 남한 사람들의 '텃세'와 난민들의 '자조自嘲'의 역사가 어려 있다. 말하자면 송해를 포함한 모든 '삼팔따라지'들은 이념갈등의 와중에서 '자신의 조국에서 유배당한 자'들이었다. 그들은 멸시와 설움 그리고 자기 비하와 싸우며 대책 없는 미래를 꾸려가지 않으면 안 되었다.

송해가 제대해서 남한에서의 사회생활에 첫발을 내딛을 때, 다행히도 송해에게는 좋은 벗이 있었다. 그의 이름은 장세균이었고, 대구의 육군본부에서 송해와 함께 군 생활을 한 사람이었다. 송해에 따르면 장세균은 당시에 일가친척 하나 없는 송해를 "마치 부인이 남편을 섬기듯" 극진히 보살펴주었다.

그는 송해보다 2~3개월 늦게 제대했으나 송해가 제대하던 날 휴가를 내어 부천에 있던 자신의 집으로 송해를 데려간다. 당시에 장세균의 부모는 부천의 싸전거리에서 쌀가게를 하고 있었다. 장세균의 쌀가게는 싸전 골목의 제일 끝에 위치해 있었고, 기와집 앞에 함석으로 지붕을 잇대 가게로 사용하고 있었다. 당시에 쌀가게 주인이면 그래도 중산층 이상의 경제력을 가지고 있는 편이었다.

오갈 데 없었던 송해는 이 가족들의 따뜻한 배려로 이곳에서 1년여를 얹혀살게 된다. 송해의 처지를 딱하게 여긴 장세균의 부모가 마치 친부모처럼 송해를 보살펴주었다. 특히 장세균의 모친은 얼굴에서 항상 '웃음이 떨어지지 않는' 분이었다. 늘 웃는 모습이었으며 아들과 송해를 매우 아끼고 귀여워했다.

남한 땅에 아무런 연고도 없던 송해가 이 집에 둥지를 튼 지 2~3개월 지나자 장세균도 제대를 했고, 이들은 동업 아닌 동업을 시작했는데 그것은 바로 두부 장사였다. (장세균의 부모로부터) 콩을 거의 공짜로 얻다시피 한 후 두부를 만들어 팔았다. 가게도 따로 없었다. 장세균 부친의 쌀가게 한 귀퉁이가 이들의 매장이었다. 이들은 콩을 맷돌에 갈아 간수를 치고 열심히 두부를 만들어 팔았는데 결과가 영 신통치 않았다. 두부 맛이 쓰다는 둥, 달다는 둥, 소위 '민원'이 끊이질 않았던 것이다.

특히 송해가 만든 두부가 늘 문제였는데, 매사에 최선을 다하지 않으면 살아남을 수 없었던 송해에게도 두부 만드는 일은 역부족이었나 보다. 이럴 때마다 장세균의 모친은 빙글빙글 미소를 지으며 이들을 얼래고 달래주었다.

돌이켜보면 송해가 평생 동안 연예인 외에 다른 길을 간 것은 이것밖에 없다. 그가 만일 두부 장사에 성공했었더라면 그는 사업가가 되었을는지도 모른다. 그랬더라면 우리는 〈전국노래자랑〉의 송해를 영원히 보지 못했을 것이다. 그러나 운명은 '딴따라'인 송해를 두부장사로 만들지 않았다. 1년여에 걸친 두부장사에 실패하자 송해의 혈관에 잠시 잠들어 있던 광대의 피가 다시 끓기 시작했다.

그는 악극단을 찾아다니기 시작했다. 무대에 다시 서기 위해서였다. 몇 군데 지방 악극단을 기웃거렸으나 성에 차지 않았다. 때마침 〈창공악극단〉이 서울 한일극장에 왔을 때였다. 〈창공악극단〉은 1951년에 창립되어 〈현대가극단〉, 〈희망가극단〉과 더불어 한국전쟁기에 활동하던 대표적인 중앙 악극단 중의 하나이다.[16] 단원수가 많을 때는 50~60명이나 되었고 재정상태도 양호하여 당시로서는 전도양양한 극단이었다. 그는 무턱대고 〈창공악극단〉이 공연중이었던 한일극장을 찾아가 무대감독 채랑을 만났다.

당시에 무대감독은 악극단에서 단장 다음으로 권한이 있는 사람이었다. 채랑은 1963년에 개봉된 영화 〈돌아오지 않는 해병〉에 당대 최고 스타들인 장동휘, 구봉서, 최무룡 등과 출연했던 배우로서, 악극단 시절에는 여러 악극에서 주연을 맡았다.

원래 악극단에서는 소위 '연구생'을 모집하는 일정한 시기와 절차가 있었다. '연구생'이란 요즈음으로 말하면 일종의 인턴 같은 것으로서 소정의 오디션 절차를 거쳐 선발된 후 악극단의 온갖 궂은일을 도맡아하며 무대에 오를 날을 기다리던 사람들을 말한다. 송해는 이런 모든 절차를 무시하고 '겁도 없이' 채랑을 찾아갔던 것이다.

채랑은 악극단의 다른 멤버들과 함께 잡담을 나누고 있었다. 송해가 인사를 해도 거들떠보지도 않았다. 송해는 (본인의 표현을 빌면) "정성껏 앉아" 그가 자신에게 말을 걸어오기를 기다렸다. 한참 시간이 지난 후에야 채랑은 깜빡 잊었다는 듯이 송해를 쳐다보았다.

"아, 미안해. 그런데 넌 뭐냐?"

"삼팔따라지입니다. 예능을 하고 싶어 왔습니다."

"자네 전공이 뭐지?"

"네, 북한 해주음악전문학교에서 성악을 전공했습니다. 거기서 선전대로 활동을 했고, 월남해 군에 입대한 후에 군예대 무대에 여러 번

선 적이 있습니다."

"그래에? 그럼 어디 노래나 한 마디 뽑아봐."

송해는 떨리는 심정으로 〈신라의 달밤〉, 〈울고 넘는 박달재〉, 〈향수
(박재홍 작곡)〉를 연이어 불렀다. 구슬프면서도 울림이 크고 깊은 송해
의 목소리가 한일극장 배우 대기실을 가득 메웠다. 군대시절 3군 종합
콩쿠르에서 최우수상을 받은 송해의 실력이 드러나는 순간이었다.

그의 재능을 한눈에 알아본 채랑은 그 자리에서 송해를 〈창공악극
단〉의 단원으로 채용한다. 송해가 드디어 가수로, '딴따라'로, 연예인으
로 데뷔하게 된 것이다. 1955년, 그의 나이 28세 때였다.

북한에서 해주음악전문학교 시절 선전대 활동으로 시작된 그의 '역
마살' 인생은 이렇게 해서 다시 시작된다. 그는 이제 유랑극단의 광대
로 아는 이 하나 없는 남한 전역을 떠돌기 시작한다. 이 유랑의 삶은
그로부터 근 60년이 지난 지금까지 계속되고 있다. 2010년을 기준으
로 그가 〈전국노래자랑〉 녹화를 위해 이동한 거리만 '지구 열 바퀴'이
다.[17] 그 유랑의 피로와 외로움을 아무도 모른다.


# #22 현재. 시골 마을의 한 음식점

봄, 가을이면 〈전국노래자랑〉 식구들은 바빠진다. 〈노래자랑〉의 유
치를 원하는 지자체 축제가 대부분 봄, 가을에 있을뿐더러 날씨까지
좋아 녹화횟수가 잦아지기 때문이다. 어떤 해에는 한 달에 열 번 가까

이 녹화를 한 적도 있다. 공연을 끝내고 나면 서울로 올라올 틈도 없이 다음 녹화지로 이동해야 하는 경우가 많았다.

그럴 때면 송해 선생과 악단 일행을 태운 버스는 무슨 떠돌이 집시들을 태운 마차처럼 구불구불 국도를 타고 다음 행선지로 향한다. 더러는 초대가수들도 함께 이동하는데, 가수 현철은 특유의 경상도 사투리로 "같이 가입시데이~" 하며 동행하곤 했다. 강원도, 특히 영월, 태백 근처를 지나다보면 경치가 아름다운 곳을 자주 지나친다. 저녁 어스름 한적한 시골 마을의 음식점을 만나면 선생은 버스를 세운다. 금강산도 식후경이라고 저녁을 먹기 위해서이다.

민물매운탕, 닭도리탕, 염소탕 등이 주요메뉴이었는데, 식사를 하다보면 자연스럽게 반주로 이어지고 거나하게 취하면 '딴따라' 특유의 '의식儀式'이 시작됐다. 이 의식은 너무나 자연스럽게 이루어지는데, 그때마다 송해 선생의 '스타트' 사인이 날아갔다. 얼굴이 불콰해진 선생이 한마디 던지는 것이다.

"재훈아, 한번 불어봐"

그러면 악단원 중 테너 색소폰 주자인 최재훈이 알았다는 듯 빙그레 웃으며 일어나는 것이다. 자리마다 이들이 연주하지 못하는 음악이 없으므로 지구상의 온갖 레퍼토리들이 다 동원된다. 그중에서도 이들이 가장 즐겨 연주하고 함께 부르는 노래들은 1세대 대중가요, 소위 '뽕짝'이다. 최재훈이 나화랑 작곡의 〈잘 있거라 황진이〉를 구슬프게 연주하면 지금은 고인이 된 김인협 악단장이 시키기도 전에 주섬주섬 일어나 노래를 불렀다. '알아서 기는' 것이었다.

나는 가안다~

나는 가안다~

황진이 너어~를 두우~고

이제 가~며~언 언제~ 오리

머나면 황천길~을


　김인협 악단장은 말이 어눌해 늘 송해 선생의 짓궂은 장난의 대상
이 되기도 했지만, 노래도 잘하지 못해 이 노래가 그가 가사를 까먹지
않고 부르는 거의 유일한 것이다시피 했다. 이렇게 시작된 놀이판은
막내인 알토 색소폰 주자 장재봉의 연주를 거쳐 송해 선생의 옛노래
메들리로 이어지곤 했다. 그룹사운드 출신의 신재동 악단장도 빠지지
않고 불려나왔다. 오래 전에는 〈전국노래자랑〉에 양악단洋樂團만이 아
니라 국악단國樂團까지 있어서 메뉴는 더욱 풍성하고 다양했다. 가요
에서 국악까지 두루 넘나드는 '가수' 송해 선생의 노래는 분위기를 더
욱 띄웠다.

　이들이 노는 소리를 듣고 동네 사람들이 하나둘 모여들기 일쑤였고,
그러다보면 이 현대판 유랑 악단의 놀이판은 (송해 선생의 표현을 빌면) 그
마을의 "굿판"으로 커지기도 했다. 〈전국노래자랑〉 식구들과 온 동네사
람들이 모여 굿판을 방불케 하는 한바탕 축제가 벌어지는 것이었다.

　송해 선생의 회고에 의하면 언젠가는 선생과 악단원 등, 열두어 명
의 식구들이 한판 흐드러지게 놀았는데, 다음날 장난삼아 소주병을
세어보았더니 정확히 102병이더란다.

　이렇게 요란한 마을잔치 외에도 선생은 악단원들과 저녁 어스름의

아름다운 개울가에서 천렵을 하며 시간을 보낼 때도 있었다. 막내인 장재봉은 지금도 이럴 때를 대비하여 차에 가스버너, 코펠, 일회용 그릇, 수저, 젓가락, 심지어 접이용 식탁까지 가지고 다닌다. 언제 어디서건 판을 벌릴 준비가 되어 있는 것이다.

바위 위에 신발들을 벗어놓고 단원 중 몇몇이 물장구를 치며 소란을 피우고 나면 그럭저럭 잡어매운탕을 끓여먹을 정도의 물고기가 잡혔다. 송해 선생은 단원들이 깔아놓은 돗자리에 앉아 이런 모습을 말없이 쳐다보았다.

가끔 "제대로 못해?"라고 심술궂게 호통을 치기도 했지만, 그것은 〈전국노래자랑〉 '집시 패거리'의 '골목대장'으로서 한번 위세를 부리는 것에 지나지 않았다. 평소에도 호통을 자주 쳐서 단원들도 그러려니 하고 빙글빙글 웃을 뿐이었다. 그러다가도 눈을 감은 채 가만히 앉아 있곤 했는데, 그럴 때면 뙤약볕에서 하루 종일 녹화를 끝내고 난 후의 피로와 알 수 없는 허전함이 그의 얼굴에 어리곤 했다.

휴대용 가스버너 위에서 매운탕이 흰 김을 뿜으며 끓을 때쯤이면, 알루미늄 코펠에서는 뜸 들이는 밥 냄새가 모락모락 피어올랐다. 더러는 바위 위에 앉아서, 더러는 서서 이들은 밥과 찌개를 함께 나누었다. 그러다보면 날은 어느덧 저물어서 산과 하늘의 경계가 수묵화처럼 변하였다.

곁들여 마시는 소주 몇 잔에 불콰해지면 가족 생각도 나고 괜히 쓸쓸해지기도 하는 것이었는데, 이 무렵이면 송해 선생은 늘 트럼펫 주자를 불러 "한 곡 쳐봐" 하고 청하는 것이었다. 별빛이 소금밭처럼 쏟아지기 시작하는 시냇가에서 밤하늘에 멀리 트럼펫이 울려 퍼지면 떠

들던 단원들도 다 조용해지고, 송해 선생은 눈을 아래로 질끈 감은 채 손바닥으로 무릎을 쳐가며 구성지게 그 노래를 따라 불렀다.

선생은 유달리 사람들과 '어울려 노는 것'을 좋아한다. 이는 그의 타고난 친화력 때문이기도 하지만, 그의 외로움 때문이기도 하다. 그는 국내에서 지명도가 가장 높은 연예인이고, 주변에 늘 사람들이 넘치지만, 늘 외롭다. 그것은 그가 중요한 어떤 것을 잃어버렸고 그것을 다시는 회복할 수 없기 때문이다. 그 중요한 것은 그의 고향이고 어머니이다.

그에게 있어서 실향의식은 (신재동 악단장의 표현을 빌면) "옹이"와도 같은 것이어서 영원히 치유될 수 없는 상처이다. 이것 때문에 그는 늘 슬프고, 늘 울 준비가 되어 있다. 부귀영화가 다 소용 없다. 언젠가 어떤 맥락에서 선생은 내게 문득 이런 말을 했다.

"오 교수, 황금이 다 무슨 소용이유."

선생과 대화 중 내가 무심코 던진 말에 그의 고단한 눈자위가 붉게 물드는 것을 여러 번 목격했는데, 그때마다 나는 너무나 송구스러웠다. 다시는 그를 울리고 싶지 않다. 그런데 이 글이, 이 책이, 그를 또 여러 번 울게 할 것임을 나는 안다. 운명이다.

# 봄, 가을이면
# 〈전국노래자랑〉 식구들은 바빠진다

공연을 끝내고 나면 서울로 올라올 틈도 없이
다음 녹화지로 이동해야 하는 경우가 많았다.

송해 선생과 악단 일행을 태운 버스는
무슨 떠돌이 집시들을 태운 마차처럼
구불구불 국도를 타고 다음 행선지로 향한다.

유랑 청춘, 전국을 떠돌다

# #23 과거

우리는 앞에서 대한제국의 멸망과 함께 궁궐의 기생들이 저잣거리로 밀려나오면서 근대초기 한국 '대중문화'의 중요한 맥을 형성해온 과정을 살펴보았다. 이 과정에서 또한 일본문화와 일본을 통해 들어온 서구문화가 함께 뒤섞이면서 한국 근대 대중문화의 다양한 지류를 형성한다. 이는 일제에 의해 강제된 근대화가 한편으로는 대중문화의 물적 토대를 만들고, 다른 한편으로는 그에 상응한 소비재로서의 대중문화가 나란히 형성되어갔음을 의미한다. 1세대 대중가요가 축음기 혹은 유성기의 보급, 수많은 레코드 회사들의 등장과 더불어 1930년대를 거치면서 전성기를 맞이했던 것은 이런 과정을 보여주는 전형적인 모습이다.

대중가요 외에도 근대 초기에 대중들을 사로잡았던 것은 신파극, 창극, 악극, 정극으로 대표되는 근대 연극무대였다.

판소리, 탈춤, 남사당패 등, 전통적인 한국 공연문화가 무대가 아닌 '마당'을 중심으로 관객과 직접 소통했다면, 서양식 '극장'의 출연과 더불어 무대와 관객은 서로 분리되어 나가기 시작했다. 조선의 관객들은 처음에는 이 '이상한 분리'에 낯설어했지만, 무대와 관객 사이의 이 불편한 거리는 신파극, 악극과 같은 대중공연예술에 의해 점차 해소되었다.

원래 신파극은 명치시대에 일본에서 처음으로 생겨난 연극양식으로 구극舊劇인 가부키歌舞伎에 대조되는 개념으로 사용되었다. 말하자면 옛날 극이 아닌 새로운 극이라는 뜻이다. 한국의 신파극은 일본 신파극에 대한 나름의 비판적 수용의 과정을 거쳐 1910~1920년대에 전성기를 맞이하였다.

충무로의 일본 연극무대에서 신파극을 공부한 임성구(1887~1921)는 명동의 상인이었는데 1911년 초에 '혁신단'이라는 이름의 신파극단을 조직해 단성사, 연흥사 등의 극장에서 공연을 하였다. 이 당시에 신파극은 창극과 같은 전통극과는 다른 '새로운 연극', 즉 '신연극新演劇'이라는 개념으로 사용되었는데, 대중들에게 큰 반향을 불러 일으켰다. '신파극을 보기 위해 몰려드는 관객이 매일 8~9백 명씩이나 되어 연흥사 극장은 확장공사까지 할 정도였다. 그것은 단성사도 마찬가지여서 자연히 한국인 경영의 두 연극장은 재래의 전통극 공연장으로부터 신파극장으로 바뀐 것이다.'18

신파극은 대중들의 감성에 직접적으로 호소하여 식민지 치하 조선 민중들의 눈물샘을 자극하기에 충분했다. 관객들은 무대와 분리되기는커녕 무대와 자신을 동일시하며 극의 내용에 따라 함께 울고 함께 웃었다.

그러나 신파극은 차츰 매너리즘에 빠지기 시작했으며 지나친 감상주의에 관객들은 식상하기 시작했다. 관객들의 이탈을 방지하기 위해 신파극은 막과 막 사이에 관객들의 지루함을 달래기 위한 다양한 장치를 마련하기 시작했는데, 그 중에서 가장 간단한 방법은 막과 막 사이에 가수가 나가서 노래를 부르는 것이었다. 이 과정에서 소위 '악극樂劇'이라는 새로운 대중공연예술의 장르가 서서히 생겨나기 시작한다.

악극이 1930년대에 가서 하나의 당당한 대중예술장르로 자리 잡게 되는 것은 1930년대 초반부터 대중가요가 중요한 문화소비재로 정착되어 간 과정과 무관하지 않다. 그 대표적 예가 〈황성옛터〉일 것이다. 왕평 작사, 전수린 작곡, 이애리수가 처음 부른 이 노래는, 막간에서 부른 그 순간부터 큰 호응을 얻게 되는데, 이는 처량한 피식민지 민중의 모습과 일제 강점의 상황을 빗댄 은유적 가사와 애조 띤 곡조에서 나왔을 것이다.

이 소문은 관객을 극장에 모여들게 하였고, 이애리수라는 스타를 만들게 된 계기를 마련한다. 그러면서 관객들은 이런 형태에서 좀 더 발전된 형태를 요구하게 되었고, 이에 따라 독창 무대는 두 명이 나와 서로 대화를 하거나 노래를 주고 받는 형식, 넌센스, 스케치(촌극) 등으로 변형되어간다.[19]

이런 과정을 거쳐 악극은 독립된 대중예술장르로 발전한다. 악극은 말 그대로 음악과 (이야기가 있는) 극을 혼합한 양식이다. 1930년대 중반에 레코드 산업이 전성기를 맞이하면서 레코드 회사들도 악극단 산

업에 뛰어드는데, 이로써 악극은 더욱 발전하고 흥행에 성공하게 된다. 콜럼비아레코드 소속 가수들이 중심이 되었던 라미라가극단, 빅타Victor레코드 전속 단체인 반도가극단, 오케레코드okeh Record 소속 가수들이 중심이 되어 만들어졌던 조선악극단 등이 이 당시의 대표적 악극단들이었다. 이 과정에 박시춘, 남인수, 이난영, 손금홍, 손목인, 김정구, 고운봉, 고복수, 임방울 등 기라성 같은 가수들이 참여한다.

대중가요와 대중극이 결합한 형태의 악극은 1940년대를 거쳐 1950년대 전쟁의 와중에도 지속적으로 대중들의 사랑을 받는다. 노래와 드라마의 결합이라는 독특한 양식이 대중들의 기호에 잘 맞아떨어졌던 것이다. 노래가 먼저 히트되어 그것을 악극의 형태로 만든 경우도 있었고, 거꾸로 악극에 나온 노래가 히트되어 가요로 독립되어 나가는 경우도 있었다. 가령 〈굳세어라 금순아〉, 〈나그네 설움〉, 〈홍도야 우지 마라〉 같은 가요들이 이와 같은 과정에서 생겨난 것들이다.

1936년 7월에 한국 최초의 연극 전용 상설극장인 동양극장에서 청춘좌라는 악극단에 의해 공연된 〈사랑에 속고 돈에 울고〉와 같은 악극은 노래와 악극제목이 혼동되어 〈홍도야 우지 마라〉라는 이름으로도 알려졌으며, 공연 첫날부터 대만원을 이루어 해방 전 한국연극사에서 가장 많은 관객을 동원한 작품으로도 유명하다.

1955년 송해가 창공악극단을 통해 가수로 데뷔를 할 무렵, 악극은 이미 대중들의 삶 속에 깊이 파고든 대표적인 대중예술장르로 그 위상을 굳힌 다음이었다. 악극이 대중세를 탄 또 다른 이유는 대부분의 악극단이 악극만 공연하는 것이 아니라, 1부에 악극을 공연하고 막간 시간을 가진 다음에 2부에서는 노래와 댄스 등으로 구성된 버라이어

티 쇼를 보여주었기 때문이기도 하다. 악극을 보면서 실컷 울고 난 대중들은[20] 막간의 휴식 시간 이후 신나는 나팔소리와 함께 시작되는 버라이어티쇼까지 덤으로 볼 수 있었다. 말하자면 악극의 관객들은 슬픔과 쾌락의 양 극단을 오가며, 실컷 울고, 실컷 웃으며, 최고의 카타르시스를 경험할 수 있었던 것이다.

악극은 이렇게 신파극 이후 쇼 무대 중심으로 대중들의 취향이 점차 변해나가고 라디오방송이 등장함으로써 쇠퇴하기 시작하던 1960년대 초반까지, 가요와 더불어 가장 대표적인 대중문화 상품이었다.

악극의 이런 속성 때문에 악극 단원들은 노래나 연기를 잘하는 것만으로는 부족했다. 송해의 회고에 따르면 악극단원은 노래, 연기, 사회(오늘날의 MC), 그리고 악기를 운반하거나 무대장치 등을 하는 노역勞役까지 1인 4역을 모두 감당하지 않으면 안 되었다. 말하자면 '만능 엔터테이너'가 되지 않으면 생존할 수 없었던 것이다.

송해가 자신도 모르게 가수, 연기자, 사회자 등 만능 엔터테이너로서 혹독한 훈련의 과정을 거친 것이 바로 이 악극단 생활이었다. 그는 악극단의 요청에 따라 가수에서 연기자로, 연기자에서 MC로 수시로 넘어 다니며 이 모든 것을 소화해내었고, 1960년대 이후 전개된 라디오, TV방송의 시대를 자신도 모르게 준비하고 있었던 것이다.

흥미로운 것은 무대가 극장에서 방송으로 이전된 이후 지금까지도 그가 이 모든 역할을 그대로 수행해 오고 있다는 것이다. 이는 많은 다른 연예인들이 방송 시대 이후에 특정 장르로 자신의 역할을 고정시킨 것과는 매우 대조적인 것이다. 그는 지금까지도 〈가요무대〉, 〈유희열의 스케치북〉, 〈불후의 명곡〉을 위시한 라이브 무대에서는 가수로,

〈전국노래자랑〉과 수많은 행사장에서는 국민 MC로, 최근의 〈전국노래자랑(이종필 감독)〉이라는 영화를 포함한 근 30여 편의 영화에서는 배우로 맹활약해왔다.

해주음악학교의 선전대, 군예대, 악극단을 거치면서 어떻게 한 위대한 '광대'가 만들어지고 있는지 잘 보라. 악극의 1부와 2부 사이의 막간에는 또한 관객들의 이탈을 막기 위해 만담, 간단한 스케치 등이 삽입되기도 했는데, 송해에 따르면 이것이 한국식 코미디의 기원이다. 이당시에 막간에 만담을 한 대표적인 연예인으로는 신불출[21], 고춘자, 장소팔 등이 있다. 송해는 당시에 악극의 1부, 2부만이 아니라 막간에도 끼어듦으로써 대중예술의 대표적 장르들을 모두 섭렵해나가고 있었던 것이다.

만담과 스케치에 스토리(이야기)와 플롯이 강화되고 공연시간이 연장되면서, 막간은 더 이상 막간이 아니라 1960~1980년대에 걸쳐 유행한 한국식 코미디라는 독립 장르로 발전해나간다. 나중에 송해, 구봉서, 서영춘, 배삼룡, 곽규석, 이주일로 이어지는 한국 코미디의 전통은 이런 과정을 통해 형성된 것이다.

# #24 과거

악극단 시절은 말 그대로 유랑의 세월이었다. 전국 순회공연을 한번 나갔다 하면 3개월은 보통이고 길 때는 6개월까지 갔다. 말이 악극단이지 트럭에 무대세트와 악기, 단원들을 싣고 전국을 떠도는 현대판 유랑극단이었던 것이다.

이동시에는 가방을 (약간 과장하면) 열 개씩은 짊어져야 했다. 신혼초기에 악극단 생활을 했던 송해는 소위 '가정생활'이라는 것을 제대로 영위할 틈이 없었다. 한번 공연을 떠나 전국을 돌다 와 보면 큰 딸 아이가 그새 알아보기 힘들 정도로 쑥 자라 있었다. 할 말이 없었다. 그가 없는 사이에 가족들은 알아서 생계를 꾸려가야 했다. 부인 석옥이 여사를 그에게 소개했던 큰 처남(석옥이 여사의 오빠)이 동생 일가를 틈틈이 보살폈다. 송해는 지금도 "이 죄를 언제 다 갚을까" 하면서 한숨을 쉰다.

한번은 강원도의 어느 지역을 지날 때였다. 트럭에 타고 가던 단원 중 하나가 마침 머리 위로 스치던 나뭇가지를 장난삼아 붙들었다. 그것도 모른 채 트럭은 지나가버렸고, 단원은 졸지에 높은 나뭇가지에 대롱대롱 매달려 있어야 했다. 뒤늦게 그것을 안 트럭이 후진하여 나뭇가지에 매달린 상태로 탈진한 단원을 다시 태웠다. 단원들의 욕설과 웃음이 난무하는 가운데 트럭은 흙먼지를 날리며 부릉부릉 다시 먼 길을 떠나는 것이었다.

유랑생활 중 남녀 단원끼리 서로 눈이 맞아 혼인식도 치르지 않는 채 애를 낳는 경우도 더러 있었다. 집도 절도 없는 이 '집시부부'들은 트럭 한 귀퉁이에 갓난아기를 태우고 울퉁불퉁 국도를 따라 전국을 돌아다녔다.

공연 전에는 단원들 중 '마찌 마와리'라 불리던 선전팀이 '쓰리쿼터' 트럭에 3~4인조 밴드를 태우고 읍내를 돌아다니며 바람을 잡았다. 작은 트럭 위에서 북, 색소폰, 트럼펫 소리가 울려 퍼지면 사람들이 구름 떼처럼 몰려들었다. 길거리 전봇대, 바람벽에는 이들이 직접 손으로 쓴 공연 안내 포스터가 이리 저리 휘날렸다.

흥행에 성공한 날은 뒤풀이 자리가 떠들썩했다. 저마다 무용담처럼 무대에서 벌어졌던 이야기들을 큰 소리로 떠들어댔다. 누군가 관객들의 반응을 과장해서 흉내 내면 모두가 깔깔거리며 웃어댔다. 흥행에 실패하여 단장이 도망가는 경우도 있었고 몇 달씩 급료가 지급이 되지 않는 경우도 있었다. 그럴 때면 밥값은 고사하고 차비조차 구할 수가 없었다. 그것 때문에 단장과 단원들 사이에 드잡이가 일어나기도 했다. 급한 생계 때문에 밤새 줄행랑을 놓는 단원도 있었지만, 대부분은 어려움을 묵묵히 함께 견뎌냈다.

송해가 속해 있었던 창공악극단은 중앙악극단이라 그래도 형편이 나았으나, 수많은 지방악극단들이 재정 문제 때문에 이합집산을 반복했다. 돈이 떨어지면 헤어졌다가 투자자가 생기면 다시 뭉치는 식이었다. 당시에 지방악극단원들이 서로의 소식을 알고 헤어졌다가 다시 만나고 하는 곳은 주로 대구였다. 대구는 당시에도 유명한 소비 도시였을 뿐만 아니라 교통도 편리하고 서울과 부산의 중간 지역이어서 그곳에 가면 모든 소식을 다 들을 수 있었다.

지방악극단보다 더 열악한 것은 일본말로 세칭 '데끼야'라 불리던 약장수 집단이었다. 이들은 기예技藝나 재정 등 모든 면에서 악극단보다 훨씬 열악한 상태에서, 그야말로 대중문화의 최변방에서 장돌뱅이처럼 떠돌았다.

운이 좋게 악극단에 들어가도 보통 3년 정도는 연습생 신분이었다.

공연이 끝나 여인숙에 묵으면 선배들의 양말을 빠는 것도 전부 이들의 몫이었다. 일본식 적산가옥 여관에 머물기라도 하면, 선배들이 묵는 방문 앞으로 지나갈 때 마룻바닥이 삐거덕거릴까봐 발꿈치를 들고 숨을 죽여야 했다. 선후배 사이에 규율이 엄격해 선배들 앞에서는 큰 소리도 내지 못하였으며 서로 싸우지도 못했다.

90연배를 바라보는 지금도 송해는 1년 연상인 구봉서에게 (송해 선생의 표현을 빌면) "농담은 해도 정색을 못한다." 한때 '홀쭉이와 뚱뚱이'라는 예명의 코미디언 콤비로 장안을 떠들썩하게 했던 양석천, 양훈도 한 살 차이에 불과하다. 그러나 이들은 평생 선후배 사이의 엄격한 절도를 지켰다.

말 안 듣는 망나니들은 일본말로 '후꾸노 다다끼'를 시켜 바로 잡았다. '후꾸노 다다끼'란 얼굴에 보자기를 씌워놓고 몰매를 때리는 것을 말한다. 버릇없이 굴다가는 골병들기 십상이었다. 이렇게 얻어터지면서 악극단원들은 기예와 우애를 함께 키워나갔다. 어찌 보면 의외의 풍경이기도 하지만, 이는 개성과 끼로 똘똘 뭉친, 하나같이 '튀는' 사람들의 모임이었던 예능 공동체가 나름의 질서를 유지하는 독특한 방식이기도 했다.

송해는 가끔 이 시절을 회상하면서 요즘 젊은 연예인들 사이에 선후배 의식이 없고 인간보다 인기가 더 중요해서 인기 있는 사람이 선배 행세를 하는 현실을 개탄한다. 한마디로 말해 '맞고 자란' 세대가 선배를, 어른을, 경우에 맞게 대접할 줄 안다는 것이다.

위계가 엄격한 대신 이들은 피를 나눈 형제 이상의 우애를 가지고 있었다. 무대 뒤에서 짜장면 한 그릇을 여럿이서 나누어 먹는 일도 비

일비재했다. 어쩌다 지방공연을 가면 텃세를 부리는 건달들과 불가피하게 패싸움을 하는 경우도 있었는데, 이럴 때면 여성단원들은 힐을 벗어들고 달려들었으며, 남성단원들은 천막의 '시가이(격쇠의 일본식 표현)'를 들고 함께 싸웠다. 그러고 나면 오래 쌓인 설움이 밀려와 서로를 부둥켜안고 울었다. 당시만 해도 악극단원들은 천대받는 '딴따라'들이었다. 무대 위에서는 영웅이었지만 무대 밖에서는 천한 광대에 불과했다.

공연이 끝나고 관객들이 사라진 극장은 늘 허망하고 쓸쓸했다. 쓰레기들이 여기저기 을씨년스럽게 떨어져 있었고 한바탕의 소란이 끝난 후의 적막이 극장을 가득 메웠다. 순간의 환호성 때문에 더욱 적막해진 극장에서 단원들조차 하나 둘 빠져나가면, 밑도 끝도 없이 '버림받았다'는 느낌이 들었다. '우라 스태프(뒷 스태프의 일본식 표현, 남아서 무대 세트를 해체하는 인부들)' 몇이 남아 무대를 철거하면 송해는 마지막까지 이들과 남아 늘 함께 어울렸다. 타고난 서민 체질이었다. 스태프들도 송해만 나타나면 환호성을 외치며 반겼다.

유행가 가사처럼 '해 저문 부둣가'에서 그는 얼마나 많은 날들을 이들과 함께 뒹굴었던가. 젓가락 장단과 함께 〈황성 옛터〉, 〈고향의 그림자〉, 〈아주까리 등불〉, 〈이별의 부산정거장〉을 지나다 보면 통음痛飮의 긴 밤이 어느덧 지나갔고 아픈 상처들도 조금씩 무뎌졌다.


그가 어머니와의 생이별, 아들의 사망 등 뼈아픈 가족사를 달래는 방법은 크게 두 가지이다. 그것은 사람들을 만나 어울리는 것이고, 또 하나는 그들과 함께 '빨간 딱지' 소주를 마시는 일이다. 수많은 언론들이 그의 주량을 재미 삼아 보도하지만, 그리고 그의 '술사랑'에 경악을 금치 못하지만, 우리가 볼 때 그가 술을 마시는 행위는 일종의 신성한 제의祭儀 같은 것이다. 그것은 그가 그만의 외로움을 이기는 유일한 통로이고 씻어지지 않는 상처를 달래는 일종의 굿거리다. 술꾼 송해의 '호방함'과 '유쾌함' 뒤에는 그래서 늘 적막의 기운이 감돈다.

그럼에도 불구하고 그는 술 때문에 쓰러지지 않았다. 알아서 관리한다. 후배들에게도 그는 '넘어지지 않을 정도로' 마셔야 한다고 늘 충고한다. 그에게 술을 빼앗아 갈 유일한 신호는 건강의 악화일 것이다. 누구나 나이를 먹는다. 언젠가 우리 모두는 남루襤褸가 된 육신을 지상에 버리고 적멸寂滅의 숲으로 하나 둘 사라질 것이다. 빌건대, 그에게 그런 순간이 가능한 한 더디 오기를.


# **#25** 현재. 종로3가의 한 라이브 바


오늘은 송해 선생과 공릉동 서울과학기술대학교 운동장에서 열린 〈전국노래자랑〉 노원구 편 녹화를 마치고 상록회 사무실로 돌아왔다. 이동할 때마다 선생은 차 안에서 항상 깜박 잠을 잔다. 잠을 안 자도 거의 항상 눈을 감고 있다. 녹화 혹은 장거리 이동의 피로를 잠깐 사이에 쫓는 그만의 방법이다. 지구를 몇 바퀴 돌 정도의 오랜 유랑 생활을 통하여 스스로 체득한 방법이다.

버스로 지방 녹화를 갈 때도 그는 잠을 자거나 눈을 감고 있고 말도 거의 하지 않는다. 눈을 감고 있으니 곁에서 말을 붙이기도 힘들다. 그렇게 해서 그는 무대 위의 소란스런 축제를 준비하는 것이다. 긴 고요 끝에 무대 위에서 일시에 터져 나오는 그의 에너지는 그래서 늘 신선하다.

상록회 사무실에는 여느 때처럼 은퇴한 원로 연예인들이 삼삼오오 모여 장난삼아 화투를 치거나 차를 마시며 담소하고 있다. 오후 여섯 시가 가까이 되자 하나 둘 자리를 뜬다. 마지막 남은 세 명의 원로 연예인들과 송해 선생과 나는 사무실 옆 치킨 집으로 간다. 프라이드치킨 안주에도 술은 생맥주가 아니라 '빨간 딱지' 소주이다. 선생의 소주 사랑은 유구하고 변함없다.

이런 저런 이야기를 나누다가 원로 연예인들의 화제가 자연스레 송해 선생과 했던 전설적인 술자리로 모아진다. 그 대부분은 술을 마시다 선생의 주량을 못 이겨 몰래 도망친 이야기들이다. 선생과의 술자리에서 줄행랑을 놓는 것은 오랜 세월을 걸치며 그들에겐 일종의 '문화'가 되어버린 것 같다. 내가 만나는 사람들마다 거의 빼놓지 않고 그 이야기를 하니 말이다.

오늘도 꽤 거나하게 소주병들이 쓰러져 간다. 처음에 한 병씩, 이제는 한꺼번에 두 병씩 주문한다. 이래 봬도 난 아직 단 한 번도 선생과의 술자리에서 도망을 친 적이 없다. 아, 그러니 나는 얼마나 대단한 인간이냐 말이다.

그간 송해 선생과 안 가본 데 없이 다 다녀봤지만 아직까지 노래방은 가보지 않았다. 노래방에서 그가 마이크를 잡으면 보통 30~40곡은 거뜬히 부른다는 신화, 사석에서의 그의 신명을 확인할 길이 없었

낙원동에 있는 상록회 사무실은 원로 연예인들의 사랑방 역할을 한다.

던 것이다. 나는 거나하게 취하신 어르신들께 슬쩍 노래방으로 모시 겠다고 제안을 한다. 그러나 보기 좋게 거절당한다. 에구, 타이밍이 맞 지 않았던 것이다.

모두가 자리에서 일어났고 나를 포함해 다들 얼굴이 홍도화처럼 붉 어져 있다. 그런데 유독 송해 선생만 얼굴색 하나 변하지 않았다. 선 생은 아무 말 없이 종로3가 쪽으로 향했고, 나머지 일행은 '묻지도 따 지지도 않고' 그의 뒤를 따른다.

그리하여 그가 마침내 도착한 곳은 '먹고 갈래 지고 갈래'라는 중년 취향의 라이브 바이다. 중앙에 무대가 있고 손님들은 대부분 40대에 서 60대 사이 중·노년들이다. 술을 마시다 흥이 난 손님들은 무대에 올라가 MR 반주에 맞추어 노래를 부른다. 그러면 반짝이 무대복의 60대 여성이 색소폰을 연주하여 흥을 돋운다.

선생은 안주로 감자튀김을 주문하고 또 '빨간 딱지' 소주를 시킨다. 안주불문, 마냥 소주다. 또 소주병들이 천천히 쓰러지기 시작한다. 사 장의 부탁에 몇 번 고사하던 선생이 마침내 무대에 오른다. 갑자기 횡 재를 한 손님들이 여기저기서 환호성을 지른다.

그는 특유의 구성지고도 공명이 큰 목소리로 〈내 나이가 어때서〉, 〈안동역에서〉, 〈인생선〉을 연속해서 부른다. 술꾼들의 앙코르 요청이 빗발치자, 〈아주까리 등불〉을 마지막으로 더 부른다. 흥기가 장난이 아니다. 중간 중간 멘트를 넣는데 이미 거나하게 취했을 텐데도 토씨 하나 틀리지 않는다. 라이브 바가 졸지에 작은 〈전국노래자랑〉이 되어 버린다.

나는 선생 바로 옆에서 그의 노래와 멘트를 전부 동영상으로 촬영

한다. 정식 무대가 아닌 술집에서의 보기 드문 풍경이기 때문이다. 돌이켜보니 선생은 노래방에 가자는 나의 제안에 이런 식으로 답을 한 것이다. 말하자면 노래방보다 훨씬 더 좋은 무대에서 자신의 신명을 실컷 보여준 것이다.

박수와 환호 속에 선생이 마침내 노래를 끝내고 선생과 나는 우리가 마시던 자리로 돌아온다. 그런데 아, 이게 웬일인가. 술자리에는 아무도 없다. 총싸움이 끝난 황야에서처럼 모래바람이 휑하니 분다. 우리가 마시던 '빨간 딱지' 소주병들만이 패잔병처럼 주인 없는 자리를 지키고 있다. 치킨 집에서 선생과 술 마시다 도망친 이야기를 하면서 낄낄거리던 그분들이 이번에도 줄행랑을 친 것이다.

황당하다. 선생의 얼굴이 '황야의 장고'처럼 잠깐 무섭게 일그러진다. 선생은 졸지에 부하를 다 잃은 장수처럼 침통하게 앉아 아무 말 없이 남은 술을 천천히 들이킨다. 술잔이 부들부들 떨린다. 아무리 그래도 그렇지. 이건 너무하지 않은가. 겨우 2차에서 줄행랑이라니. 다음에 만나면 어르신들 도망치지 못하도록 내가 보초를 서야겠다. (나중에 송해 선생을 만나 이야기를 들으니 이날 이후 선생은 이분들을 한 3일 동안 쳐다보지도 않았다고 한다. 그런데 이어지는 이야기가 더 재미있다. "그런데 한 4일째 되니까 그 놈들이 그리워지는 것 있지." 선생은 늘 이렇게 인정에 약하다.)

우리는 거리로 나와 버림받은 퇴기들처럼 말없이 걷는다. 말 붙이기 힘든 어떤 아우라가 그를 감싸고 있다. 다음 행선지가 어디인지 나는 또 '묻지도 따지지도 않고' 그의 곁을 따라 걷는다. 마침내 그가 간 곳은? 아, 종로3가 지하철역이다. 다행히 노약자석이 비어 있었고, 승객들이 달려들어 그에게 인사를 하기도 하고 사진을 찍기도 한다. 그는 다시 눈을 감았고, 그가 눈을 감고 있자 아무도 더 이상 달려들지 않는다. 그가 또 그만의 고요 속으로 침잠한 것이다.


1960년대에 접어들면서 악극은 쇠퇴기를 맞이한다. 대중들은 서사(敍事, 스토리, 이야기) 중심의 악극보다도 악극이 끝난 후 공연되는 2부의 버라이어티쇼에 더욱 열광하기 시작한다. 대중들의 정서가 괴롭고 슬픈 인생 이야기보다 즉각적인 쾌락을 더 선호하는 쪽으로 선회하기 시작한 것이다. 이리하여 악극은 1960~1970년대를 거치면서 노래와 춤, 소극(笑劇, farce) 위주의 극장식 '쇼 무대'에 주도권을 빼앗기게 된다.

악극의 쇠퇴를 가져온 또 하나의 결정적인 계기는 1960년대 들어서면서 대중문화의 중심이 극장무대에서 라디오, 텔레비전 방송 쪽으로 급격하게 선회했기 때문이기도 하다.

1910~1920년대의 신파극의 뒤를 이어 1930년대에 대중예술장르로 자리를 굳힌 악극은 1960년대에 들어서면서 이렇게 역사의 뒤안길로 서서히 사라져 간다. 그러나 1990년대에 들어 악극의 '대중성'에 대한 관심이 새로이 부각되면서 일부 연극인들이 악극을 새로이 해석하는 작업들이 진행된다.

가령, 극단 가교, 세실, 신시 등을 이끌어온 연극 연출가이자 극작가인 김상열(1941~1998)은 1940년대에 가장 활발하게 활동했던 반도가극간(빅타 가극단)의 대본을 재구성하여 악극 〈번지 없는 주막〉을 1993년에 다시 무대에 올린다. 전통 악극의 대중성과 현대 연극의 축적된 기량이 합쳐지면서 새로이 탄생된 악극 〈번지 없는 주막〉은 공연된 해에만 30만 명의 관객을 동원하면서 대중들의 폭발적인 호응을 얻었다.

그는 이 외에도 〈홍도야 울지 마라〉(1994), 〈굳세어라 금순아〉(1995), 〈울고 넘는 박달재〉(1997), 〈이수일과 심순애〉(1997), 〈눈물 젖은 두만강〉(1998) 등을 줄줄이 무대에 올림으로써 현대 연극으로서 악극의 새로운 가능성을 타진했다.[22]

# 방송의 시대를 열다

그는 세 살짜리 어린애부터 115세 할머니까지
촌부에서 대학교수까지
영세 상인에서 대기업의 총수에 이르기까지
소통에 아무런 장애가 없다.

# 송해, 라디오 방송을 평정하다

# #26 과거

악극단 문화가 한물가고 쇼 무대 중심으로 대중들의 관심이 이전되던 1950년대 후반은 새로운 형태의 대중문화가 본격적으로 부상하는 시기이기도 했다. 그것은 바로 라디오로 대표되는 방송문화였다. 오늘날 대중문화의 꽃이 사실상 방송이고 방송을 중심으로 대중문화가 재편, 재생산, 변화되는 현실을 감안하면 이 시기는 매우 중요하다.

한국에서 라디오 방송이 처음 전파를 탄 것은 송해가 태어나던 해인 1927년이다. 일제 강점기였던 1927년 2월 16일, 사단법인 경성방송국에 의해 시작된 라디오 방송은 그로부터 4년이 지난 1931년 만주사변 이후 일제의 식민통치를 위한 관용 홍보매체의 성격을 더욱 강하게 띤다.

1937년 중일전쟁, 1941년 태평양전쟁을 거치면서 일제가 점점 더 궁지에 몰리게 되자 라디오 방송은 일제의 식민 지배를 정당화하는 이데올로기적 국가장치로 완전히 전락하게 된다. 그러나 재미있는 것은 이 과정을 통해 라디오 방송의 청취자가 급격하게 증가했다는 것이다. 방송 시작 당시인 1927년 0.01%(조선인), 3.5%(일본인)이었던 라디오 보급률은 해방 직전인 1944년에 이르면 3.7%(조선인), 71.8%(일본인)로 급증하게 된다.23 수많은 일본인들과 조선인들이 당시에 급변하던 정세를 가장 빠르게 알 수 있었던 매체가 바로 라디오방송이었기 때문이다.

그러나 위의 조선인 라디오 보급률이 보여주는 것처럼, 해방과 더불어 1946년 1월 경성방송이 문을 닫을 때까지 라디오 방송은 (적어도 조선인들에게는) 사실상 대중문화의 중심은 아니었다. 무엇보다 라디오 수신기의 가격이 일반 대중들이 구입하기에는 터무니없이 비쌌다. 개국 초기만 해도 라디오 수신기 한 대의 가격이 쌀 50가마에 달했고24, 방송 역시 아무래도 (일본어와) 일본 중심으로 편성되어 당시 조선 민중들의 정서와 생활을 제대로 담아내지 못했기 때문이다.

이는 서양의 경우 1920년대에 라디오 방송이 시작된 이후 불과 10여 년이 지난 1930년대에 라디오가 '가장 대중적인 매체'가 되었던 현상과는 사뭇 다르다. 이는 무엇보다 식민지라는 현실, 미군점령기 그리고 한국전쟁 등으로 당시 사회가 극도로 혼란스러웠기 때문일 것이다.25

1947년 미군정 치하로 들어가면서 라디오방송은 한때 좌우익 간 대립의 첨예한 마당이 되기도 한다. 1947년 KBS에서 남로당 조직 사건이 일어나 방송국 직원 20여명이 검찰에 송치되었던 사건은 이런 상황의 대표적 예이다. 이런 사건들은 다양한 사회집단들이 이미 이 시기에 방송이 가지고 있는 막강한 파급력과 영향력을 감지했다는 것을 보여준다. 미군정은 방송이 가지고 있는 이 같은 위력 때문에 이 사건이 일어나기 전해부터 보도방송에 관한 (사후이지만) 검열제도를 실시했다.

이런 일련의 과정을 통하여 라디오 방송은 꾸준히 청취자를 확보하게 되고 대중들의 삶 속으로 서서히 진입해 들어오기 시작했다. 그러다가 1950년 한국전쟁이 터지면서 라디오 방송은 다시 암흑기에 들어간다. 한국전쟁은 남북한의 방송 시설과 인력에 치명적인 타격을 가하게 되는데, 전쟁 중에 수많은 방송인들이 납치되거나 피살되는 사건들이 벌어진다. 이는 방송의 대중 장악력에 대한 사회적 인식이 팽배했다는 것을 보여주면서 휴전 이후 대중문화가 더 이상 극장 중심이 아니라 방송 중심으로 재편될 것임을 예고하는 중요한 지표이기도 하다.

이런 과정을 거쳐 방송이 대중문화의 전면으로 본격적으로 부상되기 시작하는 것은 한국전쟁 이후이다. 국영방송 단일체제였던 한국의 라디오 방송은 1954년 12월 15일, 민영방송인 기독교방송CBS이 문을 열고, 1959년 4월 15일에는 부산문화방송이 개국되면서 매우 빠른 속도로 대중들의 삶 속으로 파고든다. 부산문화방송이 서울로 올라와 1961년에 MBC 라디오 방송으로 재편되고 뒤를 이어 1963년에 동아방송DBS 라디오, 1964년에 동양방송TBC 라디오와 민영 FM 방송까지 개국하면서 한국 대중문호의 판도는 완전히 뒤바뀐다.

특히 국내산 라디오 수신기가 제작되기 시작한 1959년부터 라디오는 보급률이 급격히 늘어나 1959년 12월, 서울의 세대별 라디오 보급률은 55%에 달하게 된다.[26] 다양한 민영방송들의 등장, 수신기의 대량보급률이 이렇게 서로 맞물리면서 1950년대 후반부터 대중문화의 중심은 자연스럽게 극장에서 방송으로 급격히 이동하게 된다.

이렇게 방송문화가 자리를 잡아가던 1950년대 후반 이후 악극단으로 대표되던 유랑극단이 서서히 역사의 뒤안길로 사라지자, '영원한 비정규직'인 광대들은 또다시 일거리를 찾아 이리저리 떠돌아야만 했다. 운이 좋아 쇼 무대라도 진출하면 입에 풀칠이라도 하겠지만, 많은 연예인들이 이 과정에서 실직을 하거나 전직을 했다. 그야말로 슬픈 '딴따라'들의 운명이었다.

자기가 하고 싶은 일을 하면서 세상으로부터 존중받고, 게다가 먹고 사는 일마저 해결이 된다면 얼마나 다행인가. 그러나 세상이 바뀔 때마다 광대들의 운명은 정확히 '풍전등화風前燈火'의 그것이었다. 센 바람 앞에 쓰러져도 아무도 돌보아주지 않았다.

연주자들 중 많은 사람들이 생계를 위해 야간 업소에 나가 취객들의 비위를 맞추며 밤을 지새워야 했다. 악극단에서 명성을 날리던 배우들이라고 해서 예외가 아니었다. 더러는 영화배우로 새 출발을 하는 경우도 있었지만, 섭외가 들어오지 않으면 일용노동자로 떠돌거나 그도 아니면 백수로 지내며 가족들의 한숨소리를 감내해야 했다.

당시에 일자리를 잃은 연예인들이 주로 모이는 곳은 을지로 2가 스

카라 극장 주변의 다방이나 선술집들이었다. 세칭 '아리랑집'이라 불리는 한 선술집은 술과 안주가 저렴하여 가난한 연예인들이 많이 모여들었다. 당시에 일본말로 '기노시다 고지끼'라는 말이 유행했는데 이는 '나무 아래 거지'라는 뜻이다. 문학적인 분위기를 물씬 풍기지만, 사실은 찻값이 없어 한 여름에 가로수 나무 그늘 아래 서서 더위를 피하는 가난한 연예인들을 지칭하는 말이었다.

그나마 찻값이라도 있는 사람은 다방에 앉아 노닥거리기라도 했지만, 그렇지 않으면 길거리에 서서 시간을 보내는 수밖에 없었다. 그래도 그 근처에 어슬렁거리기라도 해야 그나마 명맥을 잇고 있던 악극단이나 쇼 무대에서 사람을 구하러 나왔을 때 눈에 띄기라도 했던 것이다. 그리하여 을지로 2가의 연예인 거리는 홈리스나 다름없는 '기노시다 고지끼'들로 넘쳐났으며 그곳은 자연스럽게 일종의 연예인 인력 보급소 역할을 했던 것이다.

비라도 오면 '나무 아래 거지'들은 플라타너스 이파리를 두세 장 엮어서 우산 대용으로 사용했다. 그래봐야 고작 머리 하나 가리는 것이었지만 말이다. 어디서 푼돈이라도 벌어온 동료가 나타나면 우르르 아리랑집에 몰려가서 막걸리를 마시고 시대를 한탄하며 불안으로 가득 찬 미래를 잠시 잊곤 했다. 국민 MC 송해 역시 이와 같은 '나무 아래 거지'들 중의 한 명이었다.

극장에서 방송으로 대중문화의 중심이 크게 이동하던 이 시절, '나무 아래 거지'였던 송해 역시 불안한 세월을 보내기는 마찬가지였다. 일거리는 야금야금 줄어들었다. 이제 악극단 데뷔 5년도 안 된 신출내기인 데다가 큰 딸애는 아직 아장걸음을 걷는 어린애였다. 그동안 유랑극단을 따라 천지사방을 떠돌아다니며 가족들을 제대로 건사하지도 못하던 판에 대중문화의 판이 갑자기 바뀌어나가니 서른 즈음의 젊은 송해는 모든 것이 불안하고 막막하고 두려웠다.

그나마 있던 일자리들도 점점 끊어지고 언제 일감이 들어올지 모르는 공포의 시간들이 늘어갔다. 악극단 시절의 거칠고 불규칙한 생활, 외로움을 달래기 위해 거의 매일 밤 벌어졌던 전설적인 통음痛飮의 역사, 하루하루가 전쟁이었던 과도한 스트레스의 세월, 이런 것들이 연합해 그의 몸도 어디 성한 구석이 없었다. 가장이 자리를 제대로 잡지 못하니 집안 분위기도 늘 흉흉하고 살얼음판 같았다. 신혼 초부터 오랜 기간의 유랑극단 생활로 제대로 '가정생활'을 한 경험이 거의 없으니 상황은 더욱 악화되었다.

이렇게 심신이 극도로 약화된 상태에서 송해에게 씻을 수 없이 고통스러운 한 사건이 일어난다. 당시에 송해는 약수동 장충체육관 뒤에 있는 허름한 셋집에서 아내와 어린 장녀와 함께 살았었다. 집에서 남산이 가까워 송해는 매일 아침 애견을 끌고 남산에 올라 산책을 하는 것이 일과였다. 일거리가 없으니 달리 할 일도 없었다.

새벽 잿빛 스모그를 뚫고 천천히 솟아오르는 붉은 해를 보면 그나마 남은 희망이 가슴 한 귀퉁이에서 화톳불처럼 일렁거렸다. 그러나 그것은 실체가 없는 '가짜 희망'이었다. 가계는 갈수록 궁핍해갔으며, 한번 상한 몸은 회복의 기미를 보이지 않았고, 그에 따라 집안 분위기는 늘 살얼음판이었다. 밤마다 악몽에 시달렸다. 자조와 자괴감이 송해의 앙상한 몸과 영혼을 괴롭혔다. 죽음의 검은 옷자락이 그를 휘감았다. 자다 깨면 등허리가 식은땀으로 흠뻑 젖어 있었다. 환청이 들리곤 했다.

'너는 얼마나 가련하고 한심한 영혼이냐. 일가친척 하나 없는 이 삼 팔따라지야. 누가 너를 알아주리. 이 세상에서 네가 무엇을 이루겠느 냐. 이 세상은 살 가치가 없는 곳이야. 죽을 때까지 너를 기다리고 있 는 것은 깊이를 알 수 없는 고통 뿐, 가족도 친구도 아무런 위로가 되 지 않을 것이다. 네가 꿈꾸는 미래는 구름 같은 것, 잡는 순간 헛것임 을 알게 될 것이다. 서둘러 이 세상을 떠나라, 모든 미련을 버리고 자 유로워라, 네 심신을 영원의 시간에 풀어주어라. 이 서러운 세월과 서 둘러 작별하라.'

시도 때도 없이 환청이 들려왔고 갈수록 약해지는 심신을 따라 앞 뒤를 분간할 수 없이 판단력도 흐려졌다.

그러던 어느 날이었다. 그날도 그는 덩치가 큰 애견 쉐퍼드를 끌고 남산을 올랐다. 그날따라 어떤 어둡고 우울한 기운이 낮게 깔린 채 그 의 앙상한 어깨를 더욱 짓눌렀다. 그는 평소 다니던 길에서 빠져나와 샛길로 들었다. 울뚝불뚝 차가운 바위 등성이들이 보였고, 그 아래로 가난의 서울이, 비애의 서울이, 검은 스모그 아래 슬픈 짐승처럼 펼쳐 져 있었다.

더 이상 아무런 미련이 없었다. 이 세상은, 이 슬픈 행성은 오로지 떠나기 위해서 있는 것이었다. 그는 애견의 목줄을 손에서 놓고 그대 로 앞을 향해 내달렸다. 남은 것 하나 없이 가난한 그의 몸과 영혼이 절벽의 허공 위로 날아올랐다. 순간의 공포도 잠깐 그는 큰 충격에 정 신을 잃었다.

검은 절벽이 노란 하늘로 바뀌고 그의 시야 어디선가 희미하게 빛

이 스며들고 있었다. 온 몸의 통증이 서서히 느껴지기 시작했다. 어디선가 개 짖는 소리와 사람들이 웅성거리는 소리가 들려왔다. 그는 눈을 떴다. 절벽에서 던졌던 그의 몸은, 아, 구사일생으로 소나무 가지 위에 얹혀 있었다. 이번에도 보이지 않는 어떤 존재의 크고 따뜻한 손바닥이 그의 몸을 부챗살처럼 안고 있었던 것이다. 그러나 온몸의 고통이 척추에서 발끝까지 전해져와 그는 꼼짝도 할 수가 없었다. 애견은 저 꼭대기에서 그의 불행을 애도하며 계속해서 목이 터져라 짖고 있었다. 사람들의 도움으로 그는 절벽 위로 올라왔다.

그의 회고에 의하면 90 평생 동안 사람들 앞에서 이렇게 창피한 적이 없었다. 그는 그의 비참한 몰골을 보고 혀를 끌끌 차는 사람들 하나하나 앞에 무릎을 꿇고 눈물로 용서를 빌었다. 모두 다 생면부지의 남들이었지만, 고통 중에 그래도 열심히 살고 있는 그들에게 너무나 미안하고 부끄러워서였다. 산에서 내려온 그는 무거운 발걸음을 끌고 집으로 들어갔다. 살아야겠다는 생각이 실로 오랜만에 들었다.

이렇게 겨우 생명을 건졌으나 건강은 점점 더 악화되었다. 결국 1960년 초반의 어느 날, 그는 메디컬 센터, 즉 지금의 국립의료원에 마침내 입원하고 만다. 입원할 당시 그의 몸은 어디 한군데도 성한 곳이 없을 정도였다. 지금 아흔 가까운 연배의 '비공인' 세계 최장수 MC인 그를 보면 상상이 가지 않는 일이었지만, 그에게도 이런 시절이 있었던 것이다.

영양실조에, 폐결핵에, 심각한 수준의 간염에, 위장이 다 헐어버릴 정도의 위산과다 등으로 그의 몸은 만신창이가 되어 있었다. 모든 검사에서 몸 안의 거의 모든 장기들이 심각할 정도로 망가져 있었다. 한

마디로 '성한 데보다 아픈 데가 더 많은' 상황이었다. 피골상접한 그의 모습을 보고 사람들은 모두 그가 곧 죽을 것이라고 생각했다. 세상에, '피골상접'이라니. 지금의 저 '풍채 좋은 어르신'의 모습을 상상해보라.

그러나 당시의 그는 주변에서 "가져다 버린다"라는 소문이 돌 정도로 위중한 상태였다. 아직 초등학교도 가지 않은 큰 딸을 생각하면 기가 막힐 노릇이었다. 모든 것이 막막했고 아무런 생각도 들지 않았다. 머릿속은 절망의 어두운 그림자로 가득 찼다.

그래도 메디컬 센터는 당시로서는 국내에서 가장 큰 규모와 최고의 의술을 자랑하는 병원이었고, 다행히도 이곳에서 송해는 당시에 외과과장이었던 나도헌 박사를 만난다.

나도헌 박사는 1958년부터 1974년까지 이 병원 최초의 한국인 외과과장이었고, 1974년부터 1979년까지 국립의료원 원장으로 일했으며, 1979년에 보사부 차관으로 기용되었다가 나중에 의료보험관리공단 이사장을 역임했던 명의 중의 명의였다.

2008년에 정년퇴임한 모 대학병원의 한 교수는 정년 퇴임사에서 나도헌 박사를 '진정한 외과의사의 모델을 보여준 분'이며 '침착성과 정확한 해부학적 구조에 따른 수술로 손놀림이 빠르지 않으면서도 쓸데없는 조작을 피함으로써 수술시간을 단축시키는 깔끔한 수술로 인정을 받으신 분'[27]으로 회고하고 있다.

나도헌 박사는 당시 거의 무명에 가까웠던 송해를 극진히 보살펴주었다. 북한에서 혈혈단신으로 내려와 유랑극단을 떠돌다 죽기 직전에 이를 정도로 건강을 망친 송해에게 그는 깊은 연민을 가지고 있었다. 송해가 절망하고 좌절할 때마다 그는 매번 그를 다시 불러 일으켰다.

나도헌 박사는 남아 있는 가족들, 즉 부인과 첫째 딸을 저렇게 놔두고 세상을 뜨면 어떻게 할 거냐, 실향민이니 건강을 회복해서 언젠가 고향에 가 생이별한 어머니를 다시 만나야 되지 않느냐는 등 온갖 진실하고도 따뜻한 언술로 실의에 빠진 송해를 위로하고 용기를 북돋아주었다.

담배에 관련된 이 무렵의 일화는 귀담아들을 만하다. 병원에 입원하기 전 송해는 유명한 골초였다. 당시에 희극인 후라이 보이 곽규석을 만나면 처음부터 헤어질 때까지 담배에 불이 꺼지지 않을 정도였다. 하루에 몇 곽을 피우는지 계산이 안 될 정도였다. 미래에 대한 전망이 없는 불안한 청춘을 그들은 그런 식으로 견디고 있었던 것이다.

최악의 상태로 병원에 입원한 후에도 송해의 흡연은 끝나지 않았다. 그는 의사와 간호사 몰래 병원 밖으로 나와 담배를 피워댔다. 건강도 건강이지만 좌절과 낙담 때문에 담배가 더욱 댕겼다. 하루는 병원 마당 구석에서 담배를 피우다가 나도헌 박사와 우연히 부딪혔다. 박사는 송해에게 "살고 싶으면 의사와 친하고, 죽고 싶으면 담배와 친하라"고 따끔하게 일침을 놓았다.

이 말을 듣고 나서도 송해는 계속 담배를 피웠다. 당시로서는 흡연이 그나마 불안과 절망으로 가득 찬 그의 영혼을 위로해주는 유일한 통로였기 때문이다. 그러다 마침내 퇴원을 하는 날이었다. 병원 앞 소나무가 옹기종기 심어져 있는 작은 공원에서 그는 병실에서의 지난 6개월을 생각하며 담배를 피웠다. 그러다 불현듯 주치의 나도헌 박사가 한 충고가 떠올랐다.

"살고 싶으면 의사와 친하고, 죽고 싶으면 담배와 친하라."

이 순간, 새삼스럽게도 '아, 이 말은 내가 담배를 계속 피우면 죽는다는 말이었구나'라는 생각이 섬광처럼 스쳐갔다. 송해는 피우던 담배를 바로 껐다. 살고 싶었다. 살아야 했다. 어떤 식으로든 살아남아 가족들을 돌보고 북에 계신 어머니를 다시 만나야 한다는 생각이 간절하게 스쳐갔다. 생의 의욕이 다시 솟구쳐 오르는 순간이었다.

이후 55여 년이 지난 지금까지 송해는 '살기 위해서' 주치의인 나도헌 박사의 지시를 충실하게 따르며 건강을 돌보았다.

그가 방송에 나와 늘 이야기하는 건강법 "BMW(Bus 버스, Metro 지하철, Walking 걷기)"도 이때부터 시작한 것이다. 주치의는 9층 건물을 하루에 두 번 오르락내리락 할 정도의 운동량을 권장하였고, 우연히 지하철을 탄 송해는 건물을 오르내리는 대신, 전철을 타고 버스를 애용하며 틈만 나면 걷는 것으로 의사의 권고를 대신했다. 몸에 큰 무리가가지 않으면서 근력이 눈에 띄게 늘었고 건강도 차츰 좋아졌다.

지금도 송해는 문병을 와서 다 죽어가던 자신을 침통한 표정으로 내려다보던 원로 희극인 양석천(1921~1990)[28], 배삼룡(1926~2010), 구봉서(1926~ )의 얼굴이 떠오른다. 이들 중 구봉서를 빼고 나머지는 이미 이 세상 사람들이 아니다. 송해보다 한 살 연상인 구봉서도 건강의 악화로 이미 오래전에 활동을 중단한 상태이다.

거의 죽었다가 국립의료원에서 되살아난 송해는 그로부터 50년이 지난 지금은 오히려 건강과 장수의 상징으로 전 국민의 입에 회자되고 있다. 이를 기념하여 2013년 5월 어느 날, 국립의료원은 그를 '일일 명예원장'에 위촉하였다.

죽음의 문턱에서 겨우 벗어난 송해는 절망 가운데에도 서서히 살

길을 모색했다. 출구가 보이지 않던 당시에도 그나마 큰 힘이 있었다면 그동안 악극단 생활을 통해 형성된 작은 인맥이었다. 송해는 지금도 "사람이 재산"이라고 늘 말하고 다니는데, 혈혈단신으로 남하한 '삼팔따라지'에게 이보다 더 소중한 것은 없었다. 그것은 생계의 길을 여는 출구이기도 했고, 그의 외로움을 달래주는 창구이기도 했다. 노년인 지금도 그가 유독 사람을 좋아하고(밝히고!) 사람을 그리워하는 것도 이런 외로운 세월의 축적된 결과이다.

그는 이북에 두고 온 가족들을 대신할 상대를 주변의 사람에게서 찾았다. 그러나 그 어떤 관계들도 생이별한 어머니와의 관계를 대신할 수는 없었다. 이는 그로 하여금 굴러 내리는 바위를 산꼭대기로 계속 밀어 올려야 했던 시지푸스처럼 평생에 걸쳐 사람을 찾고, 찾고 또 찾게 만들었다. 이렇게 해서 그는 소위 '사람 부자'가 되었다.

현대그룹의 회장이었던 고 정주영과의 우연한 만남에서 정주영이 그를 "부자"라고 칭했던 일화는 이래서 생겨난 것이다. 송해가 정주영으로부터 이 말을 들었을 때, 송해는 재벌 총수인 정주영이 '가난한' 자신을 놀리는 줄 알고 매우 불쾌했다고 한다. 그런 눈치를 챈 정주영이 송해가 자기보다 더 부자인 이유가 주변에 자기보다 사람이 훨씬 더 많아서 그런 것이라고 설명을 한 후에야 송해의 화가 풀렸다고 한다. 정주영은 현대그룹이 아무리 좋은 차를 만들어도 송해가 "그 차 엉터리야"라고 한 마디만 하면 모든 게 끝장이라는 말로 자신의 진의를 설명했다.

송해의 일생을 돌이켜보면 그가 위기에 처했을 때마다 예외 없이 '귀인貴人'들이 나타나 그를 도왔음을 알 수 있다. 몸이 아프면 진심으로 그의 건강을 염려해주는 명의가 나타나 그를 치료하고 위로해주었고, 아들을 잃고 실의에 빠져 있을 때는 훌륭한 PD가 나타나 그에게 〈전국노래자랑〉 사회를 보게 해 다시 살 길을 만들어주는 식 말이다.

송해의 일생을 보면 어떤 '보이지 않는 손'이 위기의 순간마다 그를 번쩍 들어 '삶'의 시냇물가로 인도해왔다는 생각을 지울 수 없다. 그는 수많은 죽음의 고비를 넘겼고, 파란만장하고 아슬아슬했던 위기들을 기적적으로 넘어섰다. 그가 소위 한국 대중문화의 '살아 있는 전설'이 된 것은 무엇보다도 그 자신의 목숨을 건 철저한 노력과 헌신 때문이고, 다음으로는 이 '보이지 않는 손'의 도움 때문이다. 이 '보이지 않는 손'이 누구인지, 아무도 모른다.

악극단이 해체되고 방송으로 대중문화의 중심이 이동하던 시절에도 마찬가지였다. 그는 악극단 시절에 맺은 여러 인연들의 덕택으로, 또 그가 목숨을 던져 연마했던 무대에서의 다양한 능력과 재주 덕택에 악극단에서 방송계로 진출해 성공한, 그야말로 '예외적인 개인'들 중의 한 명이 되었다. 우리가 알고 있는 당시 대부분의 유명 연예인들이 대부분 이 과정을 통해 방송계에 정착한 사람들이었다.

# #27 현재

방송인으로 유명세를 타기 전까지 혹독한 가난의 터널을 거쳐 온 송해 선생은 누구보다도 '생계의 막막함'을 잘 아는 사람이다. 앞에서 송해 선생이 '평생 동안 3년 이상 앞을 내다보고 살 수 없었다'고 한 고백은, 늘 막막한 생계 앞에 위태로이 서 있었던 한 가장의 비애를 보여준다. 그래서인지 선생은 소박한 생활이 몸에 배어 있다. 의지할 데 하나 없이 하루 앞을 내다보지 못하는 생활을 수십 년간 이어온 그로서는 자연스레 체득된 습관 같다. 술값, 밥값 잘 내기로 유명하고 애경사에 빠지지 않는 그이지만, 그는 허튼 곳에 절대 돈을 쓰지 않는다.

그가 평소에 입고 다니는 옷만 보면 아마 그 누구도 그가 한국에서 가장 지명도가 높은 연예인이라는 사실을 눈치 채지 못할 것이다. 워낙 소탈한 성격이기도 하지만, 그는 평소에 전혀 멋을 부리지 않는다. 가만히 살펴보면 머리끝에서 발끝까지 어디 한군데 공을 들이거나 돈을 들여 꾸민 부분이 없다. 그는 그 흔한 유명 브랜드의 옷들도 거의 입지 않는다. 말 그대로 시골 장터나 동네 이발소나 복덕방 같은 데 가면 아무 데서나 만날 수 있는 노인들 패션 그대로라고 보면 된다.

그는 다른 연예인들처럼 패션에 주눅 들지 않음으로써 그런 외양의 문화로부터 늘 자유롭다. 그래도 푸근한 풍채와 어떤 엄숙한 기운이 그를 늘 감싸고 있어서 소탈한 외모가 그의 위엄을 전혀 손상하지 않는다.

그라고 해서 왜 외모에 관심이 없겠는가. KBS 〈가요무대〉 등에 가수로 출연할 때 그의 모습을 보라. 누가 그보다 더 양복을 멋지게 입는가. 둥근 뿔테 안경을 쓰고 흰 모시 두루마기를 입은 채 백년설의 〈산 팔자 물 팔자〉를 부르는 그를 보면, 마치 김구 선생이 풍채가 좋아져 환속한 것 같다.

그러나 그 모든 장식은 오직 무대와 관객을 위해서 준비한 것일 뿐

KBS 〈가요무대〉에서 백년설의 〈산 팔자 물 팔자〉를 열창하고 있는 송해

이다. 무대 밖으로 내려오면 그는 의상뿐만 아니라, 사람관계 등 모든 것을 철저하게 단순화시킨다. 공연 외에 다른 부분의 생활을 최대한 단순화시킴으로써 그는 에너지의 쓸데없는 낭비를 완벽하게 차단한다. 많은 사람들이 그가 유명한 연예인이라 생활이 매우 분주하고 복잡할 것이라고 생각할 텐데, 이는 천만의 말씀이다. 녹화나 행사가 있을 때를 제외하고 그의 생활은 철저하게 루틴화 되어 있고 패턴화 되어 있다.

가령 녹화가 없는 날은, 굳이 옆에서 보지 않아도 대충 이 시간이면 어디에서 무엇을 하고 있는지 다 알 수 있을 정도로 선생의 생활은 단순하다. 누가 그를 "낙원동의 칸트"라 했는가. 거의 매일 일정한 시간에 상록회 사무실로 출근하며, 점심을 먹고, 오후에는 친교 겸 소일거리로 은퇴한 원로 연예인들과 마작을 둔다. 물론 푼돈 100원짜리 화투 수준이지만 선생이 마작을 둘 때는 아무도 그를 방해하지 못한다. 심지어 공무상의 전화도 선생은 철저하게 차단한다. 그 시간에 선생은, 말하자면, 이 세상에 '없는' 존재인 것이다. 그는 이렇게 하여 완벽하게 자기만의 시간에 온전히 몰입한다.

그러나 그것도 길어야 두세 시간. 오후 네 시경이 되면 만사 뿌리치고 혼자서 사무실 인근의 목욕탕에 간다. 목욕탕에 가서 목욕을 할 때도 우리가 앞에서 이야기한 선생만의 순서가 있고, 그 순서를 거의 일분 일 초도 틀리지 않게 그대로 매일 반복한다. 목욕이 끝나고 사무실에 돌아오면 또한 거의 예외 없이 책상에 앉은 채로 눈을 감고 가만히 앉아 깜박 잠을 잔다. 그러다 보면 오후 여섯 시가 되고 이 시간이 되면 누가 뭐래도 무조건 사무실 문을 닫는다. 소일거리인 화투나 마작이 밤늦도록 이어져 원로 연예인들이 몸을 상하는 일을 방지하기 위해서다.

그리고 나서 선생은 친구들이나 후배들과 저녁을 하거나 간단히 한 잔 한다. 그것도 긴 시간을 끄는 법은 거의 없다(물론 발동이 심하게 걸리는 날이 있고, 그런 날은 예외지만 말이다). 대충 밤 여덟 시경이면 자리를 파하고 전철을 타고 집으로 간다. 아홉 시 뉴스가 끝날 무렵이면 잠자리에 들고 새벽 다섯 시 반이면 일어난다. 이 일상의 패턴에 예외가 거의 없다.

〈전국노래자랑〉 녹화를 가도 마찬가지이다. 반드시 녹화 전날 그 지역에 도착하고, 여관에 짐을 부리자마자 〈전국노래자랑〉 심사위원들, 악단장과 동네 목욕탕에 가고, 그것이 끝나면 잠시 여관에 쉬었다가 저녁 식사 후 간단한 반주 후에(이것도 가끔 발동이 걸리면 예외지만) 잠자리에 든다. 새벽 다섯 시 반이나 여섯 시면 정확히 일어나 아침 식사를 반드시 한다. 오전 아홉 시에 출연자 리허설이 시작되는데 일곱 시 반이면 정확히 녹화장에 가 있다. 이런 저런 과정을 거쳐 녹화가 끝나면 거의 항상 오후 세 시다. 그러면 버스를 타고 집으로 올라온다. 이 패턴 역시 예외 없이 늘 항상 그대로 반복된다.

선생은 이런 정해진 생활의 패턴 바깥으로 거의 나가지 않는다. 말하자면 유명 연예인임에도 불구하고 놀라울 정도로 생활이 단순하고 소박하다는 것이다. 내가 볼 때 무대 위에서 그가 보여주는, 그의 나이를 무색케 만드는 폭발적인 에너지는 이 순수하도록 단순한 시간의 축적이 없이는 불가능하다.

가령 그는 휴대폰도 사용하지 않는다. 스마트폰도 아닌, 지금은 어

전철을 타고 이동 중인 송해

디서 찾아보기도 힘든 버튼식 골동품 핸드폰이 있기는 하다. 그러나 이 핸드폰은 늘 꺼져 있다. 선생은 아주 가끔 이 핸드폰으로 급한 연락을 하거나 문자를 확인할 뿐이다. 이 책의 필자인 나도 선생의 핸드폰 번호를 알고 있지만 그 번호로 내가 먼저 전화를 해서 연결이 된 적은 단 한 번도 없다. 사무실에 오는 전화도 절대 직접 받지 않는다. 사무실의 조○○실장이 먼저 전화를 받고 선생이 통화할 건과 그럴 필요가 없는 것을 자기 선에서 먼저 결정한다.

그는 바쁜 와중에도 이런 식으로 자기만의 시간과 공간을 철저하게 확보하는 것이다. 그 누구도 이 절대공간 안으로 불쑥 쳐들어오는 것을 용납하지 않는다. 그러므로 선생과 접촉할 수 있는 유일한 방법은 사무실을 통하거나 막말로 〈전국노래자랑〉 녹화 현장을 쫓아다니는 수밖에는 없다.

그러니 목욕탕에서 우연히 만나 술 한 잔 하다보니 선생의 평전을 쓰게 되었고, 그 여파로 선생과 평생지기가 된 나 같은 인간은 얼마나 대단한 행운아인가. 선생의 표현을 빌려 다시 말하면, "나, 이런 사람이닷."

하루 일과를 단순화 시키는 것 외에도, 옆에서 가만히 보면 송해 선생은 (에너지의 쓸데없는 낭비를 막기 위해) 공연 외에 다른 어떤 것에도 관심이 없다. 옷도 신발도 아무 것이나 입고 걸치고, 먹거리도 이것저것 가리지 않고 그때 그 자리의 사정에 맞게 닥치는 대로 먹는다. 다이어트 한답시고 이것저것 가리는 법이 없다. 녹화 중간에 케이크가 눈에 띄면 그것을 먹고, 인스턴트 스낵이면 스낵, 과일이면 과일을 먹고, 아무 것도 없으면 먹지 않는다. 한마디로 잡식성이다. 만약 선생이 입맛

까다로운 미식가이거나 멋 부리기 좋아하는 사람이라면 그 쪽으로 선생은 또 얼마나 잡다한 시간과 에너지를 소비해야 할 것인가.

그 많은 야외 녹화 중에도 선생은 무대 위에서나 밖에서나 단 한 번도 선글라스를 착용하는 적이 없다. 그것이 싫어서가 아니라 그런 것에는 아예 관심이 없는 것이다. 코디가 해주는 얼굴 화장 외에 그 흔한 선크림 한 번 바르지 않으며, 구십 가까운 나이의 연예인임에도 불구하고 그 흔한 얼굴 마사지 한 번 받아보는 적이 없다. 말하면 무엇 하리. 그 흔한 스킨로션조차도 잘 바르지 않는데.

생활뿐만이 아니다. 지갑은 항상 왼쪽 바지 뒷주머니에 꽂고 다니고, 어떤 바지를 입건 거의 항상 똑같은 혁대를 착용한다. 식후에 마시는 차의 종류도 가리지 않는다. 한마디로 말해 주는 대로 먹는다. 커피도 인스턴트고 원두커피고 가리지 않는다. 그냥 닥치는 대로이다.

식사를 할 때는 예외 없이 안경을 벗고 조금이라도 슬픈 정서에 잠기면 어느 자리에나 눈치 안 보고 눈시울을 붉힌다. 한마디로 막힌 데가 없이 물 흐르듯 자연스럽게 하고 싶은 대로 하고, 절대로 방해 받지 않으며 자신만의 최대한 단순하고 소박한 삶을 살아가는 것이다.

그리고 이 모든 것은 최종의 무대, 그 위에서의 공연을 위한 준비이다. 무대 위에서 그는 평소에 최대한의 단순한 생활을 통해 응결되고 모아진 에너지를 한꺼번에 분출한다. 이것이 그가 나이를 이기는 방법 중의 하나이다. 생활을 최대한 단순화할 것!

# #28 과거

악극단 생활의 말로를 자칫하면 '죽음에 이르는 병'으로 마감할 뻔했던 송해는 그야말로 구사일생으로 1960년대 초반(30 초중반), 방송계에 발을 들여놓게 된다. 악극단 시절의 재치 있는 만담을 눈여겨본 방송계 인사들 덕택이었다.

그가 방송인으로 첫 데뷔를 한 무대는 당시 동아방송의 〈스무 고개〉를 통해서였다. 〈스무 고개〉는 라디오에서 정시 프로그램이 시작된 해방 직후부터 그때까지 이어져 내려온 당시 최고의 인기프로그램이었다. 돌이켜보면 연예계가 극장에서 방송으로 그 활동 공간을 본격적으로 옮겨가던 초기에 송해는 바로 그 '중심'에서 연예인으로서의 새로운 출발을 하게 된 것이다.

전영우 아나운서가 사회를 보았던 이 프로그램은 원래 퀴즈 프로그램이었다. 의사, 국어학자 등 사회의 명사들이 나와 '스무 고개'라는, 당시에 세계적으로 유행했던 방식으로 퀴즈를 풀어나가는 프로그램이었다. 송해는 코미디언 박시명과 콤비를 이루어 퀴즈 중간에 나와 막간 코미디를 선보였다. 청취자들이 퀴즈를 지루해할 무렵이면 송해, 박시명 콤비가 나타나 장안을 발칵 뒤집어 놓곤 하였다. 박시명은 악극단 시절 반도극장(나중에 피카디리극장으로 이름이 바뀜)에서 처음 송해와 콤비 코미디를 시작했는데, 이 둘의 콤비가 어찌나 쿵짝이 잘 맞는지 방송에서도 단연 인기였다.

기록에 의하면 〈스무 고개〉는 1955년 8월경부터 국내 최초로 공개

녹음방송을 시작하였다.[29] 공개방송은 서울 시내의 동화백화점(현 신세계 백화점) 뮤직홀에서 진행되었는데, 라디오에서 목소리로만 듣던 방송 초기의 스타들을 직접 보기 위해서 수많은 군중들이 몰려들었다. 송해, 박시명 콤비는 라디오 방송이지만 공개방송인 것을 감안하여 상상을 뛰어넘는 코믹스러운 분장을 하고 출연을 하곤 했는데, 현장에서 그것을 본 사람들은 모두 박장대소하며 뒤집어졌다.

비록 퀴즈 프로그램의 막간을 이용한 꽁트성 코미디이었지만 이것은 1960~70년대를 거치며 〈웃으면 복이 와요〉 같은 코미디 프로그램을 통해 완성된 근대 한국코미디의 발아적 형태로 매우 중요한 문화사적 의미를 갖는다고 할 수 있을 것이다. 물론 이와 같은 짧은 촌극 형식의 코미디는 악극단 시절을 통해 훈련되고 단련된 것이었으나 라디오 방송을 타면서 비로소 더욱 많은 대중들에게 근대 코미디 문화의 정형으로 정착되어갔다.

〈스무 고개〉로 인기를 끈 송해, 박시명 콤비는 뒤이어 MBC 라디오 방송의 〈오색의 화원〉이라는 프로그램에 출연해 인기를 더욱 굳히게 된다. 〈오색의 화원〉은 가요 프로그램이었는데 임택근 아나운서가 사회를 보았으며, 송해의 기억에 의하면 임택근 아나운서는 아나운서 출신으로 방송국의 이사가 된 최초의 인물이었다.

송해, 박시명 콤비는 〈오색의 화원〉에서 가수들이 노래를 부르는 막간에 〈스무 고개〉에서와 마찬가지로 꽁트성 코미디를 선보였다. 〈오색의 화원〉 역시 드라마센터에서 공개방송을 진행하였는데, 이를 통해 송해의 얼굴은 더욱 많은 사람들에게 알려지게 된다. 〈스무 고개〉와 마찬가지로 〈오색의 화원〉 역시 장수 프로그램으로 10년 이상 진행되었으며 1974년에는 가요 프로그램에서 구봉서, 곽규석 등이 진행하는 코미디 쇼로 그 내용이 바뀌게 된다.

재미있는 것은 〈오색의 화원〉이 인기절정에 있었던 1964년(37세)에 송해가 박시명과 함께 방송사상 처음으로 '방륜(방송윤리위원회)'으로부터 1개월간 출연정지 처분을 받았다는 사실이다. 내용인즉 다음과 같다. 당시 경향신문 보도에 의하면 "방륜은 지난달 29일(1964년 10월 29일) 심의회에서 송·박 씨가 차마 입에 담지 못할 잔학한 내용을 방송했다고 한 달 동안 이들의 입을 봉하는 결의를 했었다."30 신문 어느 곳에도 송해, 박시명 콤비가 저지른(?) '차마 입에 담지 못할 잔학한 내용'이 무엇인지 나오지 않는다.

필자가 송해와의 면담을 통해 확인한 바에 의하면 〈오색의 화원〉 코미디에서 박시명이 수염 깎는 것이 너무 힘들고 귀찮다고 하자, 송해가 난로에 주전자를 올려 물을 끓인 다음에 사람 없는 조용한 곳에 가서 입 주변에 따르라고 했다는 것이다. 그러면 다시는 수염이 나는 일이 없을 것이라고 말이다.

우스꽝스러운 일화이지만 당시 MBC 문화방송은 송해의 방송출연 정지 결정에 강력히 항의했으며 관방(국가 주도의 방송윤리위원회)과 별도로 민방의 '윤위(윤리위원회)'가 따로 있어야 한다고까지 항의했다. 송해 역시 방륜을 찾아가 사람 죽이는 이야기 등 폭력적인 영화가 난무하는 판에 웃자고 한 코미디에서 고작 이 정도의 표현에 방송출연 정지가 웬 말이냐고 따졌다. 그러나 한번 내려진 결정은 돌이킬 수 없었다. 한참 주가가 오르던 송해는 이렇게 해서 처음으로 비록 한 달 동안이긴 하지만 '입을 봉하는' 수모를 겪었다.

표현의 자유와 관련된 이런 논의는 오늘날까지도 계속되고 있지만, 당시가 5·16 직후였던 것을 생각하면 대충 그 분위기가 짐작이 간다. 송해가 방송출연 정지를 당하기 약 4개월 전인 1964년 6월 3일, 정부가 계엄령을 선포하고 "동아방송의 정치가십 프로 〈앵무새〉 제작관련자 6명을 반공법 위반 혐의로 구속 송치하는 설화 舌禍가 일어났다. 이들은 7월 20일 제 6관구 보통군법회의에서 첫 공판을 받았고, 계엄이 해제되면서 민간재판으로 이관되어 보석으로 풀려나 재판 끝에 무죄로 판결이 났다."[31] 송해뿐만 아니라 많은 사람들이 '입을 봉하는' 수모를 당하던 시절의 이야기다.

다른 한편 이 무렵(1964년경) 민영방송들은 앞다투어 상업적 경쟁 모드에 들어간다. 1959년 이후 라디오 수신기가 폭발적으로 증가하면서 라디오방송은 급격하게 상업성을 띠게 된다. 이리하여 방송국들은 짧은 시간에 스타가 된 아나운서, 코미디언들과 '전속계약', 즉 일종의 스카우트를 하는 일들이 벌어진다.

당시 코미디언들의 전속계약은 민영, 상업방송에만 적용되었는데, MBC, 1964년에 개국한 라디오 서울, DBS 등이 이와 같은 전속계약 경쟁에 뛰어든다. 언론 보도를 추적해보면 1964년 여러 방송국들로부터 치열한 전속계약의 대상이 된 코미디언의 이름에 구봉서, 배삼룡, 서영춘, 박시명 등의 이름과 더불어 송해의 이름이 거론된다.[32] 이를 보아 1964년경(37세)에 송해는 이미 대중 연예인, 방송인으로서 상당한 입지를 구축하고 있음을 알 수 있다. 당시 송해는 구봉서, 배삼룡, 박시명 등과 함께 MBC와 월 약 2만 원에 전속계약을 맺게 되는데 이는 당시로서는 매우 파격적인 대우였다고 한다.

송해와 콤비를 이루면서 시대를 풍미했던 코미디언인 박시명은 1960대 후반까지 연예인들의 콤비 문화를 가속화시키면서 활발한 활동을 전개한다. 외모만이 아니라 분위기, 목소리까지 송해와 너무 비슷해 오죽하면 친구들까지 혼동을 일으킬 지경이었다고 한다. 그러나 그는 1973년에 오토바이 사고로 동승했던 동료 연예인을 저 세상으로 보내고, 1986년에 들어 자신도 오토바이 사고로 불우하게 생을 마감한다.

술을 좋아해 마찬가지로 주당이었던 송해와 거의 한 몸처럼 가까이 지낸 그였으나 오토바이를 애용한 것이 잘못이었다. 인천 연안부두 근처에서 오토바이를 타고 가다가 오토바이가 고가도로 난간에 부딪히며 30미터 이상을 끌려가는 사고를 당한 후 그는 다시는 몸을 회복하지 못했다.

사고를 당했을 때 그의 미제 군복 양쪽 주머니에 위스키가 두 병 들어 있었다 하니 그는 얼마나 대단한 애주가였던가. 박시명은 또한 송해처럼 사람 만나기를 매우 좋아했다. 당시 이들은 무교동에 있었던 '세과부집'이라는 술집에 자주 드나들었다. 약속을 해서 송해가 먼저 안쪽에 자리를 잡고 있으면 박시명이 술집 입구에 나타나는 것이었는데, 그가 이 사람 저 사람 인사를 한 후 마침내 송해가 있는 자리에 도착할 때면 이미 만취상태가 되어 있었다는 것이다.

당시에 을지로 스카라극장 주변의 다방들은 희극인들의 아지트였는데 그 중에서도 '모나미다방'이라는 곳에 가면 웬만한 코미디언들은 다 만날 수 있었다. 한번은 박시명이 송해와 술을 마셨는데 만취상태에서 다짜고짜 송해를 마구 때리더라는 것이다. 영문을 모르는 송해가 겨우 자리를 피한 후, 다음날 모나미다방에서 박시명을 만나 어제 왜 자기를 그렇게 무자비하게 때렸느냐고 묻자, 그는 전날 일을 전혀 기억하지 못하더라는 것이다.

1960년대에 막 스타덤에 오르던 그를 무엇이 그토록 불안하게 했을까. 앞에서도 말했지만 송해는 최고의 연예인이 된 지금도 여전히 3년 앞을 가늠 못하는 심정으로 지낸다고 한다. 이제나 저제나 연예인들의 삶은 불안한 촛불 같다. 한 때 타오르던 불꽃이 언제 어느 바람에 사라질지 모르는 것이 그들의 운명이다. 그들은 늘 불안의 강을 건너는 사람들이다. 영원한 비정규직 광대들은 최고의 순간에도 당장 내일을 걱정해야 한다.

송해와 악극단 시절부터 명콤비를 이루어 시대를 풍미했던 박시명도 그렇게 갔다. 송해는 가장 가까웠던 친구를 오토바이 사고로 보내고, 그 후 아들 역시 오토바이 사고로 잃는다. 누가 자기 인생의 한 치 앞을 내다보리. 우리는 누구나 다 이렇게 운명 앞에 무력한 존재들이다.


1967년(40세) 송해는 〈동아일보〉와의 인터뷰에서 코미디언으로서 어려움을 토로한다. "가수의 경우라면 같은 노래를 여러 번 불러도 무관하고 히트가 되는 데 반해 코미디는 비슷한 것을 두 번만 해도 '재탕'이라고 하여 관객들이 얼굴을 찌푸린다"는 것이다. 당시만 해도 코미디 작가 시스템이 제대로 갖추어지지 않아 코미디 소재를 스스로 무제한 만들어냈어야 했는데 그것이야말로 사실은 고역 중의 고역이었던 것이다.

또한 그는 코미디언은 사생활에 있어서 '참을성'이 많아야 한다고 주장함으로써 공인 방송인으로서 일상생활에서 겪는 고초를 털어놓고 있다. 이 무렵이면 송해는 이미 유명 연예인이 되어 있었던 것이다.

송해는 〈위문 열차〉, 〈백만인의 무대〉 등을 거치면서 라디오 방송에서 승승장구 주가를 올린다. 그러다가 송해를 라디오 방송 최고의 스타로 만들어준 것은 동아방송에서 〈나는 모범운전사〉로 시작해 TBC, KBS에서 〈가로수를 누비며〉라는 타이틀로 이어졌던 교통방송이었다.

송해의 회고에 따르면, 〈나는 모범운전사〉의 시그널 뮤직을 블루벨스가 불렀는데 방송이 나간 지 이틀 후에 무교동의 어느 낙지집에 갔더니 젊은 사람들이 이 노래를 따라 부르고 있더라는 것이다. 송해는 그때 처음 방송의 '막강한' 영향력을 실감했으며 방송인으로서의 책임과 보람을 느꼈다고 한다.

〈가로수를 누비며〉는 송해가 매일 스튜디오에 나와 생방송으로 운전자들을 대상으로 다양한 교통정보를 제공하고 또 유쾌한 얘깃거리를 들려주는 프로그램이었는데 방송 시간만 되면 전국의 택시기사들, 자가용 운전자들이 이 방송을 청취했다. 송해는 1974년에 〈가로수를 누비며〉를 시작하여 교통사고로 아들을 잃은 후 스스로 하차했던 1988년까지 무려 14년 동안 단 하루도 어기지 않고 이 방송을 진행했다. 〈가로수를 누비며〉의 전신이었던 〈나는 모범운전사〉까지 포함하면 교통방송만 연이어 17년이었다.

이 프로를 통해 국내 최초로 소위 '교통통신원'이라는 것이 만들어졌다. 전국의 운전자들이 자원하여 교통통신원이 되었으며 전국의 교통

현장에서 생생한 소식을 전해주었다. 놀라운 것은 최장수 프로그램인 〈전국노래자랑〉이 있기 훨씬 이전부터 그가 진행한 많은 프로그램이 장수를 했다는 사실이다. 그가 한국 최초의 여성 MC였던 이순주와 콤비로 1973년에 시작한 〈싱글벙글쇼〉 역시 지금까지 42년 동안 계속되고 있는, MBC 라디오 방송 사상 최장수 프로그램이다.

도대체 그 무엇이 송해가 하는 대부분의 프로그램을 장수로 몰아갔을까. 여기에는 다양한 이유들이 있겠지만 그중에서도 중요한 것은 그의 구수한 입담과 더불어 청취자, 출연자, 관객들과 갖는 소통의 능력이다. 그는 혼자 떠들지 않으며 늘 상대와 깊은 교제에 들어간다. 그가 진행하는 프로그램들은 항상 송해와 상대방의 상호작용interaction으로 이루어져 있다.

〈전국노래자랑〉에는 송해와 출연자 사이의 정겨운, 우스꽝스러운, 때로는 가슴을 찡하게 만드는 대화가 늘 존재한다. 그는 출연자들과 함께 음식을 나누어 먹기도 하고, 함께 노래를 부르고 춤을 추기도 한다. 출연자만이 아니라 때로는 〈전국노래자랑〉의 악단장을 끌어들이기도 하고 카메라 감독을 무대에 끌어들여 함께 음식을 나누기도 한다. 출연자와 악단장을 대면시키기도 하고 관객을 무대 위로 호출하기도 한다. 출연자를 시켜 무대에서 나누던 음식을 〈전국노래자랑〉의 심사위원들에게 갖다주기도 한다. 이런 식으로 무대 전체가 대화이고 소통이다.

그리고 이 와중에 모든 사회적 위계들은 다 무너진다. 거기에는 나이도 신분도 학벌도 계급장도 존재하지 않는다. 모든 서열은 무너지고 무대는 하나의 즐거운 공동체가 되어 그 안에 있는 모든 개체들이

억눌리지 않고 각자 제 목소리를 낸다. 바흐친의 표현을 빌면 "유쾌한 상대성jolly relativity"이 실현되는 것이다. 그리고 이 대화의 공간에서 송해의 따뜻하고 격의 없으며 소탈하고 인간적인 성품이 있는 그대로 노출되는 것이다.

〈가로수를 누비며〉를 진행할 때도 마찬가지였다. 그는 방송에서뿐만 아니라 오프라인에서 전국의 수많은 영업용 택시 기사들과 얼굴을 맞댄 교제를 했다. 그는 택시 기사들의 삶의 구체 속으로 파고 들어갔으며, 그리하여 그들의 애환과 고통을 자기 일처럼 몸소 느끼고 겪었다. 기사들의 애경사에 수도 없이 참가하여 수많은 택시 기사들의 집안 내력까지 소소하게 알고 지냈다. 전국의 교통통신원들의 집에 밥 먹듯이 드나들어, 그의 표현을 빌면 기사들 집에 "숟가락이 몇 개인 것까지 알 정도"였다.

송해의 아들이 교통사고로 사망했을 때 장례식장엔 '서울 시내의 모든 운전기사들이 다 왔을 정도로' 수많은 택시운전자들이 장례식장으로 달려와 그를 위로했고 그와 함께 목놓아 울었다. 얼마나 많은 화환들이 왔는지, 놓을 자리가 없어 앞에 온 것들을 일일이 치워가며 새로 온 화환을 들여놓아야 했다. 송해의 회고에 의하면 지금까지도 애경사에 그렇게 많은 화환이 있는 것을 본 적이 없다고 한다.

지금도 택시를 탔을 때 나이가 지긋한 운전기사들에게 넌지시 송해 이야기를 건네면 그때를 기억하며 흥분해서 열띤 목소리로 송해를 회상하는 사람들이 많다. 전국의 운전기사들이 송해를 부른 별칭인 "송기사"라는 기표는 그들이 송해라는 사람을 어떻게 느끼고 대했는지를 잘 보여준다. 그들은 송해를 유명 연예인이라기보다 자기들의 입장과 고통을 가장 잘 이해해주는 '동료'이자 '친구'로 느꼈던 것이다. 그는 당시 내무부 장관을 설득, 개인용달 제도를 활용하여 수많은 트럭 운전자들에게 희망을 주었으며, 쉬는 날이면 서울 톨게이트에 직접 나가 교통사고로 구속된 운전자 가족들을 위한 모금활동을 하였다.

1987년에는 가난해서 결혼식을 올리지 못한 채 가정을 꾸린 운전자들에게 합동결혼식을 열어주었다. 수많은 택시 운전자들이 결혼식도 못 올린 채 박봉에 살고 있다는 이야기를 어떤 기사식당에서 우연히 듣고 택시회사들을 일일이 돌아다니며 실체 조사를 했다. 그리고 당시 택시 운전자들의 20~30%가 실제로 혼례를 올리지 못한 채 살고 있다는 것이 확인되었다. 그리하여 〈가로수를 누비며〉 방송을 통해 합동결혼식 신청자를 받자 단 이틀 만에 300쌍이 넘은 운전자 부부가 신청을 해왔다.

그는 유명 연예인의 신분을 십분 활용하여 많은 업체로부터 협찬을 받아 잠실의 '황제예식장'에서 하루에 88쌍씩 3일에 걸쳐 이들에게 합동결혼식을 치러주었다. 88쌍씩 결혼식을 올렸던 것은 다음 해에 열릴 예정이었던 88 서울올림픽을 기념하기 위해서였다.

신부들이 나이가 많아 최고령자는 57세인 경우도 있었다. 남자는 60세가 넘는 경우도 있었다. 서울 시내의 혼례복 가게를 다 뒤져 신부들에게 웨딩드레스를 해 입혔다. 나이가 먹은 신부들이라 드레스가 맞지 않아 하나하나 다 뜯어고쳐야 하는 수고가 뒤따랐다. 결혼식이 끝난 후에는 운전자 가족들에게 한 가정 당 거의 용달 한 트럭 분량의 냉장고, TV, 전기밥솥, 선풍기 등 생활용품이 혼수로 제공되었다.

〈가로수를 누비며〉의 진행 방식 역시 송해의 '혼자 떠들기'가 아니었다. 전국의 운전자들이 교통통신원의 이름으로 방송을 통해 생생한 음성으로 송해와 대화를 했으며, 휴대폰도 없던 그 시절에 다방으로 뛰어가거나 주변의 공중전화를 통해 전국의 교통상황을 전해주었다. 여권, 현금 등, 잃어버린 물건을 찾아주는 일부터 시작해 교통사고 현장에서 인명을 구하는 일까지, 송해와 운전자들의 실시간 대화를 통해 감동적인 일화들이 방송을 통해 전국의 운전자들에게 생생하게 전해졌다.


〈가로수를 누비며〉뿐만 아니라 송해가 이순주와 콤비로 진행한 여러 방송 역시 라디오에서 송해를 스타로 만드는 데 크게 기여했다. 가령 〈웃음의 파노라마〉, 〈백만인의 무대〉, 〈리퀘스트 청백전〉, 〈싱글벙글쇼〉 같은 것들이 그것이다.

이중에서도 〈싱글벙글쇼〉는 특히 인기가 있었는데, 1973년에 MBC 라디오에서 시작해 (방송의 주도권이 텔레비전으로 넘어온 이후에도 계속 살아남아) 지금까지 42년간 이어져 내려온 MBC 라디오 최장수 프로그램이다.[33] 이 프로는 매일 낮 1시 10분부터 50분간 방송되는 일종의 '토크쇼'로 그날 그날의 간단한 뉴스와 시사만평, 콩트로 구성되어 있었고, 중간중간 최신 유행가요를 내보냈다. 이 콤비는 당시에 "싱글벙글 팀"이라는 이름이 별명이 붙을 정도로 유명했는데, 송해가 "싱글이"로 이순주가 "벙글이"로 불렸다.

1975년 7월 7일부터는 푸짐한 상품이 붙은 '퀴즈코너'가 신설되었다. 일요일부터 토요일까지 매일 다른 퀴즈가 출제되었고 1주일 동안 출제된 문제를 전부 합쳐서 정답을 보내면 일요일 낮에 추첨을 하여 당첨자를 결정하는 방식으로 진행되었다. 상품으로는 1등에게는 전기냉장고, 2등에게는 텔레비전 수상기, 3등에게는 선풍기를 주었는데 당시 금액으로 매주 40만 원 상당의 상품이 주어졌다. 당시에 단일 프로그램으로 주마다 이렇게 큰 규모의 상품을 내건 프로는 없었다.

이 프로가 얼마나 인기가 있었는지, 당시에 시골에서 방송국 견학을 온 할머니, 할아버지가 가장 보고 싶어 하는 방송이 바로 이 프로였다고 한다. 1975년 7월을 기준으로 다섯 번째 담당 PD였던 김병덕은 이 프로의 높은 청취율의 이유를 다음과 같이 설명하고 있다.

"오늘의 청취자들은 친근감이 있는 프로그램을 즐겨 듣는 것 같습니다. 특히 서민 가정을 상대로 웃고 지낼 수 있는 싱싱한 콩트, 서민의 욕구불만을 해소시킬 수 있는 시사만평, 이런 것들이 청취자들 마음에 맞는가 봅니다."[34]

이 대목에서 독자들도 눈치 챘겠지만, 〈싱글벙글쇼〉가 인기를 끈 이유가, 내용의 분명한 차이에도 불구하고 〈전국노래자랑〉과 매우 유사하다는 것을 주목해야 한다. 〈싱글벙글쇼〉가 방송국 견학을 온 시골 할머니, 할아버지들이 가장 보고 싶어하는 프로였다든가, 서민들을 상대로 한 친근한 프로그램이라는 설명들이 그것이다.

이것은 송해라는 대중 연예인의 캐릭터가 방송 초기부터 이런 성격을 가지고 있었고, 그때나 지금이나 송해의 매력이 바로 이것이며, 대중들이 그에게 열광하는 이유 역시 그만이 가지고 있는 구수함, 푸근함, 친근성, 서민성이라는 것을 잘 보여준다.

# 라디오 방송을 평정하다

〈싱글벙글쇼〉는 1973년에 MBC 라디오에서 시작해
지금까지 42년간 이어져 내려온
MBC 라디오 최장수 프로그램이다.
송해가 '싱글이'로 이순주가 '벙글이'로 불렸다.

시골에서 방송국 견학을 온 할머니, 할아버지가
가장 보고 싶어 하는 방송이 바로 이 프로였다.

송해는 1960년대 후반부터 이순주와 콤비로 명성을 날렸는데 당시에 이순주는 한국 최초의 여성 MC이었다. 그녀도 송해만큼은 아니지만 나름 파란만장한 인생을 살았다. 서라벌예대 1학년 재학 중 '제일소녀가극단' 단원 50명을 채용한다는 광고를 보고 응시하여 발탁되었으나 불과 6개월 만에 이 가극단이 해체되어 활동을 중단할 수밖에 없었다. 이후 이순주는 송해-박시명, 구봉서-곽규석, 서영춘-백금녀 등의 코미디언들이 콤비로 활동을 하던 극장 쇼 무대를 부지런히 쫓아다니며 단역 혹은 대역으로 출연하기 시작했다.

그녀가 스타의 자리에 오르기 시작한 것은 1968년 월남 위문공연을 통해서였다. 사회를 보면서 그녀는 코미디뿐만이 아니라 노래, 무용까지 선보이면서 만능 엔터테이너로서의 능력을 유감없이 보여주었다. 1970년 시민회관에서 진행된 〈아시아가요제〉에서 함께 사회를 보기로 한 배삼룡이 건강 문제로 출연을 못하게 되자 혼자 사회를 보게 되었는데, 이것이 그녀를 한국 대중문화 역사상 첫 여성 MC로 기록되게 만들었다.

그러나 한창 주가가 오르던 그녀는 건강이 악화되어 일 년에도 여러 차례 입원을 해야 했고, 1978년에는 1년간 산사山寺에서 요양을 하기도 했다. 결국 그녀는 1980년부터 1985년까지 미국에 거주하며 연예계를 떠났다. 그 후 1985년부터 1990년 초반까지 한국과 미국을 왕래하며 지내며 다시 방송에 출연하기도 하고, 이런 저런 사업을 벌였으나 불행하게도 부도가 나고 만다.

이후 미국 조지아 주 애틀랜타에서 나이트클럽을 개장한 것을 비롯한 모든 사업들이 완전히 실패로 돌아가고 급기야는 식당종업원, 청

노인이 되어 다시 만난 명콤비, 송해와 이순주. 이들은 〈웃음의 파노라마〉, 〈백만인의 무대〉, 〈리퀘스트 청백전〉, 〈싱글벙글쇼〉 등에서
명콤비로 활약하며 서로를 스타덤에 올려놓았다. 파란만장하고 고단한 세월의 파고를 뚫고 이렇게 웃고 있는 두 사람, 장하고 자랑스럽지 않은가.

소부 등 온갖 잡일을 하며 불운을 버텨야 했다. 유명 연예인이던 시절엔 안마사가 없으면 편한 잠을 이루지 못할 정도로 잘 나가던 그녀는 이제 사업의 실패, 건강의 악화 등으로 인생 최악의 시기를 맞이한다.

이때 그녀가 절망의 바닥에서 다시 일어설 수 있었던 것은 우연한 계기에 기독교를 알게 되면서부터이다. 그녀는 1995년 미국의 애틀랜타 신학대에 입학한 후 2년 만에 이를 수료하고, 다시 4년제 임마누엘 신학대를 다니면서 새로운 인생길을 걷는다. 신학대학 졸업 후 그녀는 전도사로 일하게 되었는데, 2007년에는 거주지를 LA로 옮겨 전도사 일 뿐만 아니라 현지 한인 방송국에서 하루에 무려 12시간씩 방송국 일을 수행하는 등 재활의 의욕을 불태웠다. 2007년 9월 10일, 연합뉴스 장익상 LA 특파원과의 대담에서 그녀는 다음과 같이 말하고 있다.

"내가 쓰일 수 있는 일이라면 어떤 곳이든 마다하지 않고 달려가죠. 재산도, 명성도 다 잃었지만 그 어느 때보다 행복합니다."[35]

이순주는 현재 한국에 돌아와 있다. 1960년대 후반부터 1970년대 후반까지 대한민국 최고의 명콤비로 명성을 날렸던 송해와 이순주는 어느덧 나이 70~80을 훌쩍 넘긴 노인들이 되었다. 그들이 최근 송해의 사무실에서 만났다.

송해 선생과 명콤비로 활약했던 이순주 선생에게는 남동생이 한 명 있었다. 아버지의 뒤를 이어 철물점이나 운영하라던 집안의 권고를 듣지 않고 이 동생은 권투선수로 활약했다. 당시에 〈귀국선〉이라는 노래로 유명했던 작곡가 이인권이 권투 관람을 좋아해 송해 선생은 그를 따라 권투 구경을 자주 갔다.

한번은 이순주 선생 동생의 시합이 있는 날이었다. 이순주, 이인권

그리고 송해 선생은 무대 바로 앞자리 로얄석에 일찌감치 자리를 잡았다. 가까이서 경기를 지켜보기 위해서였다. 드디어 이순주의 동생이 링에 올라왔다. 경기가 시작되었다.

선생은 심장이 떨려 도저히 경기를 지켜 볼 수가 없었다. 권투 경기장은 당연히 금연이었다. 그것도 링 바로 앞자리에서 담배를 핀다는 것은 흡연문화에 대해 관대했던 당시로서도 말도 안 되는 일이었다. 그렇지만 송해 선생은 너무 가슴이 떨려서 흡연욕구를 도저히 견딜 수가 없었다. 등을 굽히고 고개를 숙인 채, 담배를 급히 빨고 손으로 담배연기를 마구 내젓기를 빠른 속도로 반복했다. 그러다 문득, 링 위를 쳐다보았다. 그런데 이게 웬일이란 말인가. 무대 위에는(송해 선생의 표현을 빌면),

"한 넘(놈)이 없는 거야."

선생이 심장이 떨려 경기를 보지 못하고 담배를 피며 고개를 숙이고 있는 동안 이순주 선생의 동생이 상대의 주먹을 얻어맞고 무대에 '뻗어' 있었던 것이다. (참고로 선생은 담배를 끊은 지 50년이 넘었다.)

이와 비슷한 일화가 한 번 더 일어났다. 어떤 코미디 영화에 송해 선생과 코미디언 "후라이 보이" 곽규석이 함께 출연했다. 이 둘은 권투 시합 장면을 촬영했는데, 1라운드에서 팽팽한 접전을 벌이다가 2라운드에서 송해 선생이 케이오 패를 당하는 것으로 각본이 짜여 있었다.

드디어 촬영이 시작되었다. 선생은 아무 생각 없이, 눈도 뜨지 않은 채, 앞뒤 보지 않고 곽규석에게 주먹을 마구 휘둘렀다. 한참을 그러다 보니 중간에 감독의 '컷' 소리가 들려왔다. 선생은 연기를 중단하고 눈을 떴다. 이번에는 곽규석이 보이지 않았다. 정신을 차리고 가만히 보니 선생의 주먹에 '얻어터진' 곽규석이 링 위에 '뻗어' 있었다.

선생의 주먹이 이 정도다. 다들 조심하는 것이 몸과 영혼의 건강에 이로울 것이다.


〈싱글벙글쇼〉, 〈전국노래자랑〉이 보여주는 것처럼 그가 진행한 대부분의 프로는 일방적인 것이 아니라 청취자, 시청자, 관객들과의 직접적인 소통을 중심으로 한 '토크(이야기)'가 있었고, 그 사이에 노래(가요)가 끼어들었다. 퀴즈를 통해서든 아니면 다른 어떤 방식을 통해서든 그는 대중들과 항상 '대화적 관계' 속에 있었고, 이 대화 속에서 인간미 물씬 풍기고, 소탈하며, 친근하고 서민적인 그의 캐릭터가 진솔하게 드러났다.

송해, 이순주 콤비로 동아방송에서 진행되었던 〈리퀘스트 청백전〉역시 월요일부터 토요일까지 매일 오후 7시 35분에 방영되었는데, 송해, 이순주의 구수한 진행으로 가볍고 재미있는 퀴즈대결을 벌이고 퀴즈의 승패에 따라 청취자들이 요청한 대중가요가 방송되었다.

송해가 지금도 90이 가까운 노구를 이끌고 국내 최정상 연예인 중의 한 명으로 전성기를 구가하고 있는 것은 그가 다른 연예인들처럼 얼굴이 잘생겨서도 아니고 늘씬한 몸매를 자랑해서도 아니며 바로 이소통의 능력에 있다. 그가 1960년대 초반 라디오 방송계에 발을 들여놓고 1970년대 초반 텔레비전 방송에 출연하면서 스타로서의 입지를 굳히는 대부분의 시간에 그는 혼자가 아닌 콤비로 활동했다. 1960년대 초기에는 박시명과 콤비로 활동했으며, 그 후 이순주와 콤비로 오랫동안 활동하면서 초기 방송인으로서의 입지를 완전히 굳혔다.

이것은 무엇을 의미하는가. 그는 왜 단독자로 활동하지 않았을까. 이는 그가 독불장군이 아니라 누구보다도 관계지향적인 사람이며 사람을 좋아하고 사람들 속에서의 다양한 상호작용을 늘 갈급해왔음을 보여준다.

우리가 볼 때 이것은 한국전쟁 당시 남하한 '난민'으로서 그의 몸에서 떠날 날이 없었던, 그의 가슴에 옹이처럼 박혀 있는 외로움 때문이다. 그 적막함이 오히려 동력이 되어 그를 저잣거리로 내몰았으며, 그래서 그는 늘 사람을 찾아다녔고, 만났고, 사랑하고 다투었으며, 화해하고, 함께 울고 웃었다. 그래야 외롭지 않았기 때문이다. 그러다보니 위기의 순간마다 귀인을 만났으며, 무언가를 필요로 할 때 그 필요를 채워줄 누군가가 항상 나타났다. 다시 말하지만 그는 '사람 부자'다.

그는 세 살짜리 어린애부터 115세의 할머니까지, 촌부에서 대학 교수까지, 영세 상인에서 대기업의 총수에 이르기까지 소통에 아무런 장애가 없다. 그것은 그의 내면이 늘 사람을 그리워하기 때문이고, 사람들 사이의 교제를 인생 최고의 보람이자 즐거움으로 여기기 때문이다. 심지어 화가 나 있을 때조차도 그의 목소리는 애정이 듬뿍 배어 있다.

# #29 현재. 〈전국노래자랑〉 전남 곡성

전라남도 곡성에서 〈전국노래자랑〉 녹화를 할 때의 이야기이다. 여느 때처럼 송해 선생과 나는 KBS 신관 후문에서 리무진 버스를 타고 녹화 하루 전날 곡성으로 내려갔다. 모텔에 도착해 짐을 풀자마자 우리는 근처의 지리산 온천지구에 있는 한 온천에 가서 목욕을 했다. 앞에서도 말했지만 이는 〈전국노래자랑〉 녹화 하루 전에 예외 없이 벌어지는 일과이다. 목욕을 마치고 나오니 선생을 알아본 관광객들이 여기저기서 사인 공세를 해온다. 그는 일일이 사인을 해주고 그들이 요구하는 대로 포즈를 잡고 사진을 찍어준다.

차에 올라 막 떠나려는 순간 운전석 건너편에서 어떤 젊은 커플이 사진기를 들고 차 안에 있는 선생을 찍고 있다. 선생을 우연히 보았으니 차 안에 앉아 있는 모습이라도 촬영하고 싶었던 것이다. 그 모습이 갸륵했는지 선생이 차를 세우라고 한다. 선생은 차에서 내려 그들에게 다가가 그러지 말고 함께 사진을 찍자고 한다. 수줍어 말도 못 꺼내던 젊은 부부가 환호성을 지르며 고맙다고 한다.

선생은 늘 이런 식이다. 유명 연예인이라고 뽐내고 위세 부리는 적이 없다. 숫기가 없어서 쭈뼛거리는 팬들을 보면 먼저 말을 걸고 사진을 찍자고 한다. 방금 찍은 모습이 폴라로이드 사진기에서 인화되어 나온다. 선생은 사진이 제대로 찍혔는지 인화지가 마르기를 기다려 지켜보다가 사진이 제대로 나온 것을 확인하고야 차에 다시 오른다.

저녁은 곡성 군수가 마련한 자리였다. 지자체장으로부터 그 지역에 관한 소소한 정보들을 얻는 중요한 자리이다. 한눈에 보아도 음식에 정성이 가득하다. 송해 선생, 악단장, 작가, PD, 심사위원, 군수 외에 군청 직원 두어 명, 그리고 내가 합석한 자리였다.

그날따라 컨디션이 좋은지 선생은 연신 술잔을 든다. 이 자리에서도 예외 없이 소주다. 소주로 천하통일이다. 안주 불문, 자리 불문, 사람 불문, 시간 불문, 무조건 '빨간 딱지' 소주다. 나 역시 소문난 애주가 이지만 세상에 태어나서 소주를 선생처럼 맛있게 마시는 사람을 본 적이 없다. 소주가 입에 짝짝 달라붙는 소리가 절로 난다. 소주를 들이 킨 후에 "카아" 하는 소리에는 소주에 대한 세상 최고의 애정이 덕지덕 지 묻어 있다. 선생은 가끔 내게 "술이 보약"이라고 했는데, 정말 소주 가 보약인지는 잘 모르겠지만 뭐든지 저렇게 맛있게 먹으면 몸에 안 좋을래야 안 좋을 수 없다는 생각이 절로 든다. 한 순배, 두 순배, 술잔 이 거나하게 오고 간다. 송해 선생의 재치 넘치는 입담과 강력한 카리 스마가 좌중을 행복감과 유쾌함으로 그득 채운다.

그러다가 이야기가 우연히 전날 있었던 예심으로 옮겨간다. 작가와 담당 PD가 녹화 이틀 전에 지역에 미리 내려와 예심을 치렀기 때문에 자연스럽게 전날 있었던 예심에 대해 이야기가 나온 것이다. 참고삼 아 말하면 그 무렵 곡성에서는 효녀 심청 축제가 열리고 있었다. 그런 데 우연히 예심에 시각장애자 한 명이 참가를 했고, 1차 예선을 통과 했으나 2차에서 이런 저런 이유로 탈락을 했던 모양이다.

이 이야기를 들은 선생의 표정이 갑자기 일그러졌다. 이 자리에서 세부적으로 말할 수는 없지만, 예심을 진행하는 작가와 PD 입장에서 는 탈락을 시킬 만한 나름의 이유가 있었던 것 같다.

군수 일행과의 자리가 끝나자 술자리는 자연스럽게 2차로 이어졌 다. 〈전국노래자랑〉 식구들만 2차로 간 자리에서 갑자기 분위기가 험 악해지기 시작했다. 선생이 화가 머리끝까지 난 것이다.

선생의 주장은 간단하다. 효녀 심청을 기리는 지역에서 시각장애자 가 예심에 참가했으면 그리고 1차 예선까지 통과했으면 어떤 이유로든 2차에서 탈락을 시키지 말고 본선에 내보냈어야 한다는 것이다. 너무나도 중요한 것을 놓쳤다는 안타까움이 노기怒氣로 바뀌는 순간이었다. 작가와 피디를 향해 호통이 시작됐다. 선생은 중간중간 분을 이기지 못해 "어휴, 어휴" 하면서 끙끙 앓는 소리를 냈다. 구경꾼인 나도 바짝 긴장해서 가만히 앉아 있었다.

그때 문득 나는 저 송해 선생이 〈전국노래자랑〉을 얼마나 사랑하는가, 그리고 얼마나 완벽하게 매번 매번의 무대를 만들려고 하는가 하는 생각이 들었다. 매주 반복되는 녹화이지만 그는 얼마나 큰 혼신의 노력과 정열과 에너지를 거기에 쏟아붓는가. 그리고 그 녹화의 과정에서 무엇 하나라도 삐끗거리는 것이 있으면 그는 상대를 가리지 않고 분노를 폭발시킨다. 그의 말마따나 그간 〈전국노래자랑〉을 거쳐 간 300여 명의 PD치고 그와 싸우지 않은 사람이 단 한 명도 없다. 만일 녹화 시간에 임박해 도착하거나 지각을 하는 초대가수, 새벽에 녹화장소로 이동하는 버스에 미리 나와 대기하고 있지 않은 관계자들이 있으면, 그에겐 온갖 아름다운(?) 가축의 이름이 들어간 욕설이 날아간다.

이날도 예외가 아니었다. 선생은 소주를 연거푸 너무나 맛깔스럽게 들이키면서, 화가 난 멧돼지(?!)처럼 씩씩거리면서 역정을 내었다. 나를 포함해 그 자리에 있던 모든 사람이 두려움과 공포에 바들바들(!!!) 떨면서 선생의 말을 경청했다. 선생의 지적은 시각장애인 예심 탈락 문제에서 시작되어 근래에 선생이 못마땅하게 느꼈던 여러 가지 사안으로 점점 확대되었다. 그리하여 꽤 긴 시간 동안 나는 선생의 색다른 면모를 관찰하는 행운(!)을 갖게 되었다. 무대에서 그리고 평소에 그렇게 인자해 보이던 선생의 화난 모습을 누가 감히 상상이나 할 것이며 게

다가 눈앞에서 목격할 수 있냐 말이다.

이 과정에서 나는 겁도 없이 보이스 레코더를 선생 앞에 놓고, 그의 울분에 찬, 화려하고 쫄깃쫄깃한 육성(욕설?)을 녹음했던 것이다. 선생은 그 와중에 내가 당신의 그런 모습을 녹취하고 있다는 사실을 알면서도 그냥 내버려두는 관용을 베풀었다. 만에 하나 화가 머리끝까지 치민 선생이 "이런 개××가 있어?"라고 소리치며 보이스 레코더를 나에게 던지기라도 했다면 내 꼴이 어떻게 되었겠는가. 이런 것을 보면 인터뷰어로서 나는 대단한 취재정신의 소유자(그렇고 말고!)이다.

군수 일행과의 전작으로 인해 술이 많이 올라 있던 나는 이 과정을 눈을 부릅뜨고 지켜보았다. 그러나 다음날 맨 정신에 보이스 레코드를 틀어 다시 확인해본 후에야, 나는 선생께서 화를 내는 매우 독특한 방식을 확연하게 정리하고 이해할 수 있었다.

첫째, 선생은 원리 원칙에 매우 충실하다. 원칙을 벗어나면 상대가 누구든 앞뒤, 위아래 가리지 않고 할 말을 한다. 나중에 이야기를 나눈 바에 의하면, 선생은 할 말을 하지 않고 가슴 속에 담고 있으면 "몸을 가누지 못해 끙끙 앓는다"고 했다. '앓느니 죽는다'는 말이 있다. 평생 비정규직으로서 방송국과의 관계에서 늘 갑이 아닌 을의 입장에 있었음에도 불구하고, 선생은 할 말은 하고 살았다. 이 원칙은 선생께서 젊을 때, 즉 지명도가 지금처럼 높지 않았을 때나 유명세를 타고 있는 지금이나 변함없이 지켜져 온 선생의 생활 원리이다. 갑의 결정에 따라 자신의 운명이 순식간에 바뀔 수도 있는, 늘 위태로운 형편에 놓여 있는 연예인이 어떻게 그런 소신을 지키고 살았냐는 나의 질문에 선생은 이렇게 대답했다. 안 그런 것 같아도 "이 세상엔 바르게 사는 것을 좋아하는 사람이 더 많다." 그러니 돼도 않는 소리로 선생 앞에서 잘못 깝죽거렸다가는 죽음이다.

둘째, 화가 치민 상태에서도 그의 말꼬리에는 상대에 대한 어떤 진한 애정이 듬뿍 묻어 있다. 문장으로 치면 앞머리에서는 고함을 치는데 말꼬리에 어떤 수상한(?!) 애정이 있다는 것이다. 이것은 아마 선생본인도 눈치 채지 못할 것이다. 그는 아무리 화가 나도 평소에 〈전국노래자랑〉 무대에서 참가자들과 대화를 나눌 때 보여주는 어떤 자애로운 정서 같은 것을 잃어버리지 않는다. 그래서 혼쭐이 나면서도 사람들은 선생을 미워하지 않는다. 아들뻘도 안 되는 젊은 관계자들에게 호통을 치면서도 상대를 아무렇게나 부르지 않는다. 기껏해야 "여보", "당신" 하는 게 전부인데, 거기에는 상대에 대한 어떤 버릴 수 없는 존중과 배려 같은 것이 있다.

셋째, 화가 난 상태에서 선생의 입에서는 지상의 온갖 화려한(?) 짐승들의 이름이 줄줄이 거명되는데, 단 한 번도 그것이 상대의 얼굴을 향해 있지 않다. 선생은 짐승의 이름들을 마치 혼잣말을 하듯이 말의 뒤 끝에 자신의 무릎 정도를 쳐다보며 한다. 그리하면 그가 호명하는 짐승의 이름들은 원래 그것들이 가지고 있는 본연의 악성惡性을 상실하고 쫄깃쫄깃하게 맛깔진, 어떤 설명할 수 없이 찰진 안주 같은 느낌을 준다.

넷째, 울분을 토하면서도 선생은 사이사이 농담 아닌 농담을 섞어 훈계 속에도 강약의 멜로디를 만든다. "느이들 도대체 뭐하는 넘들이야?"라는 문장 다음에 "느이들 오늘 나한테 강의료 줘야 돼"라는 문장이 이어지는 식이다.

다섯째, 선생이 화를 낼 때는 항상 살이 포동포동 찐 두 주먹을 앞으로 내놓고 잔뜩 움켜쥐는데, 그것이 말할 수 없이 (외람된 말씀이지만) '귀엽다'는 것이다. 이것은 나만의 견해가 아니다. 〈전국노래자랑〉의 한 젊은 실무자는 그 모습이 꼭 일곱 살 먹은 자기 조카가 자기한테 화를 낼 때의 포즈와 너무 비슷하다고 내게 고백하였다. 이 이야기가 선생에게 옮겨졌다가는 그 친구가 언제 박살날지 모르므로 실명은 밝히지 않기로 한다.

그날 선생께서 한창 분을 이기지 못하고 있을 즈음에 나는 몹시 갈증이 나서 술집 주인에게 냉수를 주문했다. 인심 좋은 주인은 큰 물병과 물컵을 여러 개 가져다 놓았다. 그러자 기다렸다는 듯 여기저기서 냉수를 따라 마셨고, 탁자 위에 갑자기 물컵들이 그득했다. 그 꼴을 본 선생이 다시 호통을 쳤다.

"야아, 이거 다 치워어. 이거 무슨 넘의 물고뿌(물컵의 송해 선생식 표현)야. 술자리에 웬 물고뿌가 이렇게 많아아? 가짜들은 다 꺼지란 말이야아!!!!"

그리고는 선생은 다시 혼자 바닥을 내려다보면서 예의 그 아름다운 짐승 이름 몇 개를 호명했다.

그리하여 물컵들을 치운 지 얼마 지나지 않아 탁자 위에는 다시 빈 소주병들이 즐비해졌다. 그 꼴을 본 선생이 다시 소리를 질렀다.

"야아, 빈 병 다 없애애. 이거 치워. 야아 임마, 가식이 나한테는 안 통해에!!!!! 여기, 잔 없고 술 없는 넘들 다 나가아!!"

그리고는 선생은 다시 혼자 바닥을 내려다보았다. 그의 입에서 다시 몇 마리의 화려한 짐승 이름이 쫄깃쫄깃하게 기어 나왔다.

열 받았을 때 송해의 포즈. 걸리면 죽는다. 천하무적 마징가 제트

이번에는 내가 안주를 집다가 젓가락 사이에서 안주가 방향을 잘못 타고 선생 앞으로 날아갔다. 허걱… 이 와중에…?!

"교수님이 잘못해서 이게 여기까지 날아왔어. 오 교수님, 나한테 잘못하면 안 됩니다."

오랜 교제 끝에 평소에 나에게 말을 놓고 지내온 선생은 화가 잔뜩 난 상태에서 오히려 나에게 존대를 한다. 거인이다.

이번에는 ○○가 무심코 술잔을 세게 내려놓았다.

"이봐요. 술잔 살살 놓아. 나, 살살 기분 나빠져. 아까도 한 번 또 쾅 놓았어."

라임(韻, rhyme)까지 맞추어 한 마디 한 후, 선생이 다시 입을 연다.

"○○○야, 아까 내가 얘기한 거 뭐 서운한 거 있어?"

악단장이 끼어든다.

"그게 또 (마음에) 걸리세요?"

"응. 얘기하고 나니까 (마음에) 걸리는데….''

다들 깔깔거리며 웃는다.

이날 선생은 또한 '질투의 화신(?)'으로서의 모습도 유감없이 보여주었다. 목욕탕에 다녀온 후 저녁식사 시간까지 남는 시간에, 나, 신재동 악단장 그리고 심사위원 박성훈 선생은 마침 곡성 읍내에 열린 5일장을 구경하러 갔다. 여관방에서 휴식 중이던 선생께는 물론 연락을 따로 하지 않았다. 그의 피로를 조금이라도 덜기 위해서였다. 우리는 만사를 잊고 장터에 나가 순대에 막걸리를 한 잔씩 했다. 돼지 창자에 선지만 가득 들어 있는 독특하고도 담백한 순대였다.

우리는 저녁 식사 시간에 그 이야기를 선생께 해드렸다. 그런데 이게 웬일이란 말인가. 그날, 그 자리에서의 녹취한 것을 다시 들어보니 이런 대목이 나온다. 물론 선생이 한 말씀이다.

"야, 이 넘(놈)들아, 순대가 그렇게 맛있었냐? 내가 혼자 여관방에서 얼마나 적막했는지 알아?"

이러니 '놀 때'에는 선생을 빼놓으면 안 된다. 놀 때에는 꼭 다 함께, 같이 놀아야 한다.

다음날 아침 〈전국노래자랑〉 식구들은 아무 일도 없었다는 듯이, 여느 때와 다름없이 아침 일곱 시 반에 녹화장에 도착했다. 참가자들의 리허설이 아홉 시에 시작되는데 말이다. 녹화장에 오기 전 모텔에서 버스가 떠날 때에, 하필이면 이런 날 몇 분 늦게 차에 오른 ○○○, ××가 차 안에서 선생에게 또 박살나고 장렬히 산화하였다.

악단원들이 튜닝을 하는 동안 선생은 음향 장비 옆의 의자에 가만히 앉아 눈을 감고 생각에 잠겨 있었다. 아직도 심통(?)이 풀리지 않은 듯했다. 그 앞을 지나다니는 〈전국노래자랑〉 식구들이 그 모습을 힐끗힐끗 보면서 나한테 윙크를 하고 비실비실 웃는다.

선생이 여전히 뚱하게 앉아 있자 신재동 악단장이 사인을 보낸다. 악단이 갑자기 〈효녀 심청〉을 연주하기 시작한다. 눈을 번쩍 뜬 송해 선생이 갑작스레 마이크를 잡고 반주에 맞추어 〈효녀 심청〉을 부른다. 선생의 얼굴이 펴지기 시작한다. 그 노래가 끝나자 악단은 다시 선생의 노래인 〈신명나는 세상〉을 연주한다. 선생이 반주에 맞추어 '신명나게' 〈신명나는 세상〉을 부른다. 이제 선생도 배시시 웃으신다. 나중에 신재동 악단장에게 들으니 선생은 "노래 한방"이면 가신단다. 그래, 또 하루가 간다. 저 사람들, 정말 '식구' 같다. 부럽다.

〈전국노래자랑〉 리허설 중 선생이 눈을 감고 생각에 잠겨 있다.

## 송해, TV-안방극장의 주인이 되다

# #30 과거

한국에서 처음으로 텔레비전 방송이 시작된 것은 1956년 5월 12일 한국 RCA 배급회사(Korea office RCA Distributor, KoRCAD)가 설립한 HLKZ-TV에 의해서이다. HLKZ-TV는 1956년 5월 12일, 13일 "채널 9번으로 서울 일원을 시청 범위로 한 최초의 시험방송을 실시했다. 시내 주요지역에 설치된 텔레비전 수상기 앞에 수백 명의 시민이 모여 우리나라 최초의 '활동사진이 붙은 라디오'[36] 텔레비전 방송을 보았다. 당시 텔레비전 방송은 6월 16일부터 매일 저녁 2시간 방송하다가, 점차 연장해 평일 4시간, 토, 일요일에는 5시간씩 방송되었다."[37] 그러나 이듬해 DBC-TV로 이름을 바꾼 HLKZ-TV 방송국이 1959년 2월 2일 화재로 전소되면서 모처럼 시작한 텔레비전 방송은 일시 중단되었다.

텔레비전 방송이 다시 시작된 것은 5·16 직후인 1961년 12월 1일 군사정부에 의해 KBS-TV가 문을 열면서이다. 1964년 5월 9일에는 TBC-TV가 개국하였고, 1969년 8월 8일 MBC가 텔레비전 방송을 시작하면서 텔레비전은 대중문화의 중심으로 서서히 자리를 잡아간다.

텔레비전 방송이 시작되었지만 라디오와 마찬가지로 텔레비전이 대중문화의 중심으로 자리 잡기까지는 그래도 상당한 시간이 소요된다. 방송 초기만 하더라도 텔레비전 수상기의 가격이 너무 비쌌기 때문이기도 한다. 자료에 의하면 1957년에 17인치 텔레비전 수상기 한 대 가격이 당시에 쌀 21가마에 해당되는 가격이었고, 그리하여 같은 해 전국에 보급된 텔레비전 수상기가 7,000여 개에 불과했다고 한다.[38]

텔레비전 수상기의 보급이 본격적으로 시작된 것은 최초 방송이 시작된 지 무려 10년이 지난 1966년에 국산 수상기가 생산되기 시작하면서부터이다. 이후 수상기가 급속도로 보급되면서 텔레비전은 라디오를 대체하는 대중문화의 중심 자리를 차지하기 시작한다.

그리하여 1970년대 후반이 되면 텔레비전은 가장 대중적이며 가장 막강한 영향력을 가진 매체로 발전하게 된다. 도시는 말할 것도 없고 1978년 농촌의 전기보급률이 100%가 되면서 농촌주민들도 1960년대 라디오 청취자에서 10여 년 만인 1970년대 후반 텔레비전 시청자 대열에 본격적으로 합류하기 시작했다. 도시에서도 부잣집의 귀중한 재산목록 중 하나였던 텔레비전을 변두리 판잣집에서도 필수품으로 갖출 수 있게 되었다. "국가권력의 발전주의 전략, 텔레비전의 신기효과가 보여주는 유용성, 수용자들의 근대화된 주류문화에의 편입심리,

부의 상징으로서의 인식 등이 상호작용하면서 텔레비전 보급을 촉진시킨 것이다."[39]

1971년 6월 26일자 동아일보 보도에 의하면 이미 1970년대 초반부터 "TV는 대중을 지배하는 강력한 조종자"가 되고 있다. 이 기사에 따르면 이 무렵 텔레비전 메카니즘의 급격한 성장이 텔레비전을 "새로운 오락의 왕으로 군림케 했으며 탤런트란 새로운 시대의 우상을 탄생시켰다. 10년도 못된 탤런트라는 신종 직업은 TV 시대와 함께 선망의 대상이 되고 있다." 이 기사에 의하면, 1971년 당시에 세 텔레비전 방송국에 탤런트가 사백구십여 명이 있었는데, 이중에 약 50명 정도가 주연급으로 활동하고 있다고 한다.

당시에 방송국들은 일 년에 한두 번 신인 탤런트를 모집했는데 보통 1,000~2,000명이 몰려와 탤런트가 된다는 것은 마치 낙타가 바늘구멍을 지나가는 것처럼 어려운 일이었으며, 이 중에 겨우 20명 내외가 탤런트가 되었다고 한다. 이 보도는 당시에 스타의 반열에 오른 50여 명의 소위 '주연급' 탤런트들을 언급하면서 코미디언 출신으로 송해를 거론하고 있다.[40] 이것은 1960년대에 라디오방송을 통해 큰 인기몰이를 했던 송해가 라디오방송이 텔레비전 방송에 문화적 헤게모니를 이양하던 1970년대 초반에 텔레비전에서도 이미 입지를 굳히고 있었음을 보여주는 것이다.

1960년대 초반부터 〈스무 고개〉, 〈오색의 화원〉, 〈싱글벙글쇼〉를 거쳐 1980년대 후반 〈가로수를 누비며〉에 이르기까지 수많은 라디오방송에 교차 출연하면서 명성을 쌓아온 송해는 1960년대 중반 KBS-TV의 〈광일쇼〉에서 출연하면서 처음으로 텔레비전 무대에 등장한다.

2014년 은관문화훈장 시상식 직전 리셉션 홀에서 탤런트 사미자와 함께

1965년에 시작된 〈광일쇼〉는 KBS가 광고를 하던 당시에 광일제약회사의 후원으로 제작된 프로인데 후원사의 이름을 따 〈광일쇼〉라는 이름이 붙여졌던 것이다. 〈광일쇼〉는 유명 가수와 무희들이 출연해 노래와 춤을 하고 중간에 코미디 콩트가 들어가는 프로그램이었고, 그 가운데 송해가 맡은 역할은 코미디 콩트였다.

그러나 연예인으로 그의 진가가 본격적으로 드러나기 시작한 것은 1969년 MBC-TV의 개국과 동시에 구봉서 등과 출연했던 〈웃으면 복이 와요〉라는 코미디 프로그램을 통해서였다. 또한 1970년 4월 13일부터 방영이 시작된 KBS-TV의 〈십분쇼〉라는 프로그램에 송해는 텔런트 장욱재, 이순주와 더불어 첫 회부터 고정출연을 했다. 그러니까 방송의 중심이 라디오에서 텔레비전으로 이전된 1970년대 초반부터 1980년대 후반까지, 그는 라디오와 텔레비전을 바삐 오가면서, 한편으로는 1960년대 초반부터 쌓아온 라디오 방송에서의 명성을 계속이어갔고, 다른 한편으로는 텔레비전 방송의 스타로서 새로운 입지를 동시에 굳혀갔던 것이다.

〈십분쇼〉는 소위 "건전한 코미디"를 표명하고 출발했는데 처음에는 세태를 풍자한 짧은 드라마와 가요로 구성되다가 나중에는 드라마만 방영하였다. 〈십분쇼〉는 1970년 12월 15일을 기준으로 벌써 2백회를 기록할 정도로 폭발적인 인기를 끌었다.[41] 당시에 남산에 있던 KBS 방송국에서 녹화된 이 프로는 (송해의 회고에 의하면) 우리나라 최초의 "일일 띠프로"였다. "일일 띠프로"란 요즈음으로 말하자면 일일 연속극을 지칭하는 당시 방송계의 속어이다. 주말을 제외하고 매일 방영하였다.

이 프로에서 장욱재는 대서소방 주인 영감으로, 송해는 맞은 편에 있는 복덕방 영감으로 출연한다. 이 둘은 서로 매일 티격태격하면서도 서로에게 깊은 속정을 가진 사이로 방송에서 흉허물 없이 '이놈, 저놈' 하는 사이였다. 한번은 방송 모니터 결과 송해와 장욱재가 방송에서 욕설을 너무 많이 사용한다는 지적이 나왔다. 욕이래야 '자식', '놈' 정도였는데 모니터 대상이 서른 이하의 젊은이들로만 구성되어 있는 것이 문제였다. 송해는 모니터링 회의에 들어가 모니터의 폭을 중장년을 포함한 전 연령층으로 확대할 것을 요구하였고 그 결과 이 문제는 해결되었다. 서른 이하의 젊은 시청자들이 친구들 사이에 '욕설'이 가지고 있는 다양한 문화적 의미들을 이해하지 못한 데서 발생한 문제였다.

매일 녹화를 하다보니 다른 프로 녹화 끝나기를 기다려야 하는 경우도 허다했고, 그래서 철야 녹화를 밥 먹듯이 했다. 이순주가 중간에 〈코미디 소극장〉이라는 프로로 자리를 옮긴 이후에는 김란영이 대신 들어와 그 역할을 했다.

이러한 과정을 거쳐 1970년대 후반에 이르러 텔레비전은 각종 쇼, 오락, 코미디, 연속극, 시사 뉴스 등의 프로그램을 통하여 여론을 주도하였고, 유행을 창조했으며, 대중문화의 지형도를 완전히 바꾸어 놓았다. 연예계로 치자면 라디오 방송을 통해 서서히 만들어진 스타 시스템이 텔레비전을 통해서 더욱 강화, 확대되었다.

요즘 예능 프로그램을 보면 그야말로 'MC의 시대'라고 불러도 좋은 정도로 수많은 MC들이 등장해 예능방송을 이끌어가고 있다. 국민 MC로 송해가 저 꼭대기에 버티고 있다면 유재석, 강호동, 신동엽, 이경규, 김구라, 김제동, 유희열 등 젊은 MC들이 그 뒤를 이으며 MC 시대를 이끌고 있다. 방송문화에서 아나운서가 아닌 MC라는 '신종 직종' 이 방송의 전면에 등장하기 시작한 것은 텔레비전 방송이 본격적인 궤도에 오른 1970년대 초반으로 거슬러 올라간다. 1974년 11월 8일 자 〈경향신문〉은 그 무렵 MC가 새로운 인기 직종으로 방송, 연예가에서 주가를 올리고 있음을 자세히 보도하고 있다.

텔레비전 방송이 대중세를 얻기 전만 하더라도 방송의 사회자는 아마추어들 혹은 아나운서들이 도맡아 했다. 그러나 '점잖은(?)' 아나운서들이 '대중 친화적'인 진행을 하는 데 일정한 무리수를 노정하면서 MC의 중요성이 새로이 부각되었다. MC들은 대체로 중립적이고 무개성적인 아나운서와 달리 자신들의 독특한 개성과 끼를 살려 프로그램을 훨씬 더 맛깔지게 만들었다.

가령 1974년 당시에 매우 인기가 있었던 〈유쾌한 청백전〉같은 프로는 (물론 이 프로의 MC인 변웅전은 아나운서 출신이었지만) "MC가 바뀔 경우 시청률이 달라질 것"이라는 말이 공공연히 떠돌았다. 이런 사정은 지금도 마찬가지여서 〈전국노래자랑〉의 MC가 송해 아닌 다른 사람으로 바뀔 경우 우리는 이 프로그램의 존속여부까지 염려해야 할 지경인 것이다.

이것은 예능 프로그램만이 아니라 시사, 교양, 뉴스 프로도 마찬가지였고 텔레비전 방송이 본격화된 이후에 생겨난 새로운 현상이었다. 위에서 말한 〈경향신문〉 보도는 미국 CBS 방송의 월터 크론카이트Walter Cronkite가 시사 프로에서 세계적인 명성을 떨치고 있는 것을 그 예로 든다. 그러나 당시에 국내에서 MC 문화의 새로운 형성과 MC들 사이의 치열한 경쟁은 뉴스, 시사 프로가 아니라 오락 프로에서 더 치열하게 일어났고, 이 보도는 당시에 가장 인기 있는 코미디언 출신의 MC로 이순주, 심철호와 더불어 송해를 언급하고 있다.[42]

그러나 (물론 지금은 〈전국노래자랑〉에서 한국 방송사상 최고의 국민 MC로 활약하고 있지만) 송해가 텔레비전 방송에 출연하기 시작한 1960년대 후반부터 〈전국노래자랑〉의 MC를 맡은 1988년까지 약 20년 동안 방송인으로서 송해의 주가를 올린 것은 주로 코미디 프로였다. 1969년 MBC-TV의 개국과 동시에 시작하여 한국 텔레비전 코미디 방송의 첫 관문을 연 〈웃으면 복이 와요〉는 출발과 동시에 코미디언으로서 송해의 입지를 완전히 굳혀준 대표적인 프로그램이다.

1969년 시작된 〈웃으면 복이 와요〉를 필두로 1974년까지 첫 5년은 그야말로 코미디 프로의 전성기였다. 시청자들은 〈웃으면 복이 와요〉를 보며 텔레비전 방송이 주도하는 대중적 웃음의 문화를 익혀갔다. 악극단 시절 막간 프로그램에서 발아된 코미디가 근대 한국식 코미디의 전형으로 발전해간 것도 바로 이 프로그램을 통해서였다. 최근의 개그 프로그램의 1970년대식 원조가 바로 〈웃으면 복이 와요〉인 것이다. 송해는 구봉서, 박시명, 이순주와 함께 첫 프로에 뛰어들었다. 이 프로는 1985년 일시 폐지될 때까지 무려 16년 이상 계속될 정도로 선풍적인 인기를 몰아갔고,[43] 이 과정에서 송해는 구봉서, 배삼룡, 서영춘 등과 더불어 한국 최고의 희극 배우로서의 명성을 쌓아간다.

〈웃으면 복이 와요〉를 중심으로 형성된 한국식 근대 코미디는 웃을 일 없던 안방극장에 폭소를 선사했고, 생활에 지친 다수 서민들이 돈 안 들이고 즐길 수 있는 오락거리로 환영을 받았다. 그러나 〈웃으면 복이 와요〉를 통하여 방송에서 한국식 코미디가 정착되어가는 과정은 사실 매우 지난한 과정이었다. 악극단 시절과는 전혀 다른 방식의 제작방식과 검열 시스템이 이들을 기다리고 있었다.

그나마 악극단 시절을 통해 단련된 실력과 연륜 덕에 〈웃으면 복이 와요〉가 방송 초기부터 대중들의 열렬한 반응을 불러일으켰지만, 1970년대의 경직된 사회 분위기는 이제 막 자리를 잡아가던 코미디의 소재를 극단적으로 고갈시켰다. 풍자의 대상은 지극히 제한되었다. 대통령은 말할 것도 없고, 국회의원을 비롯한 유명 정치인, 재벌, 기업가, 각종 종교인, 교육자, 경찰, 군인, 전문직 요원 등이 풍자와 조롱의 대상에서 엄격히 제외되었다. 한마디로 말해, 모든 권력 집단 혹은 권력과 금력이 있는 개인들이 코미디의 소재로서 금기의 대상이었던 것이다.

소재에 있어서 무소불위의 선택권을 가지고 자유롭게 활동하던 외국의 희극인들과 비교하면, 당시 한국의 코미디언들은 가련하리만큼 소재의 빈곤에 시달렸다. 가령 〈이민선〉(1917)이라는 영화에서 (국가권력을 상징하는) 경찰관의 엉덩이를 걷어차던 찰리 채플린 같은 우상 파괴적 코미디언이 한국에서는 만들어질 수 없었던 것이다. 소재의 빈곤은 한국 코미디언들의 연기의 폭을 극도로 제한시켰으며, 그런 의미에서 이들이 (찰리 채플린 같은) 사회적, 문화적 차원에서 '의미 있는' 아이콘으로 성장하는 것을 방해했다.

불행하게도 이들에게는 만만한 게 바보 흉내였으며, 몸으로 때우는 일(요즘으로 치면 몸 개그)이 다반사였다. 풍자의 대상도 도둑, 거지 등, 방어기제가 작동이 안 되는 인물들로 제한되었고, 그렇지 않으면 〈흥부놀부전〉 같은 고전을 계속 재탕하지 않으면 안 되었다. 왜 안 그랬겠는가. 온 사회가 금기투성이인 나라에서 무엇을 풍자할 것인가.

그러다 보니 1969년 〈웃으면 복이 와요〉를 통해 본격적으로 개시된 한국 근대 코미디는 불과 10년도 가지 못해 소위 '저질 논쟁'에 휩싸인다. 값싼 대사, 바보 흉내, 사회 풍자에 이르지 못하는 폐쇄적이고도 반복적인 소재, 허구한 날 때리고 얻어맞고 쓰러지는, 몸으로 때우는 연기 등이 여론의 도마에 오른 것이다. 1977년 결국 코미디 폐지론이 정부를 중심으로 나온 것도 이런 맥락에서이다.

송해의 회고를 따르면, 당시에 대다수의 코미디언들이 무대를 떠나 '전직'을 해야 하는 게 아닌가 하는 심각한 고민을 했다고 한다. 자고로 문화가 발달하려면 금기와 규제가 가능한 한 사라져야 한다. 한마디로 말해 민주주의의 수준이 높으면 코미디의 수준도 높아진다. 송해를 위시로 한 1세대 한국 코미디언들은 웃음을 유발할 수 없는 최악의 상황에서 웃음을 생산해야했던 불행한 세대였다. 그러니 소위 코미디 "저질 논쟁"이 모든 책임을 당시의 코미디언들에게만 돌리는 것은 어불성설이다. 그것은 불운한 시대 때문이었으며, 광대로서 그들이 마음껏 놀 수 있도록 해주지 못한 우리 모두의 책임인 것이다.

30여 년간 코미디 프로그램을 제작했고 그래서 누구보다도 한국 코미디의 역사를 잘 알고 있는 김웅래 KBS 전 PD의 "한국 코미디와 코미디언은 서민에게 웃음의 전령사라는 큰 의미를 가지지만 오랫동안 저질의 동의어였고 편견과 가혹한 비난 속에서 성장해왔다"[44]는 지적은 대중문화의 주인인 대중들부터 우선적으로 새겨들어야 할 말이다.

이들 이후 전유성, 이용식, 임하룡, 엄용수, 김학래, 김형곤, 이경규 등을 거쳐 최근의 각종 개그 프로에 이르기까지 한국 코미디는 비약

〈전국노래자랑〉 2014 연말결선 녹화장에서의 송해와 가수 인순이

적인 발전을 해왔다. 우리는 그 발전의 초창기에 송해를 비롯해 1세대 코미디언들이 겪어야 했던 '편견'과 '가혹한 비난'의 역사를 기억해야 할 것이다. 그러니 대중들이여, 실컷 웃고 돌아서서 그들을 '경멸'하는 우를 범하지 말지어다.

우리가 볼 때, 송해를 위시로 한 1세대 코미디언들이 알게 모르게 한국 대중문화의 변화와 발전에 기여한 것이 있다면, 자신들의 의도 와 무관하게 사회 전체 단위에서 권위주의와 엄숙주의를 서서히 무너 뜨려 온 것이다. 유교적 전통과 일제 식민지, 군부독재를 거치면서 한 국사회에서는 왜곡된 권위주의가 오랫동안 일종의 체증滯症처럼 사 회 전체의 소통을 가로막아 왔다. 의도했든 의도하지 않았든 간에 1세 대 코미디언들은 스스로를 망가뜨리면서 우리 사회의 근엄한 외피에 흠집을 낸 중요한 사회 집단이었다. 셰익스피어의 비극에 등장하는 광대들을 보라, 어느 사회에서나 광대들의 웃음은 권위적 공식문화를 파열시키면서 '나쁜' 위계와 서열들을 교란시킨다. 이런 문화적 훈련의 과정이 없이 오늘날과 같은 자유와 개성의 시대는 오지 않았다.

# #31 과거. 1966년

1965년(38세) KBS의 〈광일쇼〉로 텔레비전에 얼굴을 내민 송해 선 생이 그 다음으로 출연한 프로그램은 1966년부터 TBC에서 방영한 〈힛 게임쇼〉라는 것이었다. 이 프로는 개인, 부부, 단체 혹은 사회 명사들이 게임을 통해 승자와 패자를 가리고, 여기에 노래와 무용, 그리고 코미디까지 곁들인 국내 최초의 '게임 쇼'였다.

이 프로는 당시 중앙일보 사옥 7층에 둥지를 틀었던 TBC 스튜디오에서 생방송으로 진행되었다. 국어학자 양주동, 의사 한국남, 한글학자 한갑수 등, 사회 명사들도 출연해 밀가루 속에 숨겨진 엿을 입으로 꺼내 먹기 시합을 하는 등, 몸소 '망가지는' 모습을 보여주어 시청자들의 웃음을 유발시켰다.

당시 이 프로의 사회자는 지금도 〈가요무대〉를 진행하고 있는 김동건 아나운서였고, 송해 선생은 박시명과 콤비로 콩트 등을 선보이며 보조 사회를 보았다. 그런데 아나운서였던 김동건과 코미디언이었던 송해-박시명 사이에는 일정한 문화적 긴장이 존재했다. 아무리 게임 프로그램이지만 아나운서인 김동건은 체질적으로 '점잖음'을 버릴 수 없었고, 코미디언인 송해-박시명은 체질적으로 그 '점잖음'이 맘에 들지 않았다.

바로 이 지점이다. 어느 나라, 어느 시대이든 코미디언들이 근본적으로 가지고 있는 문화적 속성은 바로 '우상 파괴'인 것이다. 그들은 체질적으로 점잖은 범생이 문화를 견디지 못한다. 그리하여 이들은 같은 무대에서 '망가지지' 않는 채, 나름의 '우아한' 아우라를 지키고 있었던 김동건 아나운서를 도저히 그냥 내버려둘 수 없었던 것이다. 그들은 몰래 작당을 했고, 생방송 중에 점잖고 우아한 김동건의 얼굴에 밀가루를 뒤집어 씌우는 만행(?!)을 저질렀다. 생방송으로 이 장면을 생생하게 목격한 시청자들은 박장대소를 하며 웃었고 송해-박시명의 이 갑작스러운 퍼포먼스에 환호성을 보냈다.

원수는 외나무다리에서 만난다고, 그때로부터 근 50년이 지난 지금도 송해 선생은 잦은 〈가요무대〉 출연 때문에 이 무대의 사회자인 김동건 아나운서와 자주 마주친다. 김동건 아나운서는 아직도 그 사건을 잊지 못하고 있다. 그래도 그는 복수의 칼을 갈지 않는다. 송해 선생이 그보다 열 살 이상 연상이기도 하지만, 점잖은 신사인 그도 오랜 방송생활을 통해 코미디의 '우상파괴'적 속성을 너무 잘 이해하기 때문일 것이다. 아니면, 그는 또 당할까봐 겁먹고 있는 것일까? 이 부분에 대해서는 아무도 그 답을 모른다.

# #32 과거

아주 젊은 세대가 아니라면 누구나 코미디언 이주일(1940~2002)을 기억할 것이다. 그는 "못생겨서 죄송합니다"라는 유행어를 만든 장본인으로 1980년대에 "코미디 황제"라는 칭호를 받을 정도로 인기를 누렸다. 사실 외모를 가지고 사람 이야기를 하면 안 되지만, 이주일 자신이 "못생겨서 죄송"하다고 입만 열면 떠들었고, 그것이 그의 브랜드가 되어버렸으니 그의 못생긴 외모와 관련하여 조금 이야기를 해도 좋을 것이다.

그가 연예인 사회에서 처음 인정을 받은 것은 '연예인 축구대회'에서 본의 아니게(?) 완벽한 바나나킥을 구사해 골을 넣으면서부터이다. 절세 미남이었던 배우 남궁원이 골키퍼를 보고 있었는데 절세 추남인

이주일이 찬 공이 30미터 이상을 선회하며 날아가 그의 손을 스치고 골 안으로 들어가버린 것이다. 사실 이주일은 춘천고등학교 재학시절 전 국가대표 축구감독인 박종환과 함께 축구부에서 활동을 했던 '선수'이다.

두 번째로 그가 인정을 받은 것은 1977년 이리역(현 익산역) 폭발 사고 당시 가수 하춘화를 구한 사건 때문이다. 당시에 하춘화는 역 근처의 극장에서 공연 중이었는데 이리역 폭발 사고로 극장 지붕이 주저앉는 사고가 일어났다. 당시에 무명 상태로 하춘화 쇼의 고정 MC이었던 이주일은 쓰러진 하춘화를 둘러업고 나와 생명을 구했다. 그 사고로 하춘화는 약간의 어깨 타박상을 입었지만, 이주일은 두개골이 함몰되는 중상을 입었다. 연예계에서 이주일의 "사람됨"을 인정하는 순간이었다.

문제는 그 이후에 텔레비전 방송에 출연하면서부터 발생했다. 아마도 송해 선생의 주선으로 〈웃으면 복이 와요〉를 통해 텔레비전에 얼굴을 내밀기 시작한 1979년 무렵일 것이다. 송해 선생의 회고에 의하면 당시 코미디계의 중견들은 이주일을 아주 못마땅해했다. 그런데 세상에, 자기들은 어떻게 생겼다고, 그 이유가 바로 이주일이 너무 못생겼기 때문이라는 것이다. 이주일의 얼굴을 두고 "장마 통에 어디서 호박 덩어리가 내려온다"고 하기도 했고, "저런 게 얼굴이냐"라는 이야기도 돌았다.

당시에 송해 선생과 활동했던 다른 중견 코미디언들 중 몇몇의 얼굴을 기억하고 있는 사람들은 이 상황이 도저히 이해가 가지 않을 것이다. 내가 이 이야기를 송해 선생으로부터 듣고 낄낄거리자, 선생이 말했다.

"나도 못생겼지만, 그럼 뭐, 지들 얼굴은 얼굴인가?"

못생긴 동료 코미디언들로부터 못생겼다고 타박을 받은 이주일의 외모는 그러니 타의 추종을 불허한 국보급 외모이었던 것이다. 못생기려면 정말 안 생긴 코미디언들로부터도 왕따를 당할 정도로 아주 안 생겨버려야 하는 것이다. 그제나 지금이나 사람 챙기기 좋아하는 송해 선생은 이런 푸대접을 받는 '못생긴' 이주일을 중간에서 자주 챙겨주었다. 그러자 또 못생긴 다른 중견 코미디언들이 중얼거리기 시작했다.

"야, 송해가 뭐 요즘 좋은 애들하고 돌아다니던데."

그 "좋은 애들" 중의 대표가 이주일이었다. 의리의 "싸나휘" 송해가 챙겨주지 않았으면, 이주일은 집단 왕따를 못 이겨 질질 짜면서 방송국을 뛰쳐나가 "코미디 황제"의 자리에 영원히 등극하지 못했을는지도 모른다.

이주일의 아들이 교통사고로 사망했을 때에도 마음 약한 이주일은 화장한 자기 아들의 유골을 직접 뿌리지 못했다. 그때도 송해 선생은 이주일 아들의 유골을 망월사에 대신 뿌려주었다. 똑같은 교통사고로 먼저 아들을 보낸 선생이 이주일 아들의 유골을 뿌리면서 얼마나 울었을까.

# 가수, 송해

송해는 84세의 나이에 가수로서 생애
첫 단독 콘서트를 열어 대성황을 이루었다.
국내 '최고령 단독 콘서트'였다.

# #33 과거

많은 사람들이 송해를 국민 MC 혹은 코미디언으로만 기억한다. 그가 〈가요무대〉 같은 프로그램에 나가 노래를 부르면, 사람들은 (그가 MC 혹은 코미디언임에도 불구하고) "국보급 노래실력"을 가졌다고 극찬한다. 그러나 그는 가수이다. 그러니 가수가 아님에도 불구하고 저렇게 노래를 잘한다는 식의 논평들은 당장 취소되어야 한다.

앞에서도 말했지만 그는 북한의 해주음악전문학교 성악과 출신이다. 젊은 독자들을 위해 설명을 하자면, 당시에 전문학교는 요즘의 대학교이다. 게다가 그의 전공이 기악, 작곡도 아닌, 성악이란 말이다. 그는 대학에서 체계적인 음악(노래)교육을 받았고, 그 재능으로 선전대의 일원이 되어 전국을 떠돌며 무대에 섰다. 남하한 이후에도 군복무 중 육해공 3군 통합 콩쿠르에 나가 최우수상을 받았다. 그 덕택에 군대시절 수많은 군예대 위문공연장에서 '가수'로 노래를 했다. 1955년 창공악극단을 통해 연예계에 공식적으로 발을 들여놓을 때에도 그는 노래로 오디션을 통과했으며, 가수로 첫 무대에 섰다.

악극단 시절 그는 생존을 위해 노래뿐만이 아니라 사회, 연기, 심지어 노역까지도 도맡아 해야 했다. 이 과정이 그를 만능 엔터테이너로 키운 것이다. 그와 같은 세대 대부분의 연예인들이 악극단에서 이와 유사한 과정을 거쳤다. 그러나 악극단 시절이 한물가고 방송 시대가 시작되면서 대부분의 연예인들은 특정 장르로 자신의 활동영역을 고정시켰다. 그들은 자신들의 역량을 가장 탁월하게 발휘할 수 있는 영역을 찾아 각각 가수로, 연기자로, 사회자로 진출해나갔던 것이다.

그런데 송해는 악극단 시절에 연마했던 세 영역, 즉 가수, 연기자, 사회자의 역할을 평생 동안 동시에 수행한, 아마도 거의 유일한 연예인일 것이다. 다만 그가 유명세를 탄 부분이 주로 연기(코미디언), 사회자(MC)였기 때문에 가수로서의 그의 면모가 상대적으로 가려졌다고 보면 좋을 것이다.

송해의 노래 실력은 이순주와 콤비로 1973년부터 진행했던 〈싱글벙글쇼〉에서부터 이미 발휘되었다. 송해는 이 프로에서 이순주와 만담을 하기도 했고 생방송 중에 민요를 부르기도 했다. 재미있는 것은 1975년경부터 오아시스레코드사에서 〈싱글벙글쇼〉의 만담과 노래를 녹음해서 무려 7집까지 음반을 낸 '사건'이었다.

이것이 왜 사건이었냐 하면, 이 사실을 송해 자신도 몰랐기 때문이다. 어느 날 부산 남포동 거리를 걷다가 어느 술집 창문에 그들의 음반이 장식으로 걸려 있는 것을 보고서야 송해는 비로소 그 사실을 알게 되었다. 요즘 같으면 상상도 못할 저작권법 위반이었다. 그로부터 오아시스레코드 사장은 스카라극장 근처 희극인들이 자주 다니던 길에서 송해를 우연히 마주치면 골목으로 바로 줄행랑을 쳤다고 한다. 그 사장도 지금 이 세상 사람이 아니다. 어쨌든 이것이 가수 송해의 노래가 음반의 형태로 만들어진 최초의 경우였다.

송해가 정식으로 노래를 불러 음반을 낸 것은 그로부터 10여 년이 지난 1987년(60세)이었다. 송해는 〈백마야 우지 마라〉, 〈아주까리 등불〉, 〈애수의 소야곡〉 등 1세대 대중가요의 명작들을 모아 〈송해 옛노래 1집〉이라는 타이틀의 음반을 처음으로 낸다. 그것도 나이 육십에 말이다. 오늘의 송해를 이룬 것은 사실 이 '나이 불문'의 노력과 도전 정신이다. 90이 다 된 나이의 그는 지금도 가수로 무대에 설 때마다 다른 가수에게 (선생의 표현을 빌면) "지지 않으려고" 엄청난 시간과 에너지를 소비하며 연습을 한다. 악극단 시절부터 평생 불러 온, 그에겐 너무나 익숙한 노래들임에도 불구하고, 그는 무대에 오르기 전 연습에 연습을 반복한다. 그러고도 모자라 어떤 때는 우황청심환까지 복용하고 나서야 무대에 오른다.

언젠가 충남 태안에서 열린 〈전국노래자랑〉 리허설 때였다. 일찍 자리를 차지하고 있는 관객들의 눈에 띄지 않도록 무대 옆에서 그는 마이크를 잡고 반주에 맞추어 진성의 〈안동역에서〉를 연습했다. 고개를 푹 숙인 채 눈을 감고 미간을 한껏 찌푸린 채 노래를 부르던 그의 모습은, 만약 음악소리를 지우고 본다면, 어떤 심각한 기도 혹은 종교적 몰아지경의 상태를 연상시켰다.

# #34 현재

한번은 목욕탕에서 목욕을 하다 말고 1세대 대중가요 가사의 아름다움에 대하여 나와 대화를 나눌 때였다. 나는 박시춘 작곡, 손시원 작사, 백설희가 부른 〈봄날은 간다〉를 예로 들면서 이 노래를 흥얼거렸다.

연분홍 치마가 봄바람에 휘날리더라
오늘도 옷고름 씹어 가며
산제비 넘나드는 성황당 길에
꽃이 피면 같이 웃고 꽃이 지면 같이 울던
알뜰한 그 맹세에 봄날은 간다

새파란 꽃잎이 물에 떠서 흘러 가더라
오늘도 꽃편지 내던지며
청노새 짤랑대는 역마차 길에
별이 뜨면 서로 웃고 별이 지면 서로 울던
실없는 그 기약에 봄날은 간다

얼마나 많은 가객들이 이 노래를 불렀던가. 얼마나 많은 시인들이 술자리에서 이 노래를 부르며 속절없이 지나가는 인생을 애달파 했던가. 선생은 고개를 끄덕이더니 목욕탕 계단에 앉아서 박영호 작사, 김해송 작곡의 〈고향은 부른다〉를 부름으로써 화답하였다.

녹두새 날아드는 수수 피는 내 고향
꿈길에 찾아드는 아롱아롱 고향길
차라리 잊을거나 차라리 잊을거나
아~ 고향은 부른다


떠도는 신세라서 오나 가나 내 고향
아득한 하늘가엔 가물가물 타관길
차라리 헤멜거나 차라리 헤멜거나
아~ 고향은 부른다


타관길 고향길이 엇갈리는 꿈 속에
아뿔사 깨고보니 빗소리만 외롭다
차라리 마실거나 차라리 마실거나
아~ 고향은 부른다


　　이봉룡-이난영 남매가 불러 유명해졌고 김선영과 남인수가 불러
더 널리 알려진 이 노래의 가사가 세상 풍파 다 겪고 이제 구십을 눈앞
에 둔 늙은 '가수' 송해의 입에서 흘러나왔다. 다행히 목욕탕엔 우리 외
에 아무도 없었고, 선생의 웅숭깊은 목소리가 수증기 가득한 목욕탕
에 울려 퍼졌다. 이때도 선생은 예의 그 깊은 몰두, 완벽한 몰입의 상
태를 보여주었다. 그는 〈전국노래자랑〉 리허설 때와 마찬가지로 고개
를 푹 숙인 채, 눈을 꾹 감고, 미간을 깊게 찌푸린 채 오른손으로 자신
의 벗은 허벅지를 두드려가며 노래를 불렀다.

아, 이 순간, 나는 소위 '딴따라'의 어떤 숭고한 원형sublime archetype 을 보고야 말았던 것이다. 누가 저런 집중을 보여주리. 내가 생각할 때 딴따라의 먼 기원은, 적어도 정서의 차원에서 보자면, 고대 부족국가 의 무당들이거나 제사장들이다. 그들은 영혼의 최대한의 집중을 통하 여 자신과 현세를 넘어서 세계와 교접한다. 가수들은 자신의 입에서 흘러나오는 가락에 자신의 육肉과 영靈, 즉 모든 것을 던짐으로써 그 가락과 함께 타인의 영혼으로 스며든다. 이 무당 같은 몰입이 타인의 심장을 건드리고, 기억을 자극하며, 눈물샘을 터뜨리는 것이다. 송해 선생은 딴따라 가수가 가져야할 이런 "뽕끼"를 온전히 가지고 있다. 그 래서 그는, 가수인 것이다.

소위 "옛노래"에 대한 송해의 애정은 각별한 것이어서 그는 1세대 대중가요를 절대 "흘러간" 옛노래라고 부르지 않는다. 후배 트로트 가 수들이 옛노래 앞에 "흘러간"이라는 수식어를 붙이면 그는 열을 올리 며 바로 교정에 들어간다. 1세대 대중가요는 "흘러간" 것이 아니라 지 금도 살아 있는, "추억의 노래", "그리운 노래", "다시 불러보고 싶은 노 래", 그리고 "다시 들어보고 싶은 노래"라는 것이 그의 주장이다. 말하 자면 트로트 장르에 대하여 자신감을 가지라는 이야기다.

수많은 장르의 음악이 흥망을 거듭했지만 트로트만이 거의 유일하 게 살아남아 장수하고 있는 현실을 그는 냉정하게 관찰한다. 다수의 대중들이 젊을 때는 다른 장르의 음악을 선호하다가도 나이가 들면 결국 트로트로 돌아오는 이 신기한 '회귀'를 어떻게 설명할 것인가.

재미있는 것은 가수로서의 첫 음반인 〈송해 옛노래 1집〉에 다른 가 수들이 부른 '추억의 노래'만 실려 있는 것이 아니라는 사실이다. 놀랍

〈전국노래자랑〉녹화 직전 그날 무대에서 부를 곡을 리허설하고 있는 가수 송해.
이날 그는 거의 종교적인 수준의 '몰아' 상태를 보여주었다.
고급예술만이 아니라 대중예술에도 "숭고미(sublimity)"가 있다.

게도 송해의 이 음반에는 송해 자신의 노래가 실려 있다.

일종의 데뷔곡인 셈인데, 그것은 바로 김병걸 작사, 정주희 작곡의 〈망향가〉라는 노래이다. 김병걸은 송해의 비교적 최근 노래인 〈나팔꽃 인생〉의 가사를 쓰기도 했는데, 요즈음 진성의 〈안동역에서〉가 히트를 치면서 더욱 주가를 올리고 있는 작사가이다. 편곡을 한 김용현 역시 이 노래의 반주를 <sub>(송해의 표현을 빌면)</sub> "기가 막히게 만들었는데" 웬일인지 당시에는 이 노래가 입에 익지가 않더란다.

녹음실에서 다음 순서를 기다리던 작곡가 박춘석도 송해에게 나름의 '지도편달'을 했으나 송해는 가수로서 자신에게 주어진 첫 번째 노래를 대중들에게 알리는 일에 실패했다. 그래서인지 이 노래는 송해의 첫 음반에 타이틀곡으로 들어가 있지 않다. 그러나 이 노래는 황해도 재령에서 스물세 살에 생이별한 어머님에 대한 절절한 그리움으로 가득 차 있다.

꿈길이 아니면 / 고향은 먼데
해마다 설날이면 / 해마다 추석이면
가슴이 메입니다
살아생전 어머님께 / 엎드려 문안드릴지
흘러가는 저 구름아 / 내 고향에 가거들랑
그리운 어머님께 / 그리운 어머님께
안부나 전해주오

송해는 당시를 회상하면서 28년 전에 부른 이 노래의 작곡가, 작사가 이름은 물론 가사까지 정확히 기억하고 있었다. 그가 반주도 없이 이 노래를 이제 아흔이 가까운 나이에 부르는 모습을 보며, 나는 문득 지금 그가 이 노래를 다시 부르면 이 노래의 의미가 더 절절하게 살아나지 않을까 하는 생각을 하게 되었다. 이 음반이 출시된 이후 근 30년의 세월 동안 송해는 수많은 풍상을 겪어왔고 그 고난의 깊이만큼 그의 목소리가 더 웅숭깊어졌기 때문이다.

송해의 첫 음반은 당시에 최고의 지명도를 가지고 있었던 지구레코드사에서 발매했는데, 당시 지구레코드사의 임정수 회장 역시 실향민이었다. 임 회장은 죽기 전에 고향 가는 게 꿈이어서 레코드사도 고향이 가까운 벽제에 세웠다. 레코드사에서 보면 벽제 화장장이 마주 보였고 근처에는 지금처럼 갈비집이 많이 있었다. 같은 실향민인 송해는 지구레코드사 임 회장과 레코드사 근처의 갈비집에서 식사도 하고 술추렴을 하기도 했다. 당시에 임 회장은 술만 마시면 이렇게 이야기했다고 한다.

"우리네 희망이 뭐 있갔어. 고저 고향 가는 거지."

그도 이 '희망'을 이루지 못하고 지금은 저 세상 사람이 되었다. 올해로 해방 70주년, 그리고 분단 70주년이다. 광기의 전쟁은 지나갔지만, 유랑 세월 중에 생이별의 아픔을 겪은 수많은 사람들이 가족을 그리다 대부분 죽어가고 있다. 송해는 아직도 건재하여 이 설움의 세월을 계속 견디고 있다. 통일이여, 어서 오라.

## 송해는 가수다

이 무당 같은 몰입이 타인의 심장을 건드리고,
기억을 자극하며, 눈물샘을 터뜨린다.
그래서 그는, 가수인 것이다.

# #35 현재. 2014년 9월 7일. 여의도

내가 가수로서 송해 선생의 진면목을 우연히 또 목격한 것은 2014년(87세) 9월 7일, 여의도에서였다. 그날 여의도광장에서는 중국동포연합중앙회의 주최로 〈제1회 중국동포민속문화축제〉가 열렸다. 추석 전날 열린 이 행사는 고향에 가지 못한 중국 동포들을 위하여 무대 위에서 합동 차례를 지내는 것을 시작으로, 씨름, 널뛰기, 장기, 윷놀이, 투호 등 전통 민속놀이판을 벌여 여의도 광장 전체를 흥겨운 축제판으로 만들었다. 전국에서 몰려온 약 1만 5천 명의 동포들이 참여한 대규모 잔치였다.

이날 송해 선생은 행사의 마지막 하이라이트인 "송해와 함께 하는 어울림 한마당"이라는 행사에 초대받았다. 행사는 그날 오후 네 시에 시작될 예정이었다. 나는 취재를 위해 2시 30분부터 무대 뒤에 가서 선생을 기다렸다. 왜냐하면 선생은 모든 행사 예정시간보다 항상 훨씬 일찍 현장에 도착하기 때문이다. 아니나 다를까 2시 40분쯤 되자 흰 모시 남방과 바지를 입은 선생이 나타났다.

선생을 기다리던 중국동포들이 여기저기서 순식간에 구름떼처럼 몰려들었다. 선생은 무대 뒤편에 마련된 간이 천막으로 들어갔다. 추석이 다가왔는데도 날씨는 한여름처럼 더웠다. 광장 아스팔트의 열기가 훅훅 달아올랐다. 가뜩이나 더위에 약한 선생이 선풍기 바람 앞에 앉아 땀을 식히고 있었다. 천막의 열린 틈마다 팬들이 선생의 모습을 담기 위해 핸드폰과 카메라를 계속 들이밀었다. 어떤 할아버지는 천막 틈으로 나에게 부채를 건네주면서 송해 선생에게 부쳐주라고 하였다. 그 흔한 로드 매니저도 없으니 어쩌랴. 나는 그가 시키는 대로 무려 한 시간 이상, 의자에 앉아 있는 선생 뒤에 서서 부채질을 했다. 밖에서는 반주를 맡은 〈전국노래자랑〉 악단이 신재동 단장을 중심으로 튜닝을 하고 있었다.

지루하게 시간이 흐르고 연신 흐르는 땀을 닦아내던 선생이 드디어 움직였다. 시간이 된 것이다. 무대에서 선생을 소개하자 1만여 명의 관객들이 환호성을 지르며 그를 환영했다. 무대 뒤의 출입구를 따라 선생이 무대에 오르자 관객석은 더욱 달아올랐다. 주로 붉은 계열의 한복을 입은 중국동포들이 무대 앞에서 음악이 채 나오기도 전에 벌써 춤을 추기 시작했다.

무대로 성큼성큼 걸어 나간 선생은 반주에 맞추어 〈안동역에서〉를 부르기 시작했다. 사실 나는 이날 송해 선생이 중국동포들 노래자랑의 사회(MC)를 보는 것으로 잘못 알고 있었다. 〈전국노래자랑〉에서도 녹화 직전 선생이 자신의 노래를 부르며 무대에 오르는 것을 여러 번 목격했기 때문에 이번에도 그러려니 했다. 아, 그런데 그게 아니었다. 선생은 이 무대에 MC가 아닌 '가수'로 초대받은 것이었다.

나는 갑자기 횡재한 기분으로 선생이 노래하는 것을 처음부터 끝까지 지켜보았다. 〈안동역에서〉를 시작으로 선생 특유의 '추억의 노래' 메들리가 시작되었다. 아흔 가까운 나이가 도저히 믿어지지 않을 정도로 선생의 몸은 안으로부터 올라오는 어떤 신명의 박동에 따라 한 순간도 멈추지 않고 넘실거렸다. 음악은 선생의 온몸을 바람처럼 관통하며 머리끝에서 발끝까지 그를 흔들었다. 선생의 몸은 마침내 영혼의 소리통이 되어 공명 깊은 메아리를 만들어냈고, 그 소리는 그대로 1만 관객들의 영혼 속으로 스며들었다.

〈안동역에서〉로 시작한 노래는 〈목포의 눈물〉, 〈용두산 엘레지〉, 〈비 내리는 고모령〉, 〈연락선은 떠난다〉, 〈님이 좋아요〉, 〈물새야 왜 우느냐〉, 〈청춘고백〉 등으로 끝없이 이어졌다. 울긋불긋 한복을 입은 중국 동포들이 무대 앞에서 시름의 세월을 잊고 덩실덩실 춤을 추었다. 공연은 선생이 자주 부르는 〈아주까리 등불〉을 거쳐 〈내 마음 별과 같이〉를 앙코르 곡으로 끝났다. 동포들의 환호와 박수가 이어졌고, 선생은 "중국 동포 만세"를 큰 소리로 외침으로써 공연을 정리하였다.

이 공연은 무려 한 시간 이십 분 이상 지속되었다. 대단한 열정이었다. 공연이 끝나고 선생의 집 근처로 이동하는 동안 차 안에서 나는 놀라운 이야기를 들었다. 그 전날 밤, 선생이 마신 술의 양 때문이었다. 선생은 전날 밤 (피치 못할 사유로!) 두 명의 퇴역 국회의원들과 술을 마셨는데 그들 역시 나이가 여든이 넘은 노인들이었다. 송해 선생과 이들은 소맥(소주와 맥주를 섞은, 일명 폭탄주)을 일인당 여섯 잔씩 마시고 나서 그것도 모자라 '빨간 딱지' 소주를 도합 14병을 마셨다는 것이다. 그리고 나서도 헤어지지 않고 낙원동의 '박달재 노래방'에 가서 '놀다가' 집에 들어갔다는 말에 나는 입이 다물어지지 않았다.

보통 이 연세의 노인들 같으면 아마도 이분들은 모두 집단으로 응급실에 실려 가서 한 두어 달쯤 병원 신세를 졌어야 할 것이다. 나는 이 '신기(神技)'에 가까운 사건이 이해가 되지 않아서 도대체 어떻게 그것이 가능하냐고 물었다. 선생은 내가 묻는 말에 대답 대신 혼잣말로 뭐라고 중얼(?)거렸다. 얼핏 들으니 이런 말이었다.

"×××들, 어디 술로 나를 이기려고 해, ○○"

허걱, 이 '결기決氣'란 도대체 무엇인가. 앞과 뒤를 어떤 짐승과 짐승의 행위를 지칭한 이름으로 감싼 이 문장이, 도대체 구십 노장이 할 수 있는 소리냔 말이다. 그러고 나서 도대체 어떻게, 오늘 낮 여의도 광장의 땡볕 아래 무대에서, 무려 만여 명의 관객들을 앞에 놓고, 그렇게 신명나게, 가사 하나 틀리지 않고, 온몸을 던져 노래를 할 수 있느냐는 거다. "살아 있는 전설"이고 "국보급 가수"이고… 등등 그 밖에 어떤 수식어를 가져다 붙여도, 나는 선생의 이 불가사의한 몸과 영혼의 동력, 그 넘치는 에너지가 도저히 이해되지 않았다. 정말이지 대단하신 우리 "형님"이시다.

차가 집 근처에 가까이 가자 선생은 차를 세웠다. 마침 저녁 어스름이었다. 선생과 나는 '×× 갈비'라는 옥호가 붙어 있는 술집으로 들어갔다. 선생은 돼지갈비를 시켰고, 또 예외 없이 '빨간 딱지' 소주를 시켰다. 그때부터 갑자기 선생의 말수가 또 갑자기 줄어들었다. 한바탕의 회오리 같은 신명이 지나가면 그는 늘 이렇게 고요 속으로 침잠한다. 우리는 말없이 술잔을 비웠다.

그러고 보니, 아뿔사, 내일이 추석이다. 보나마나 선생은 생이별한 어머니와 앞서 보낸 아들을 생각하며 또 우울한 명절을 보낼 것이다. 소주회사의 로고가 들어간 앞치마를 입고 눈을 감은 채 말 없이 소주를 들이키는 선생은 그래서 오늘따라 더 "외롭고, 높고, 쓸쓸"해 보였다. 그런데 이를 어쩌랴. (다음의 사진을 보면 독자 여러분들도 느낄 수 있을까) 나는 문득 내 앞에 갑자기 출처를 알 수 없는 어떤 유년의 존재가 앉아 있다는 느낌이 들었고, 이 황량한 세상에서 그가 아직도 누군가를

2014년 추석 전날, 가수로서 여의도 광장에서의 공연을 마친 후. 실향민인 그는 갑자기 우울하고 쓸쓸한 분위기로 빠져들었다.

찾고 있으며, 그의 유랑이 여전히 계속되고 있다는 생각이 (나도 모르게) 뜬금없이 스쳐갔던 거다. 누가 그를 이 유랑에서 구해내리.

첫 음반을 내고 나서 가수 송해는 상당히 오랫동안 두 번째 음반을 출시하지 않았다. 첫 음반을 내기 얼마 전 아들을 교통사고로 보냈고, 연이어 〈전국노래자랑〉의 MC를 맡으면서 그도 한동안 다시 음반을 낼 여력이 없었을 것이다. 그렇지만 음반 제작과 별도로 그는 KBS의 〈가요무대〉, SBS의 〈유희열의 스케치북〉, KBS2-TV의 〈불후의 명곡-전설을 노래하다〉, SBS의 〈도전 천곡〉 등 방송과 수많은 행사장 무대에서 가수로서 계속 노래를 불러왔다.

그의 말마따나 "노래가 (그의) 연예생활 내내 (그를) 따라왔다." 노벨문학상을 수상한 칠레의 유명한 시인이자 영화 〈일 포스티노(Il Postino, 우편 배달부)〉의 소재가 되었던 파블로 네루다(Pablo Neruda, 1904~1973)의 "시가 내게로 왔다"는 고백처럼, 일찍이 유년시절부터 노래가 송해에게 왔고, 노래는 그의 인생을 늘 따라다녔으며, 그리하여 그의 인생의 3할은 노래였다.

그가 다시 음반을 출시한 것은 작곡가 신대성의 제안에 의해서였다. 신대성(1949~2010)은 상당히 오랫동안 〈전국노래자랑〉의 심사위원으로 참여를 하면서 자연스레 송해와 깊은 교제를 나누게 되었다. 신대성은 1960년대에 가수로 데뷔했으나 작곡가로 전향하여 송대관의 〈해뜰날〉을 만들어 그를 일약 스타덤에 오르게 한 것으로 유명하다. 뿐만 아니라, 송창식, 김상희, 최진희, 주현미 등 거물급 가수들에게 주옥같은 노래를 만들어준 일명 '히트곡 제조기'로 널리 알려진 작곡가이다.

1990년대 말에서 2000년대 초반에 걸쳐, 남인수, 이난영, 백년설 등 1세대 대중가요의 뒤를 이어 활발히 활동을 하던 김정구(1916~1998), 현인(1919~2002) 등 원로 가수들이 차례로 세상을 뜨자, 1세대 트로트의 구성지면서도 삶의 애환이 덕지덕지 묻어나는 질감을 제대로 살려내는 가수가 거의 없게 되었다. 송해의 말마따나 "김정구 선생이 죽고 나니 〈두만강〉을 찾는 놈이 없었다"고나 할까.

이런 와중에 작곡가 신대성은 송해에 주목했던 것이다. 2000년대 초반이면 송해의 나이가 이미 70 중반에 들어섰을 때였다. 신대성은 오히려 나이가 들어 더 웅숭깊어진 송해의 목소리로 잊혀져가는 1세대 트로트를 복원하고자 했던 것이다. 이 무렵 송해의 음색은 젊었을 때보다 오히려 중저음이 더 보강되고 약간의 허스키가 가미되면서 '추억의 노래'들을 부르기에 가장 합당한, '관록의 정점'에 있었고, 타고난 작곡가인 신대성이 이를 놓치지 않았던 것이다. 그리하여 2003년부터 2006년에 걸쳐 송해의 새로운 음반들이 〈애창가요 모음집 송해 쑝〉이라는 제목으로 출시되기 시작했고, 이 음반들은 모두 6집까지 출시되었다.

더욱 놀라운 것은 송해가 1~6집에 실린 108곡의 노래 취입을 단 이틀 만에 끝냈다는 사실이다. 물론 사전에 편곡 작업이 다 끝나고 송해의 노래를 믹싱하는 마지막 단계였지만, 송해는 단 이틀 만에 무려 108개의 곡을 아무런 실수 없이 녹음하는 데 성공함으로써 작곡가 신대성은 물론 음반 제작 관계자들을 깜짝 놀라게 했다. 그래도 미심쩍어하는 송해가 이 음반들의 프로듀싱을 책임진 신대성에게 "평생에 한 번 내는 음반"이니 다시 잘 살펴보라고 했지만, 신대성은 그 안에서 아무런 실책을 발견할 수 없었다. 송해 자신도 속으로 놀랐지만, 이것은 그가 소위 "그리운 옛노래"들을 일찍이 악극단 시절부터 가수로서 50년 이상 수많은 무대에서 불러왔기 때문에 가능한 일이었다.

지금도 그는 1세대 대중가요 수백 곡의 가사들을 전부 암기하고 있어서, 한번 신명이 나면 좀처럼 무대에서 내려올 줄을 모른다. 2013년 12월 20일, 신재동 단장이 이끄는 〈전국노래자랑〉 악단이 서초구민회관에서 독거노인, 생활보호대상자, 장애인 등 1,000여 명을 초대해 자선음악회를 개최한 적이 있다. 송해는 이 자리에도 MC가 아닌 가수로 초대받았다. 그 외에도 현숙, 문희옥, 한혜진, 최석준 등 다른 가수들이 찬조출연을 하기로 되어 있었다. 맨 먼저 무대에 오른 '가수' 송해는 이날 신명을 이기지 못해(?) 원래 예정된 시간을 훨씬 초과하면서 오랫동안 무대에서 내려오지 않아, 일정이 촘촘했던 다른 초대가수들의 애간장을 태웠다. 그의 나이 햇수로 87세일 때의 이야기이다.

데뷔 음반에서 〈망향가〉라는 자신의 노래를 취입한 이래 송해가 부른 대부분의 노래는 자기 노래가 아니다. 그러다가 2006년에 출시된 〈애창가요 모음집 송해쏭 3집〉을 보면 우리는 〈나팔꽃 인생〉이라는 그의 노래를 발견하게 된다. 이 노래는 김병걸이 작사하고, 신대성이 작곡한 노래인데 저녁이면 지었다가도 아침이면 다시 활짝 피는 나팔꽃에 송해의 인생을 빗대고 있다. 이 노래는 수많은 대중들에게 이른바 "송해쏭"으로 알려진 노래로, "동서라 남북 없이 발길 닿는 대로 / 바람에 구름 가듯 떠도는" 〈전국노래자랑〉 MC로서의 그의 인생을 잘 그려내고 있다.

최근에는 가수 오승근이 부른 〈내 나이가 어때서〉를 즐겨 불렀는데,

장수의 아이콘인 송해에게 이 노래는 너무나 잘 어울려 보인다. "사랑하기 딱 좋은 나이"인데 "내 나이가 어때서"라는 가사는 국내 최장수 연예인의 자신감과 에너지를 코믹하게 터치하고 있어서 수많은 대중들의 인기를 독차지하고 있다. 〈전국노래자랑〉의 무대에서 이 노래를 부르는 4~5세의 유아들의 앙증맞은 모습과 그것을 정말 어처구니없다는 듯한 표정으로 바라보고 있는 송해의 모습은 관객석을 늘 폭소로 몰아간다.

최근 들어 가수로서 송해의 진면목을 보여준 대표적인 무대는, 2011년에 만 84세의 나이에 시작해 2013년, 만 86세, 우리나이 87세의 나이에 막을 내린 〈나팔꽃 인생 60년, 송해 빅쇼〉라는 제목으로 진행된 콘서트일 것이다. 생각해보라. 송해는 84세의 나이에 가수로서 생애 첫 단독 콘서트를 열어 대성황을 이루었다. 국내 '최고령 단독 콘서트'였다. 생각해보라. 누가 이 엄청난 도전정신을 감히 흉내라도 내겠는가.

앞에서도 말했지만, 그는 한편으로는 전국을 떠돌며 매주 〈전국노래자랑〉의 녹화를 진행하면서, 그 와중에 전국 18개 지역을 따로 돌아다니며, 가수로서 연 42회의 대공연을, 성황리에, 무사히 끝냈다. 이 공연은 한국 연예사에 길이 남을 획기적인 기록으로서 후배 연예인들에게 두고두고 큰 귀감이 될 것이다. 뿐만 아니라 노령에도 불구하고 포기하지 않고 끝없이 도전하는 이 불굴의 정신은 그를 따르는 수많은 대중들에게도 꿈과 용기와 희망을 심어줄 것이다. 간단히 말해, 우리가 만일 '송해 투혼'을 배우고 건강이 허락된다면, 환갑이 지나고 나서도 근 30년 동안 이루고 성취할 일이 어마어마하게 남아 있다는 것이다.

KBS 〈가요무대〉에서 평상복 차림으로 리허설 중인 가수 송해. 그는 이날 〈대지의 항구〉를 불렀다.

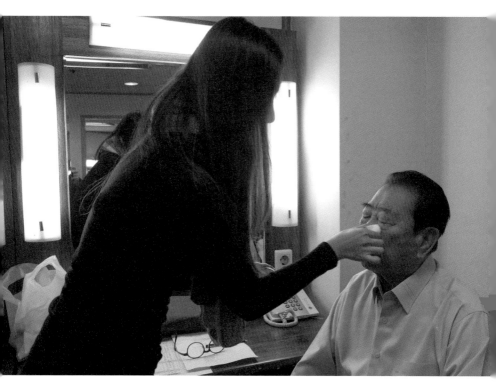

KBS 〈가요무대〉에서 〈대지의 항구〉를 부르기 전, 분장 중인 가수 송해.
그는 분장할 때마다 코디에게 '살짝 이쁘게' 해달라고 주문한다. 이날도 분장을 하고 나니 그가 살짝 이뻐졌다.

'대형 가수'로서 송해의 모습을, 우리는 또한 2014년 4월 12일, 미국 엘에이LA의 메모리얼 콜리세움LA Memorial Coliseum에서 열린 〈엘에이 코리아 페스티벌LA Korea Festival〉의 무대에서 발견할 수 있다. 한인 미주 이민 111주년을 기념해서 열린 이 공연에는 재미동포뿐만 아니라 유럽에서까지 몰려온 수많은 외국인들을 포함하여 5만 5천여 명의 관중들이 구름처럼 모여든 무대였다.

사회자인 송해는 "전국~~~"이라는 〈전국노래자랑〉 특유의 오픈 시그널을 외치며 등장했는데, 90에 가까운 나이에 어울리지 않게 마치 '까부는 듯' 독특한 몸놀림으로 춤을 추어 관객석을 열광의 도가니로 만들었다. 그는 5만 5천 관중 앞에서 "여기 누구 보러 왔어요? 송해 보러 왔지?"라고 너스레를 떨면서, 김태우, 백지영, 2PM, 씨엔블루, 씨스타, 다이나믹 듀오, 인피니트, 샤이니 등 젊은 케이 팝K-Pop 한류 가수들과 어깨를 나란히 겨루며 무대에 섰다. 그가 마침내 〈타향살이〉, 〈불효자는 웁니다〉를 연이어 부르자 여기저기서 관객들이 고향과 가족을 그리며 눈물을 흘렸다.

엘에이에서의 이 공연을 몇 달 앞두고 '가수' 송해는 그의 7집 앨범 〈신명나는 세상〉을 미리 준비하였다. 엘에이 공연을 마치고 와서 본격적으로 홍보도 하고 이런 저런 무대에서 선을 보일 예정이었던 것이다.

그런데 엘에이 공연을 마치고 돌아온 지 불과 2~3일이 지난 2014년 4월 16일, 세월호 사건이 일어나고 말았다. 졸지에 수백 명이 수장당한 이 사건 때문에 〈전국노래자랑〉은 애도의 뜻으로 8주간 방영을 중단하였고, 가수 송해는 그 어느 자리에서도 한동안 〈신명나는 세상〉

이라는 그의 신곡을 부를 수가 없었고, 또 부르지도 않았다. 신명나지 않은 세상이 그의 신명난 노래를 죽인 것이다.

"국민 MC"라는 엄청난 휘광 때문에 설마 아직도 '가수' 송해를 모르는 사람들이 있다면, 지금이라도 서둘러 인터넷 유튜브를 방문할 일이다. 그리하여 검색창에 "송해"라고 입력해보면 바로 알게 될 것이다. 그가 그간 얼마나 많은 무대에서 '가수'로서 감동적인 무대를 만들어왔는지 말이다.

# #36 현재. 2014년

이 책을 집필하기 위해 취재를 하는 동안 나는 송해 선생 외에 수많은 사람들을 만났다. 내가 만난 모든 사람들은 물론 선생과 이런 저런 관련이 있는 사람들이었다. 그 중에서도 나와 각별한 인연을 맺게 된 사람으로 〈전국노래자랑〉의 신재동 악단장을 빼놓을 수 없다.

그는 젊을 때(지금도 젊다) 그룹사운드에서 활동하기도 했고, 지금은 지휘자이자 남진의 〈신기루 사랑〉, 이용의 〈눈물로 지울 거예요〉, 조항조의 〈바람아〉, 문희옥의 〈반달손톱〉, 최석준의 〈천년화〉 등을 만든 작곡가이기도 하다. 그는 1991년부터 〈전국노래자랑〉의 베이스 기타 주자로 활약하면서 송해 선생과 지금까지 24년 동안 한 무대에 서 온 〈전국노래자랑〉의 산 증인이자 '식구'이다. 김인협(1941~2012)이 병상에 든 후 〈전국노래자랑〉 악단장의 바통을 이어 받은 그는 선한 인상

〈전국노래자랑〉이 낳은 최고의 스타 중의 한 사람인 국악소녀 송소희와 KBS 〈가요무대〉 분장실에서 대화 중인 송해

과 타고난 동안童顔, 10대 수준의 날렵한 몸매, (게다가 무려) 깔끔하기까지 한 외모로 나름 상당한 팬 그룹을 형성하고 있는데, 나와 나이 차이가 한 살에 불과하다.

첫인상으로 나는 그가 적어도 나보다 열 살은 아래인 줄 알았다. 통성명을 하고 그의 나이를 알고 나서 막역한 사이가 된 지금까지도 나는 그의 '어린(?) 외모' 때문에 늘 심기가 불편하다. 그의 '어린(!) 외모'가 늘 나의 질투심을 자극하기 때문이다. 다행이라면 그의 앞머리에도 서리가 아주 빠른 속도로 내려앉기 시작했다는 것인데, 한 살 차이니 친구로 지내며 나도 따라 젊은 척하다보면 밑질 일은 아니라는 생각이 든다.

2014년 초가을 어느 날, 신재동 단장이 나에게 제안을 해왔다. 송해 선생 데뷔 60주년(2015년)을 맞이하여 작은 선물을 해드리자는 것이다. 그러면서 그는 나에게 노랫말을 쓸 것을 권유했다. 그를 만난 지얼마 되지 않아 나는 내 시집《기차는 오늘 밤 멈추어 있는 것이 아니다》를 그에게 선물한 적이 있는데, 이 시집에 그가 나름 '필feeling이 꽂혔'던 모양이었다. 나는 쑥스럽기도 하고 기대에 못 미칠까봐 걱정이 되기도 해서, 그리고 무엇보다도 대중가요의 가사를 한 번도 써본 적이 없어서 주저했다.

그런데 어느 날 새벽 세 시경, 나는 무엇인가에 홀린 듯 단 5분 만에 황해도 재령에서 어머니와 생이별하고 지금까지 전국 팔도를 떠돌며 유랑생활을 하고 있는 송해 선생의 생애를 담은 가사를 썼다. 다음날 내 노랫말을 본 신재동 단장 역시 "필feeling이 꽂혀" 단 10분 만에 작곡을 끝내고 말았다.

그렇게 해서 만들어진 노래가 〈유랑 청춘〉이다. 나는 이 과정을 통해 엉성한 가사가 훌륭한 작곡 솜씨에 의해 (대중)예술로 승화되는 '신비한 창조'의 경험을 했다. 그러니 나는 더 이상 징징대지 말고 '위대한 작곡가' 신재동에게 계속 따라 붙고 볼 일이다. 다음은 〈유랑 청춘〉의 가사이다. 가사보다 훨씬 탁월한 멜로디를 여기에 소개하지 못해 유감이다.


유랑 청춘


눈물 어린 툇마루에 손 흔들던 어머니
하늘마저 어두워진 나무리 벌판아
길 떠나는 우리 아들 조심하거라
그 소리 아득하니 벌써 칠십년
보고 싶고 보고 싶은 우리 엄마여


재 넘어 길 떠나는 유랑 청춘아
어디 가면 그리운 님 다시 만날까
정 주면 이별인데 그 어디 머물까
그 세월 아득하니 벌써 칠십년
보고 싶고 보고 싶은 우리 어머니
보고 싶고 보고 싶은 우리 어머니

반주MR를 준비하고 이 노래를 송해 선생께 드리면서 신재동 단장과 나는 혹시라도 이 노래가 선생 마음에 들지 않을까 노심초사했다. 다행히도 선생은 이 노래를 좋아했고, 매일 아침 사무실에 출근할 때마다 반주에 맞추어 맹연습을 했다. 그리고 마침내 2014년 11월 30일, 최불암, 김민자 선생이 진행하는 MBN의 〈어울림〉이라는 프로의 녹화 현장에서 선생은 이 노래를 처음으로 불렀다. 이 노래는 2014년 12월 8일 방영되었다.

이리하여 마침내 선생의 8집 싱글앨범 〈유랑 청춘〉이 2015년 초에 출시되었다. 말하자면 이 노래는 '가수' 송해 선생이 무려 88세의 나이에 내놓은 최신곡인 것이다. 얼떨결에, 우연히, 그리고 무엄하게도 나는 국내 최고령 '가수' 송해 선생의 최신곡 작사가가 되었다. 남사스럽다. 얼굴이 달아오르는 일이지만, 이 과분한 영광이 모두 송해 선생 덕이고, 신재동 악단장 덕이다.

올해(2015년, 우리나이 89세)가 해방 70주년, 분단 70주년이다. 이 당당한 숫자 앞에서 한숨이 절로 나온다. '분단 70주년'이라니. 이게 도대체 말이나 되는 일인가. 이 70년의 세월이 고스란히 송해 선생의 불행과 적막과 비애의 역사이다. 선생은 여러 무대에서 〈유랑 청춘〉 70년 세월을 부르며 눈시울을 적셨다. 이 노래가 선생께 작은 위로라도 되어야 할 텐데, 오히려 선생의 고단한 눈자위만 더 붉게 만든 것 같아 두고두고 송구스럽다.

송해 선생의 인생을 담은 노래 〈유랑 청춘〉의 3인방. 왼쪽부터 필자 오민석(작사), 가수 송해(노래), 〈전국노래자랑〉 악단장 신재동(작곡). KBS 〈가요무대〉 녹화 직전, 대기실에서 한 컷. 사진에 보이지 않지만, 송해는 좌우에 있는 '어린 것들'의 손을 꼭 잡고 이 사진을 찍었다.

# 유랑 그리고 또 유랑
## 〈전국노래자랑〉

수많은 민중들이 〈전국노래자랑〉에 나와
송해와 함께 울고 웃었다.
이 전설의 중심에
이제 나이 90을 눈앞에 둔 송해가 있다.

# #37 현재

　송해의 인생을 추적하다보면 놀라운 사실을 발견하게 된다. 그가 의도한 것이 아님에도 불구하고, 그의 삶은 마치 미리 준비된 각본처럼 그 모든 것들이 〈전국노래자랑〉이라는 초점을 향해 있었다. 그 길은 물론 직선이 아니라 수많은 우회와 역행과 일탈들로 이루어져 있지만, 결국은 〈전국노래자랑〉이라는 마지막 정거장을 향해 끈질기게 이어져 왔다.

　파란만장한 세월의 철로에서 벌어진 수많은 사건들은 날실과 씨실처럼 서로 얽히고설키면서, 때로는 죽음의 어두운 터널을, 환희의 푸른 들판을, 그리고 때로는 침묵의 설원雪原을 지나왔다. 그러다가 마침내 1988년(61세), 그는 〈전국노래자랑〉이라는 정거장에 내렸다. 지나온 세월의 연기가 플랫폼에 선 그의 등 뒤에서 바람을 따라 이리 저리 흔들릴 때, 그는 아직 보이지 않는 관객들과 그들의 환호와 눈물과 웃음이 온몸의 기공으로 짙게 스며드는 것을 감지했다. 그리하여 그에게 이 정거장은 종말이 아니라 생의 또 다른 시작이었으며, 죽음이 아니라 새로운 탄생의 공간이었다. 거기에서 수많은 일들이 벌어졌고, 새로운 길이 펼쳐졌으며, 그가 지나온 전 생애가 이곳에서 다시 씌어졌다.

20대 초반에 북한에서 해주음악전문학교를 다니면서 그는 이미 전국을 유랑하며 무대 위에서 대중들을 만났다. 뼈가 굳기도 전에 춤과 노래와 공연의 기본기들을 익혔던 것이다. 이런 의미에서 그가 자신도 모르게 피난민 대열에 끼어서 남하했을 때, 그는 이미 준비된 인생이었던 것이다. 다만 그는 자기가 무엇을 위해 예비되어 있는지 몰랐고, 그래서 앞날이 캄캄했을 뿐이었다.

군대에 가서는 비록 통신병이었지만 3군 통합 콩쿠르에서 최우수상을 받은 것을 계기로 군예대 무대에 불려 다니며 '남한식' 대중공연 형식을 새로이 경험한다. 군 제대 이후에는 유랑극단의 광대로 전국을 다시 떠돌면서 만능 엔터테이너로서 혹독한 훈련의 과정을 겪는다. 어떤 자리에서 어떤 역할이 주어져도 그것을 곧바로 소화할 수 있는 말 그대로 만능 연예인의 기예技藝가 이 시기를 통해서 단련된다.

그리하여 1960년대 초반 라디오와 텔레비전 방송에 출연하기 시작할 때 그는 방송 연예인으로 갖추어야 할 모든 것을 이미 준비한 상태였다. 한국 근대 연예문화발달사에 만일 '연예인 사관학교' 같은 것이 있었다면, 군예대 → 악극단 → 라디오 방송 → 텔레비전 방송이 그 정확한 교과과정이었을 것이다. 1960년대 이후 1980년대에 이르기까지 방송을 통해 스타덤에 오른 대부분의 연예인들이 이 과정을 거쳐 왔다. 송해 역시 본인의 의지와 무관하게 '연예인 사관학교'의 중심에서 한 발자국도 떠나지 않았던 것이다.

그러나 그 교과과정은 혹독한 가난과 불안의 터널이었으며, 그가 계획한 것도 의도한 것도 아니었다. 그는 그저 자신의 '딴따라 끼'와 '생계의 방정식'에 따라 움직였을 뿐이었다. 하지만 운명은 그에게 아무런 외도도 허락하지 않았고 그는 자신도 모르게 '연예인 사관학교'의 정 코스를 아슬아슬하게, 그러나 성공적으로 통과해왔다. 그리고 그가 이 사관학교를 수료했을 때, 그에게 〈전국노래자랑〉이라는 희대의 놀이판이 그에게 펼쳐져 있었던 것이다. 그는 거기에서 수십 년 동안 훈련되고 응축된 그의 기량을 지금까지 근 30년 동안 마음껏 발휘하고 있다.

결과론적인 이야기이지만, 〈전국노래자랑〉을 살아 있는 신화로 만든 것은, 〈전국노래자랑〉을 시작하기 전에 송해가 자신도 모르게 혹독하고도 철저하게 준비한 '고난의 세월'이 있었기 때문이다.

〈전국노래자랑〉의 MC는 우선 노래와 노래의 신명을 잘 알아야 한다. 〈전국노래자랑〉이 가수를 뽑는 프로그램은 아니지만, 어찌되었든 노래를 매개로 진행되는 프로그램이기 때문이다. 그런데 생각해보라. 송해는 음악전문학교(요즘으로 치면 음악대학)에서 성악을 전공한 '가수'이고, 〈전국노래자랑〉의 MC가 되기 전에 수십 년 동안 이미 수많은 무대에서 노래를 부르고 익혔다.

〈전국노래자랑〉의 MC는 말 그대로 훌륭한 '사회자'이어야 한다. 사회자는 마치 오케스트라의 지휘자처럼 다양한 사람들로 구성된 무대와 관객석 전체를 하나로 아우르면서 그 에너지를 하나의 감동적인 하모니로 연출할 줄 알아야 한다. 송해는 〈전국노래자랑〉의 사회자가 되기 전에 악극단 무대부터 시작하여 수많은 라디오, 텔레비전 방송을 통해 대중들의 정서를 읽는 방법, 그리고 그들과의 원활한 상호작용을 이끌어내는 '영혼의 기량'을 이미 갈고 닦았다.

〈전국노래자랑〉의 MC는 모든 형태의 권위를 벗어던지고 유쾌한 '재미'를 생산해야 한다. 송해는 〈전국노래자랑〉의 MC가 되기 훨씬 이전에 '코미디언'으로서 수많은 무대를 통해 몸과 영혼의 엄숙주의에서 가뿐히 벗어나 있었다. 노령에도 불구하고 그가 그 모든 위계와 서열을 뛰어넘는 소통을 할 줄 아는 것은, 코미디언으로서 대중들 앞에서 폼 잡지 않고 자신을 낮추고 희화화해 온 수십 년의 역사와 무관하지 않다. 그는 자신을 무장해제하고 권위의 외양을 무너뜨림으로써 대중의 '자발성'을 이끌어낸다. 송해가 있는 무대에서 대중들은 '겁도 없이' 자신을 마음껏 표현한다. 그리고 이것은 아무나 쉽게 할 수 있는 것이 아니다. 그는 〈전국노래자랑〉과의 필연적 만남을 전혀 예상하지 못한 채, 코미디언으로서의 학습을 통해 이것을 미리 준비해왔던 것이다.

〈전국노래자랑〉을 위한 이런 비의도적, 비계획적 준비가 이루어진 것도 신비스러운 일이지만, 더욱 놀라운 사실은 그가 〈전국노래자랑〉 MC를 맡기 이전에 십여 년간 진행해왔던 〈가로수를 누비며〉에서 발견된다. 많은 사람들은 송해가 1974년부터 1988년 〈전국노래자랑〉을 시작할 때까지 진행해 온 〈가로수를 누비며〉를 단지 차량 길잡이로서의 '교통방송'으로만 기억한다. 그러나 〈전국노래자랑〉과 관련해서 볼 때, 〈가로수를 누비며〉라는 프로그램 안에는 놀랍고도 중요한 콘텐

관객들은 그의 몸짓, 목소리에 모두 하나가 된다.

츠가 있었다. 그리고 그것은 라디오 전파가 아닌 전혀 엉뚱한 공간에 서 이루어졌다.

〈가로수를 누비며〉는 정규 전파 방송 외에도 매주 일요일 아침마다 공개방송을 진행했는데, 그것이 다름 아닌 '노래경연'이었다. 이 '노래 경연'은 주로 택시 기사, 버스 운전사, 안내양들과 운전자 가족들을 중 심으로 진행되었고, 그 사회자가 바로 송해이었던 것이다. 이 얼마나 놀라운 일인가. 송해는 〈전국노래자랑〉을 시작하기 전에 이미 매주 일 요일(이것도 〈전국노래자랑〉 방송일과 일치한다) 대중적 '노래자랑'의 MC로서 이미 십여 년간 훈련되었던 것이다.

송해의 회고에 따르면, 〈가로수를 누비며〉가 '노래경연'을 공개방송 의 형태로 진행하게 된 계기는 한 교통통신원의 요청에서 비롯되었 다. 자신의 운수회사에 와서 노래경연대회 진행을 해달라는 부탁을 받고 송해가 간 곳은 버스회사의 차고지였다. 그곳에서 그 회사의 운 전자 가족들을 중심으로 노래자랑대회가 열린 것이다. 그 당시 이미 스타덤에 오른 송해가 온다는 소식을 듣고 많은 사람들이 몰려들었 다. 버스회사의 작은 차고지에 무려 1,500여 명의 관객들이 모여 송해 의 구수하고도 재치 있는 진행에 열광했으며, 출연자들의 우스꽝스러 운 제스처와 노래에 박장대소를 했다. 잔치가 따로 없었다.

어찌 보면 이것은 오늘날 〈전국노래자랑〉의 정확한 '원형archetype' 이다. 관객들의 폭발적인 반응에 용기를 얻은 방송국 측은 그 후 송해 를 사회자로 내세우고 매주 일요일 아침 노래경연 형식의 공개방송을 계속했다. 그리고 십여 년에 걸친 이 공개방송(훈련)의 끝에서 송해는 〈전국노래자랑〉으로 무대를 갈아탄다.

이렇듯 송해의 인생을 돌이켜보면 그 모든 것이 수십 년의 세월을 거쳐 마치 '퍼즐 맞추기'처럼 〈전국노래자랑〉을 향해 꿰맞추어져 있다는 느낌을 지울 수 없다. 그리하여 그는 〈전국노래자랑〉의 정신에 가장 적합한, 그리고 사실상 그 어떤 사람으로도 대체하기 힘든, 어떤 '완성의 경지'를 이룩하고야 만 것이다.

# 1988년 5월, 송해, 〈전국노래자랑〉에 승차하다

# #38 과거

〈전국노래자랑〉이 첫 전파를 탄 1980년 무렵은, 텔레비전 방송이 한국 대중문화의 첨병으로서 완전히 자리를 잡은 시기이었다. 앞에서도 언급했지만 1978년엔 농촌의 전기보급률이 거의 100%가 되면서 텔레비전은 도시뿐만 아니라 농촌을 가로질러 전 국민을 텔레비전 앞으로 호출했다. 텔레비전은 대중을 장악하며 문화를 선도했고 각종 사회적 담론들을 생산했으며 각종 뉴스, 드라마, 쇼 프로그램, 광고 등을 통해 여론과 시대의 유행을 선도했다.

1980년 광주항쟁 직후 정권을 장악한 신군부는 텔레비전의 이와 같은 막강한 영향력을 감안하여 방송 통폐합을 서둘러 진행한다. 언론을 '이데올로기적 국가장치'로 만들지 않고서는 더 이상의 '지배'가 불가능하다는 것을 신군부는 누구보다도 잘 알고 있었던 것이다. 그리하여 모든 언론기관의 방송이 KBS로 이관되었으며, KBS와 MBC가 공영방송화 되었고, 전국 29개 방송사 중에서 중앙사 3개, 지방사 3개가 KBS에 흡수 통합되었다. 이 과정에서 동아방송과 동양방송이 KBS에 통합되었고, 경향신문과 문화방송이 분리되었다. 아마도 한국 방송사상 최대의 변혁으로 기록될 이 '사건'은 거꾸로 방송의 위력이 얼마나 막강한지를 보여주는 사건이기도 하다.

〈전국노래자랑〉이 1980년 11월, 이와 같은 혼란의 과정에서 시작되었다는 것은 여러 가지를 시사한다. 긍정적인 시각에서 보면 〈전국노래자랑〉은 텔레비전 방송이 막강한 영향력을 행사할 수 있는 충분한 물적 토대가 구축된 상태에서 출발했다. 내용만 좋다면 얼마든지 성공할 수 있는 인프라가 구비된 상태에서 〈전국노래자랑〉이 시작되었다는 것이다.

부정적인 측면에서 보면, 〈전국노래자랑〉은 극도의 정치적 혼란기에 대중들의 시선을 오락프로그램으로 분산시키는, 소위 '탈정치화'의 기능을 수행한 바가 없지 않다. 〈전국노래자랑〉이 시작된 바로 다음 해에 신군부가 '국풍 81' 같은 관료적 축제를 여의도 광장에서 대대적으로 개최한 것도 이런 의도의 연장에서였다. 1980년부터 송해가 MC를 맡기 직전인 1988년까지 〈전국노래자랑〉은 사실상 이와 같은 정치적 역기능을 성실히 수행했다고 볼 수 있다. 이 시기에 〈전국노래자랑〉을 진행한 MC들은 이한필, 이상용, 고광수, 그리고 최선규였다.

그러나 송해가 〈전국노래자랑〉의 진행을 맡기 시작한 1988년을 전후로 한 시기는 1980년대 초기와는 매우 다른 양상을 보여준다.

1986년에는 KBS 시청료 거부운동이 전국민을 중심으로 일어났으며, 1987년엔 범국민적 저항에 부딪혀 노태우 전 대통령이 6·29 '항복' 선언을 하게 되었고, 뒤를 이어 7월에는 KBS 한국방송프로듀서 연합회, 9월에는 MBC PD 연합회가 결성된다. 1988년에는 MBC를 시작으로 CBS, KBS가 노조를 결성한다. 게다가 송해가 〈전국노래자랑〉을 시작한 1988년에 방송은 소위 "5공 청산"을 위한 언론청문회(11월 21, 22일, 12월 21, 22일)를 시작하는 단계에까지 이른다.[45]

이는 송해가 〈전국노래자랑〉의 MC를 시작할 무렵 한국사회가 민주화의 열풍 속에 있었으며, 이에 따라 사회 분위기도 1980년대 초기보다 훨씬 자유로워졌고, 언론이 더 이상 독재정권의 대중 통제의 기제로 악용되기 어려웠던 시절이었음을 보여준다. 어찌 보면 이것은 송해에게 있어서는 대단한 행운이 아닐 수 없었다.

방송의 영향력은 훨씬 더 커지고, 방송이 정권의 하수인 역할에서 (상대적으로) 자유로웠던 '문화적 해방'의 시기에, 송해는 〈전국노래자랑〉의 마당으로 뛰어든다. 사회자나 출연자나 아무런 제약과 심리적 구속감이 없이 마음껏 '놀 수 있는' 시기에 송해가 〈전국노래자랑〉에 입문한 것이다. 여기에다가 송해만이 가지고 있는 훈련된 개인기와 소통의 능력이 합쳐지면서, 이후 〈전국노래자랑〉은 텔레비전 역사상 유래가 없는 최장수 프로그램으로 전 국민의 사랑을 받게 된 것이다.

물론 이것 역시 그가 의도한 것도 계획한 것도 아니었다. 몇십 년 동안 그를 가혹하게 훈련시키고 준비시켜온 어떤 운명의 손이 이번에도 절체절명의 위기이자 기회에 그를 번쩍 들어 〈전국노래자랑〉의 무대에 세워놓은 것이다.

2015년 3월27일 〈전국노래자랑〉 경기도 안양시 녹화 현장에서의 송해. 그의 엄지손가락은 늘 환호하는 관객들을 향해 있다.
공연 중 그는 이런 포즈를 자주 취하는데, 이는 관객들에게 "최고의 당신들이 있어서 내가 이 자리에 있다"는 감사의 표시이다.

# #39 과거. 1987년

　유랑극단의 광대로 시작해 이후 "기노시다 고지끼(나무 아래 거지)"라는 말이 상징하는 극빈의 시절을 거쳐, 자살기도 사건, 6개월에 걸친 장기 입원 등 거의 죽음에 이르도록 고통의 세월을 보냈던 송해 선생은 방송에 출연하기 시작한 1960년대 중반 이후 생활에 점차 안정을 얻어가는 듯했다.

　방송인으로서도 자리를 잡아 1976년 한 신문의 보도에 따르면 그는 코미디언으로 호감도가 가장 높은 베스트 5인에 구봉서, 배삼룡 등과 함께 오르는가 하면[46] 1977년에는 대한극장에서 '별표전축' 후원으로 연기생활 27주년 기념 대공연을 하기도 한다. 이 무대에 특별출연한 연예인들이 이미자, 김세레나, 김상희, 최희준, 진미령, 현인, 김정구, 구봉서, 서영춘, 후라이 보이 곽규석, 임희춘, 이순주, 백금녀 등 당대 최고의 스타들이 총망라되는 것을 보면, 연예인으로서 당시에 송해 선생이 차지하고 있던 높은 입지를 짐작하게 한다.[47] 수입도 늘어 1978년에는 1977년 소득신고 기준으로 연예인 소득 순위 9위에 오른다.[48] 1974년부터 진행한 〈가로수를 누비며〉 역시 공전의 히트를 기록하며 선생의 주가를 계속 올렸다.


　앞날을 기약할 수 없는 암흑의 세월을 지나 선생이 이렇게 스타로서 가파른 상승세를 타고 있던 1987년(60세) 3월의 어느 날이었다. 선생에게 다급한 전화가 걸려왔다. 당시 서울예전(현 서울예술대학)에 재학 중이던 아들이 교통사고를 당했다는 것이었다. 청천벽력 같은 소리였다.

당시 선생의 아들은 오토바이를 타고 제3한강교(지금의 한남대교) 남단을 지나가고 있었다. 당시에 한남대교에는 88올림픽도로 쪽으로 빠지는 길이 없었고 그래서 램프 공사를 위해 난간 쪽의 도로를 폐쇄하고 그곳에는 펜스가 쳐져 있었다. 한남대교 북단에서 강남 쪽으로 달리던 아들은 차선이 갑자기 사라지자 안쪽으로 차선을 하나 옮겨 탔다. 그 순간 뒤에서 과속으로 달려오던 트럭이 미처 피하지 못하고 선생 아들의 오토바이를 들이받았다. 나중에 선생이 현장을 가보니 한남대교 난간 아래에는 오토바이 미러 등 부속품들이 산산조각 난 채 여기저기에 흩어져 있었다. 트럭운전자는 곧바로 뺑소니를 쳤고, 아들은 근처의 순천향병원 응급실로 이송되었다.

연락을 받은 선생이 응급실에 도착하자 아들은 이미 수술실로 들어갔고, 아들이 누워 있던 병상만이 텅 빈 채 놓여 있었다. 그 위에는 아들의 머리에서 푼 피 묻은 붕대가 놓여 있었다. 검게 마른 핏자국이 사태의 심각성을 보여주고 있었다. 잠시 후 수술실 안쪽에서 누가 부르는 듯한 소리가 들려 선생은 수술실의 문을 열고 들여다보았다. 아들이었다. 혼수상태에서도 아들은 아버지를 찾고 있었다.

"아버지이, 살려 주세요….."

송해 선생은 지금도 아들이 마지막으로 남긴 이 애타는 호소를 잊지 못한다. 아들에게는 아버지가 최고였으며, 아버지라면 자신의 생명도 살릴 수 있다고 믿었던 것이다. 그러나 죽음 앞에 '무력한' 아버지는 아무 것도 할 수 없었고, 아들을 그렇게 보낼 수밖에 없었다. 응급수술

그에게 있어서 어머니와 아들의 부재는 그 무엇으로도 채워지지 않는다.

을 거쳐 근 열흘간의 분투도 소용이 없이 아들은 아버지 곁을 영원히 떠났다. 그의 나이 만 스무 살이었다.

이 책을 쓰기 위해 그동안 수많은 인터뷰를 했지만, 이 대목을 취재하는 일은 내게 정말 괴롭고 아픈 일이었다. 그리고 선생께서 이미 SBS의 〈힐링캠프〉 등, 여러 프로그램에서 이에 관해 상세한 진술을 했기 때문에, 나는 선생께 이 부분에 관해서는 별도의 인터뷰를 하지 않고 방송을 참조해서 기술하겠다고 말했다. 선생의 가장 아픈 부분을 다시 건드리기 싫어서였고, 선생을 다시는 울리기 싫어서였다. 그러나 선생은 슬픔을 안으로 누르며 내게 아들이 사망하게 된 과정을 상세하게 설명해주었다.

아직 언론에 공개되지 않은 사실을 하나 추가하자면, 아들의 사고 당시 목격자가 있었다는 것이다. 그리고 그 목격자는 바로 MC 허참이다. 하필이면 그 시간에 같은 방향으로 차를 몰고 가던 허참은 선생의 아들이 트럭에 받히어 사고를 당하는 장면을 눈앞에서 생생히 목격했던 것이다. 그리고 허참을 위시로 하여 주변의 목격자들의 증언을 종합하면 사고를 일으키고 뺑소니 친 트럭 운전자를 찾아내는 것은 어려운 일이 아니었다. 그러나 송해 선생은 추적을 포기했다. 나는 선생께 그 이유를 물었다. 그는 참았던 울음을 터뜨리며 말했다.

"트럭을 운전하는 사람이면 생활이 넉넉한 사람은 아니었겠지. 내가 그 사람을 찾으면 그 사람 가족은 또 무슨 수로 생계를 유지하냐고. 그래서 포기했우. 그리고 예로부터 악연은 반복된다는 말이 있잖우. 나쁜 일로 그 사람을 다시 만나고 싶지 않았어. 그리고 우리 아들에게 전혀 과실이 없다고 할 수도 없고 말이야."

선생은 어느 자리에서고 아들 이야기만 나오면 눈물을 억제하지 못한다. 2015년 현재를 기준으로 벌써 28년 전의 이야기이다.


아들을 잃고 송해는 큰 실의에 빠진다. 당시에 〈가로수를 누비며〉를 진행하고 있던 송해는 사회자의 역할만이 아니라 디제이DJ의 역할까지 하고 있었다. 음악을 방송으로 내보내려면 직접 LP 음반을 골라 턴테이블에 거는 일도 그의 몫이었다.

그는 방송 중에 자신도 모르게 음반을 바닥에 떨어뜨리기도 하고 이외에도 잦은 실수들이 여기저기서 반복되었다. 방송을 하면서도 정신은 아들 생각에 늘 다른 곳에 가 있었기 때문이었다. 가슴에는 슬픔이 가득 차 있는데 입으로는 코미디를 하면서 웃어야 했다. 게다가 아들을 교통사고로 잃고 교통방송을 한다는 것에 대해서도 큰 자괴감이 들었다. 그리하여 그는 십여 년 정들었던 프로그램인 〈가로수를 누비며〉에서 하차를 결심한다.

그러던 중 1987년 하반기부터 〈전국노래자랑〉 연출을 맡고 있던 안인기 PD로부터 연락이 왔다. 송해에게 〈전국노래자랑〉 사회를 맡아 달라는 것이었다. 송해는 처음에는 고사를 하였다. 그러나 안인기 PD의 간곡한 부탁에 따라 1988년 5월, 송해는 드디어 〈전국노래자랑〉에 사회자로 탑승한다.

안인기 PD는 배우 안성기의 친형이고, 안인기의 아버지는 PD 출신이자 영화제작자로 송해와 오랜 막작 친구였다. 안인기는 아들을 잃고 시름에 잠긴 송해를 설득했다. 그보다 더 큰 고통을 당한 사람들의 예를 들면서 송해를 위로했다. 더 이상 슬픔에 잠겨 있지 말고 툭툭 털고 일어나 자신과 "야전 부대"나 하면서 전국을 떠돌아다니고 바람이나 쐬자고 송해를 설득했다. 안전사고로 아들을 잃고 교통방송을 계속 진행하기가 마뜩지 않았던 송해는 이렇게 해서 정든 〈가로수를 누비며〉와 작별하고 〈전국노래자랑〉의 MC로 새로운 인생을 시작하게 된 것이다. 그의 나이, 61세 때의 일이다.

당시 안인기는 〈가로수를 누비며〉의 '노래경연' 공개방송을 보면서, 〈전국노래자랑〉의 영원한 '터줏대감'이 될 미래의 송해를 읽어버린 것이다. 그의 혜안에 축복 있을진저. 어떻게 보면 아들의 죽음을 계기로 송해는 인생의 새로운 출구를 찾았다고 할 수 있다.

결국 〈전국노래자랑〉은 아들이 세상을 뜨면서 아버지에게 남겨준 지상 최대의 선물이었던 것이다.

# 잘 노는 법, 하위주체들의 축제

# #40 현재

많은 사람들이 〈전국노래자랑〉의 '모태'를 1971년 시작된 〈KBS배쟁탈 전국노래자랑〉으로 간주한다. 이 프로그램이 이후 〈KBS노래자랑〉으로 이름이 바뀌었다가 1980년부터 오늘날의 〈전국노래자랑〉으로 '재탄생'되었다는 것이다.[49] 그러나 이는 잘못된 것이다.

〈전국노래자랑〉의 외양만 보면, 그리고 사회자 송해를 배제하고 보면 이 주장은 옳다. 그러나 가수를 뽑는 오디션 프로그램이 아니라 '하위주체the subaltern', 소위 '서민들'의 축제라는 〈전국노래자랑〉의 정신과 사회자 송해를 중심에 넣고 생각할 때, 〈전국노래자랑〉의 실질적 기원은 송해가 매주 일요일 아침 십여 년간 사회를 보았던 〈가로수를 누비며〉의 공개방송이었다.

이 공개방송에 출연하는 운전자 가족들은 가수가 되기 위해서가 아니라, '함께 놀기 위해서' 무대에 올랐다. 그리하여 무대에서 벌어지는 다양한 실수나 과장된 제스처, 즉흥적인 애드리브들은 죄가 되지 않았다. 그것들은 오히려 민중적 축제를 구성하는 훌륭한 재료들이었다. 사회자 송해 역시 숨 막히는 경쟁, 대결의 오디션 진행자가 아니라, 이들의 삶 속으로 들어가 그들과 함께 울고 웃으며 '민중적 웃음'을 만들어내는 매개자였다.

〈KBS배 쟁탈 전국노래자랑〉은 가수를 뽑기 위한 오디션 프로그램이었기 때문에 이와 같은 〈전국노래자랑〉 본연의 정신이 처음부터 결핍되어 있었다. 그러나 〈가로수를 누비며〉 공개방송은 출발부터 서민들의 '잔치'로 시작되었으며, 그 정신은 오늘날까지 〈전국노래자랑〉의 가장 핵심적인 동력으로 가동되고 있는 것이다.


앞에서 이야기했듯이 〈전국노래자랑〉 초기와 송해가 〈전국노래자랑〉에 뛰어들 무렵의 사회적 분위기가 매우 달랐다. 〈KBS 연감〉을 보더라도 1981년에는 〈전국노래자랑〉의 기획의도를 "오락을 통한 국민화합의 길을 마련함"으로 명시한 것에 반하여, 1991년에는 "전국을 순회하며 지역문화의 소개와 아울러 예선을 거쳐 출연하는 아마추어 가수들의 익살, 코믹스런 연기, 노래 퍼레이드와 함께 인기가수의 출연과 사회자의 위트 있는 진행 등으로 구성"한다고 그 취지를 설명하고 있으며, 1990년대 중반에는 아예 "지역주민들의 흥겨운 잔치와 재미를 추구"한다고 적혀 있다.[50]

1981년 〈KBS 연감〉에서 말하는 '오락을 통한 국민화합의 길'이라는 표현은 당시 〈전국노래자랑〉이라는 오락프로그램에 관철되고 있던 신군부의 정치적 의도를 잘 보여준다. 그러나 1988년 송해가 〈전국노래자랑〉에 탑승한 이후 〈전국노래자랑〉은 정치로부터 훨씬 자유로워지며, 이에 힘입어 독특한 민중적 축제의 형식으로 발전해간다.

# #41 과거. 1988년. 경상북도 성주

송해 선생이 처음으로 〈전국노래자랑〉의 마이크를 잡은 것은 1988년(61세), 경상북도 성주 편에서였다. 성주는 한때 남인수(1918~1962)와 쌍벽을 이루었던 가수 백년설(1914~1980)의 고향이기도 하다. 안인기 PD의 설득으로 〈전국노래자랑〉의 무대에 처음으로 올라갔던 선생은 그러나 첫 무대에 대해 자기가 "뭘 했는지 잘 모를 정도"로 정신이 없었다고 고백한다. 시쳇말로 도대체 '감'이 안 오더라는 것이다.

선생은 그로부터 약 3년 동안 바로 그 "감"을 잡기 위해 그야말로 치열한 노력을 전개했다. 그러나 첫 무대에서부터 그가 능숙한 진행을 못했을 리가 없다. 선생은 〈전국노래자랑〉에 서기 이전에 무려 30여 년간 각종 무대에서 단련된 사람이다. 게다가 〈전국노래자랑〉 사회를 보기 직전까지 그와 아주 유사한 형식의 〈가로수를 누비며〉 노래경연 공개방송을 수십여 년 진행해온 경력의 소유자이다. 그렇다면 무엇이 선생을 노심초사하게 했을까.

그것은 바로 완벽을 향한 선생의 집념이다. 앞에서도 말했지만, 선생은 자신이 맡은 무대의 아주 사소한 결함조차도 절대 용납하지 않는다. 그것이 자신의 문제라면 철저하게 자책을 하고, 남의 문제라면 철저하게 비판한다. 그간 〈전국노래자랑〉을 거쳐 간 300여 명의 PD 중 '안 싸운' 사람이 한 명도 없다는 사실은, 그의 성정이 유달리 사나워서가 아니고 바로 완벽을 향한 이 집념 때문에 생긴 일이다. 선생은 자기 자신에게도 이렇게 철저해서 문제가 발생하면 밤잠을 설치고 그 생각에서 벗어나지 못한다. 선생의 표현을 빌면 '한 3년 그렇게 하고 나니 길이 보이더라'는 것이다.

　선생은 1988년부터 1991년에 이르는 3년 동안 〈전국노래자랑〉의 정신을 세우고, 실천하고, 발전시켰다. 앞에서도 말했지만 1987년을 기점으로 사회적 분위기가 바뀌면서 대중들의 자기 표현 방식도 크게 변하였다. 선생의 회고에 따르면, 초기만 하더라도 참가자들은 천편일률적이었다. 여성들은 대부분 파마머리에 한복 차림이었고, 남성들은 넥타이에 양복 차림이었다. 무대에 서면 경직된 자세로 기를 펴지 못했다.

　그러나 1988~1991년 사이에 참가자들의 패턴에 엄청난 변화가 생겼다. 한마디로 문화적 '엄숙주의'가 점점 사라진 것이다. 그들은 패션뿐만 아니라, 몸짓, 선곡 등 모든 면에서 구애받지 않고 자신을 점점 더 자신 있게 표현하기 시작했다.

　왜 이런 일들이 벌어졌는가. 권위적이고 강압적인 사회 분위기가 한물 간 것도 원인이었지만, 이런 변화의 근저에 송해라는 "오빠", "영아"가 있었기 때문이기도 하다. 코미디언 출신인 그는 발끝부터 머리끝까지 '나쁜' 권위를 싫어한다. 〈전국노래자랑〉 참가자들과 송해는 정서적으로 '한패'가 되어, 그때까지 우리사회를 지배해온 나쁜 서열과 권위와 위계와 편견을 무너뜨리는 데 일조했다. 코미디의 큰 힘 중의 하나는 웃음으로 가짜 권위를 무력하게 만드는 것 아닌가.

# #42 현재. 충남 태안

시청자들이 보지 못하는 또 하나의 〈전국노래자랑〉이 있다. 그것은 바로 예심이다. 보통 녹화가 있기 이틀 전에 벌어지는 예심은 본방송을 위한 녹화 때보다 규제가 훨씬 덜하다. 당연하지 않은가. 참가자들의 수준 역시 아직 필터를 거치지 않았으므로 훨씬 더 천차만별이다. "본심 보다 예심이 더 재미있다"는 소문은 바로 이런 조건 속에서 나오는 것이다. 물론 예심에는 우리의 "송해 오빠"가 없기 때문에 "앙꼬 없는 찐빵"이지만 말이다.

〈전국노래자랑〉이라는 지역축제는 어쨌든 녹화 당일이 아니라 이미 예심 때부터 시작된다. 그러나 예심이라고 우습게 보면 안 된다. 예심에도 나름 엄격한 형식이 있다.

내가 충남 태안 군청에 벌어진 〈전국노래자랑〉 예심을 참관했을 때였다. 예심 시작 시간인 오후 1시가 되자, "전국 노래자랑"을 외치는 송해의 목소리와 함께 그 유명한 오프닝 팡파르가 울려 퍼졌다. 금방이라도 "송해 오빠"가 무대에 뛰어나올 듯한 분위기였다. 군청 강당을 가득 메운 예심 참가자들과 그것을 보러 온 관객들이 환호성을 질렀다. 실제 〈전국노래자랑〉의 녹화현장을 방불케 하는 분위기였다.

1차 예심과 2차 예심 사이, 그리고 2차 예심 후 합격자를 발표하기까지의 막간에는 지역의 가수들이 나와서 노래를 부름으로써 무대의 공백을 메웠다. 말하자면 〈전국노래자랑〉의 작가와 피디들은 방송에 나가지 않는 예심에도 나름의 공연형식을 부여함으로써 〈전국노래자랑〉의 '위엄'을 보여주고 있었던 것이다.

본심에는 통상 15~16명이 진출한다. 예심에는 적게는 200~300명에서 3,000여 명이 출연하기도 한다. 예심은 보통 오후 1시에 시작하는데 인원이 많은 경우 다음날 새벽 1시까지 진행되기도 한다. 경쟁이 장난이 아니어서 송해 선생의 표현을 빌면 어떤 때는 "서울대 들어가는 것보다 어렵다."

예심 시작과 동시에 작가가 무대에 올라 〈전국노래자랑〉의 취지와 예심의 진행방식에 대해 소개를 한다. 여기에서도 작가는 〈전국노래자랑〉이 가수를 뽑는 오디션 무대가 아님을 주지시킨다. 물론 노래도 잘해야 하지만 〈전국노래자랑〉은 노래 '선수'를 뽑는 자리가 아니라, 노래를 매개로 지역주민들이 함께 어울리는 놀이마당이라는 것이다. 그러므로 심사의 기준도 노래실력만이 아니라 다수 관객의 '재미'를 유도할 수 있는 몸짓, 말솜씨 등이 모두 포함된다.

1차 예심은 반주가 없이 진행되는데 (그래서 출연자로서는 더욱 어려운 무대인데) 예심을 통과하면 물론 '합격'이라는 말을 듣지만, 불합격하면 '불합격'이라는 말 대신 '수고하셨습니다'라는 멘트가 날아간다. 그러므로 잘 놀지 않고(?) '수고하면' 떨어지는 것이다.

예심 참가자들은 방송 카메라가 돌아가고 있지 않으므로, 그리고 본선 무대의 '공식성'이 부재하므로, 예심 무대에서 정말이지, 아무렇게나, 심하게, 막 논다. 시작부터 끝날 때까지 박수와 웃음이 끊이지 않는다.

이날 태안에서 벌어진 예심은 약 5시간 정도 걸렸는데 지루하기는커녕 너무 웃겨서 찔끔찔끔 눈물이 날 지경이었다. 자기 이름을 잊어버린 총각부터 시작해서, 노래를 부르다 관객석을 향해 고무신을 벗어 던지는 아주머니, 술에 취해 몸을 제대로 가누지 못하는 할아버지, 예선에 탈락하자 합격시켜줄 때까지 무대에서 내려가지 않겠다며 아예 무대에 누워버린, 노란 한복을 입은 60대 아줌마, 합격될 가능성이 200%(?) 없는 노래실력으로 너무나도 진지하게 노래를 부르던 중년 아저씨까지, 무대는 그야말로 원칙을 세우기 어려운 다양한 목소리들로 가득 찼다. 관객들 역시 시종일관 깔깔거리고, 낄낄거리고, 껄껄거리며 출연자들과 하나가 됐다.

온전히 유쾌한 웃음밖에 없는 시간이고 공간이었다. 그 와중에 나는 출연자들과 관객들의 얼굴마다 그려져 있는 생의 지도들을 문득 훔쳐보게 되었다. 노동과 절망과 분노와 좌절, 기쁨과 보람과 감동과 피로, 그리고 희망과 후회와 감사와 용서 등, 희노애락의 긴 열차가 세월을 따라 지나간 흔적들이 거기 참가한 모든 사람들의 얼굴에 깊게 그려져 있었다. 내 얼굴에도 그런 세월의 지도가 점점 더 깊이 새겨지고 있다.

그러나 지금 이 순간, 나와 저들의 얼굴에는 다른 모든 고단하고 슬픈 단어들이 다 지워지고 오로지 유쾌한 웃음의 깃발만이 펄럭이고 있는 것이다. 이 잠깐의 시간이 지나면, 저들은, 그리고 나는, 고개를

〈전국노래자랑〉 예심을 지켜보고 있는 관객들

숙이고 다시 삶의 '전쟁터'로 돌아갈 것이다. 거기에서 저들은 그리고 나는 또 얼마나 피로하고 힘든 생애를 다시 버텨야할까.

낄낄거리며 웃다가 나도 모르게 울컥 설움이 돋다가, 또 낄낄거리다 보니 예심이 어느덧 끝나 있었다. 관객들과 함께 나도 고개를 숙이고 다시 세상 밖으로 나갔다. 거기 태안 군청 앞 골목의 어느 선술집에서 소주 한 병을 앞에 놓고 나는 생각했다. 세상의 모든 비애여, 우리에 게도 웃음이 필요하다. 웃는 게 죄냐. 우리의 웃음을 악용하는 모든 체 제들이여, 벌 받을지어다. 그리고 나와 함께 여기 태안에서 '잠시' 웃던 모든 사람들에게 평화와 축복이 있기를!

# #43 현재. 충북 괴산

충북 괴산에서 예선을 할 때의 이야기이다. 수많은 예선 참가자들 중에 유독 눈에 띄는 사람이 있었다. 그는 대충 보아도 70 중반은 되 어 보이는 노인이었다. 바짝 마른 몸매에 농사일로 검게 그을린 얼굴 의 이 할아버지는 어쩌나 신명이 좋은지, 무대에 올라와 주위를 완전 히 의식하지 않고(무시하고!) 몰아지경에서 말 그대로 '신나게' 놀았다. 잘 노는 데다 노래도 수준급이어서 〈전국노래자랑〉의 무대에 아주 적 합한 출연자였다.

그러나 20년여의 경험으로 그의 '신명'이 술 때문이라는 사실을 이미 감지한 작가는 그에게 연이어 노래를 시켜보고 이리 저리 말을 걸어보았다. 출연자를 제대로 '파악'하기 위해서였다. 그는 덩실덩실 춤을 추면서 작가가 주문하는 대로 1세대 트로트 여러 곡을 신명나게 계속 불러댔고, 관객들은 갈수록 열광했다(그는 그날 최고의 인기 가수였다!). 마침내 작가가 이 노인에게 말을 붙여보았다.

작가: "소주 몇 잔 드셨어요?"

노인: "딱, 한 잔 먹었슈."

　　(작가의 얼굴을 쳐다보더니 겸연쩍게 웃으며 말을 바꾼다)

　　"아니, 아니… 안 먹었슈."

작가: "무슨 농사 지세요?"

노인: "고추농사, 담배농사, 깨농사… 뭐 다 지쥬.
　　근디 그건 왜 물어유?"

　　(관객들, 갈갈갈 웃는다)

작가: "농사짓지 않고 맨날 놀러 다니시는 것 같아서요." (다시 묻는다)
　　"그 외에 또 뭘 하세요?"

노인: "아무거나 해유."

작가: (노인의 말투를 흉내 내며) "그럼 농사는 언제 져유?"

노인: "다 져유."

작가: (여전히 노인의 말투를 흉내 내며) "술 안 드시고 다 져유?"

노인: (손사래를 치며) "안 먹었슈."

노인의 순서가 끝나고 노인이 무대에서 내려왔다. 그는 건물 밖으로 나갔다. 나는 취재 정신(?)을 발휘하여 그의 뒤를 바로 쫓아갔다. 밖으로 나오자마자 노인은 대뜸 담배부터 빼어 물었다. 나는 그에게 다가갔다.

나: "어르신, 노래를 어쩜 그렇게 잘 하세요?
　　근데 박자가 약간 늦는 것 같던데요?"
노인: "원래 충청도가 늦어유."
나: "어르신, 진짜 한 잔도 안 드시고 그렇게 노래를 잘 하셨어요?"
노인: (키득거리며) "아니유. 동상들과 한 잔 했슈." (충청도에서 '동상들'이라는 사투리는 친동생들을 가리키는 경우도 있지만, 보통은 자신보다 나이가 어린 동네 후배들을 지칭하는 말이다.)

노인은 결국 1차 예심을 통과했다. 그리고 그가 2차 예심에 등장했을 때 강당을 메운 관객들은 박수를 치고 환호를 하며 그에게 다시 열광했다. 그는 이날의 스타였다. 노인은 한바탕 또 흥겹게 잘 놀아주었다.

그는 2차 예심까지 통과하고 마침내 본선에 진출했다. 본선에 진출한 참가자들을 모아놓고 작가가 녹화와 관련해서 여러 가지 주의사항과 당부사항을 설명했다. 치열한 경쟁을 뚫고 〈전국노래자랑〉 본선에 진출했다는 감격에 젖은 출연자들이 상기된 얼굴로 그의 말을 경청했다. 작가가 그 노인에게 특별히 당부했다.

"어르신, 내일은 진짜 술 드시고 오시면 안 돼요."

"아, 알았슈. 알았다니까."

녹화 당일이 되었다. 출연자들이 앉아 있는 곳에 가니 노인이 앉아 있었다. 그런데 아, 그의 얼굴은 "화무는 십일홍이요, 늙어지면 못 노나니, 얼씨구, 절씨구" 하던 어제의 모습이 아니었다. 그의 얼굴은 알 수 없는 긴장으로 잔뜩 경직되어 있었다.

나는 바로 직감했다. 노인은 의외로 '범생이'여서 작가의 말대로 술 한 잔 하지 않고 출정했던 것이다. 마침내 순서가 돌아와 그는 무대로 올라갔고, 무대에서 그는 어제 예선 때의 신명을 전혀 보여주지 못했다. 주신酒神에게 버림받은, 영혼 없는 노래가 공허하게 무대에 울려 퍼졌다. 아, 나는 새삼 '술의 위력'을 실감했다. 그 많던 소주는 누가 다 먹었는가. 누가 그에게서 술을 빼앗아갔는가.

# 자유와 해방의 무대

송해의 인생을 돌이켜보면 그 모든 것이
수십 년의 세월을 거쳐 마치 '퍼즐 맞추기'처럼
〈전국노래자랑〉을 향해 꿰맞추어져 있다.

# 〈전국노래자랑〉-주변부의 반란 혹은 문화적 해방구

# #44 현재

앞에서도 몇 차례 언급했지만, 〈전국노래자랑〉을 보면 자꾸 바흐친(Mikhail Bakhtin, 1895~1975)의 '카니발Carnival' 이론이 떠오른다.[51] 중세 유럽의 민중 축제인 카니발과 현대의 한국판 서민들의 잔치인 〈전국노래자랑〉 사이에 일종의 '친족 유사성family resemblance'이 존재하기 때문이다. 엄숙하고 권위적인 기독교 문화가 지배하던 중세 유럽에는 각종 기독교 절기들 사이에 다양한 형태의 축제(카니발)들이 있었는데, 이 축제들은 일종의 문화적 해방구 역할을 하였다.

공식문화가 수직적 서열에 토대하여 권위적인 목소리로 다수의 목소리를 억압하는 문화라면, 카니발은 평등을 지향하며 모든 사람들이 기죽지 않고 각자 자기 목소리를 내는 해방의 공간이다.

카니발 안에서 모든 서열은 무너지며 억압당했던 것들은 해방되고, 무시당했던 것들은 존중받는다. 중세 프랑스에서 유행했던 "바보제 Feast of Fools"는 그 대표적인 예이다. 바보제의 공간 안에서는 심지어 중세 교회의 하위관리들조차 교회의 신성한 종교 의식을 야유하고 조롱하는 것이 허락되었다. 그들은 엄숙한 법복 속에 숨겨져 있는 '웃음 거리'를 꺼내 스스로 '바보'가 되었으며, 이 바보됨에 의하여 권위적 공식 문화는 희화화되었고, 모든 형태의 가식과 위선들은 발가벗겨졌다.

관료적인 중세의 공식 문화public culture가 엄격한 서열과 권위, 체면과 질서를 중시한다면, 카니발은 공식문화의 권위적이고 위선적인 문법을 교란시킨다. 공식 문화가 관료적이라면 카니발 문화는 민중적이다. 공식 문화가 단성적monophonic이고 독백적monological이라면, 축제적 민중 문화인 카니발은 다성적polyphonic이고 대화적dialogical이다.

이런 의미에서 카니발은 다수 민중들의 "유쾌한 상대성jolly relativity"이 살아 있는 문화 공간이다. 카니발은 위/아래, 고급/저급, 무대/관객, 중심/주변, 남성/여성, 늙은이/젊은이, 칭찬/욕설, 고상함/천박함, 세련됨/촌스러움, 고급/저급 같은 (모든 형태의) 이분법이 가지고 있는 위계와 차별의 문화를 부정한다. 그리고 이 교란과 전복subversion의 수단은 바로 '민중적 웃음popular laughter'이다.

민중적 웃음은 카니발의 공간 안에서 다수의 민중들이 스스로를 망가뜨리고 격하시키는 지점에서 발생된다. 그들은 과장된 몸짓과 우스꽝스러운 유머를 통하여 스스로를 격하시키며 그것을 통하여 동시에 위선과 위계와 권위의 공식 문화를 조롱한다. 민중적 축제의 공간에

선생이 〈전국노래자랑〉 본선 참가자들에게 방송 진행을 설명하고 있다.

서 일어나는 이와 같은 교란, 전복의 모든 문화적 양식을 바흐친은 "카니발레스크carnivalesque"52라고 정의한다. 그러므로 카니발레스크는 중세의 카니발에서 끝나는 것이 아니라, 라블레F. Rabelais로 대표되는 르네상스 시대의 문학을 거쳐 도스토예프스키에 이르기까지, 그리고 문학뿐만 아니라 대중문화의 다양한 형식을 통해 유구히 이어지고 있는 문화 양식cultural pattern이다.

우리는 〈전국노래자랑〉에서 이와 같은 카니발레스크의 정신을 얼마든지 읽어낼 수 있다.


어느 지역에서 〈전국노래자랑〉이 열렸을 때이다. 나는 평소와 마찬가지로 녹화 하루 전날 송해 선생과 함께 녹화현장으로 내려갔다. 저녁이 되자 그 지역 군수가 마련한 저녁모임이 그 지역의 한 음식점에서 조촐하게 열렸다.

군수와 군청직원들을 통해 그 지역에 대한 다양한 정보들이 선생에게 전달되었다. 그리고 여느 때와 마찬가지로 PD와 작가들이 군수에게 다음날 녹화할 때 무대에 올라 군민들에게 인사말을 하고 겸하여 노래 한마디를 해줄 것을 청하였다.

사실 〈전국노래자랑〉의 거의 모든 녹화에 이런 절차가 마련되어 있다. 군수가 군민들과 함께 어울리고 소통하는 '귀한' 자리를 마련하자는 취지 때문이다. 물론 이 장면은 항상 '편집'되어 〈전국노래자랑〉의 실제 방송에는 나가지 않는다.

그러나 이날 PD와 작가의 이 요청은 거절되었다. 군수의 말인즉, 군수의 체면이 있지 군민들 앞에 나가 (방정맞게) 노래를 부른다는 것은 말이 안 된다는 것이었다. 덕분에 이날 모임은 식사와 함께 몇 차례의 술잔이 '형식적'으로 돌고 나서 일찍 끝났다. 우리의 "송해 엉아"가 '뿔따구'가 난 것이다. 모임이 파하고 호텔로 돌아오는 자리에서 선생은 내게 말했다.

"세상이 어떤 세상인데… 저 사람(군수를 가리키는 말) 아직 덜 부숴졌어. 군민이 없는 군수가 어디 있어."

다음날 녹화 때, 선생의 "올리지 마"라는 '명령'에 따라 그 군수는 모처럼 무대에 올라 수천 명의 군민들에게 인사를 할 수 있는 '특혜'를 부여받지 못했다. 말하자면 이날 그 군수는 〈전국노래자랑〉의 정신에 정면으로 위배되는 행동을 함으로써, 수천 명의 군민들이 모인 그 지역 최대의 잔치에 (적어도 정서적으로는) '초대 받지 않은 손님'이 된 것이다.

한번은 다른 지역의 녹화 현장에서 벌어진 일이다. 평소처럼 무대감독이 리허설을 포함해 모든 녹화준비를 끝낸 직후였다.

선생이 무대로 올라갔다. 평소처럼 녹화가 시작되기 30분 전이었다. 이것은 늘 있는 일이다. 선생은 무대감독이 모든 것을 정리한 이후에도 다시 올라가 '완벽한' 녹화를 위해 모든 것을 일일이 다시 점검한다. 그것도 엄숙주의의 모든 외관을 다 집어 던지고 말이다. 선생은 무대에 올라갈 때 아무런 인사도 없이 바로 노래를 부르면서 등장한다. 선생을 기다리던 관객들은 선생의 갑작스런 등장과 동시에 울려 퍼지는 '풍악'과 노래 소리에 흥분하고 열광한다. 그들의 얼굴은 '민중적 웃음'으로 가득 찬다.

노래를 끝낸 선생이 녹화의 진행과정에 대해 관객들에게 설명을 하려던 찰나였다. 군청 직원 두 명이 포개진 플라스틱 의자 몇 개를 들고 무대 아래 객석 제일 앞자리에 와서 서성거렸다. 눈치를 챈 선생이 마이크를 든 채 그들에게 물었다.

송해 선생: "지금 뭣들 하는 거유?"

직원들: "아, 네. 이 지역 국회의원과 군수님, 군의원들께서 앉으실 자리를 만들려고요."

선생은 (관객들에게 들리지 않도록) 마이크를 옆으로 돌리고 그들에게 호통을 쳤다. 당황한 그들이 의자를 들고 서둘러 밖으로 나갔다. 나쁜 위계를 허무는 일은 심히 통쾌하다. 이 모습을 바로 옆에서 보고 있자니 '짜릿'했다.

선생은 〈전국노래자랑〉의 주인공은 행정 관료들이 아니라 바로 군민들(시민들)이라고 늘 말한다. 그래서 모든 〈전국노래자랑〉의 녹화현장에 그 지역 지자체장들이나 행정 관료들을 위한 로얄석(특별석)은 아예 없을 뿐만 아니라, 그들에 대한 '차별화된' 어떤 배려도 존재하지 않는다. 굳이 있다면 입상자 발표 후 '최우수상' 수상자에게 메달과 부상을 전달하는 기회를 주는 정도가 전부이다.

그리하여 녹화가 진행 중일 때, 지자체장들은 관객석 중간 어디쯤 끼어 앉아 있거나, 아니면 음향을 관리하는 천막의 한 귀퉁이에 다른 군민들과 하등 다를 바 없는 자세로 앉아, 같이 까불고 떠들고 '망가질' 것을 권유 받는다. 이것이 〈전국노래자랑〉의 평등의 정신이고, 카니발 정신이다.

〈전국노래자랑〉에는 막말로 '위아래'가 없다. 말하자면 권위가 들어설 자리가 없다는 말이다. 우선 송해 자신부터 망가진다. 송해는 스스로를 격하시킴으로써 관객과 출연자를 모든 형태의 긴장으로부터 해방시킨다. 중심이 무거워지면 주변도 따라 무거워지고 그렇게 되면 모두들 잘 '놀' 수가 없다. 송해는 자기 자신을 탈중심화시킴으로써 무대를 자유롭게 만든다. 3살짜리 유아부터 115세의 할머니까지, 아무도 그와의 소통을 두려워하지 않는다.

출연자가 송해의 입에 김치를 넣어주다가 장난기가 돋아 시뻘건 양념장을 송해의 얼굴에 '처바르면서' 낄낄거려도, 송해는 그냥 "앗, 따거, 따거" 하면서 너스레를 떨 뿐이다. 무대에 올라온 그 누구도 마음만 먹으면 송해의 아기처럼 통통한 볼에 얼마든지 '뽀뽀'를 할 수 있다. 심지어 뽀뽀를 해도 되냐는 출연자의 질문에 송해는 "뭘 그런 걸 묻고 그러우, 그냥 슬쩍 하면 되지"라고 답한다. 그렇게 해서 여성 출연자의 빨간 립스틱 자국이 선명하게 찍힌 상태에서 녹화가 계속 진행되기도 한다.

심지어 어느 여성출연자는 자신의 스타킹을 벗어 송해의 머리에 망사처럼 씌워놓고 깔깔거리며 웃은 적도 있다. 우스꽝스러운 모자나 의상, 가령 몸빼나 울긋불긋 야한 밸리댄스복을 송해에게 입혀 놓고 출연자와 관객들이 낄낄거리는 경우는 다반사다. 어느 병원에서 나온 남자 간호사들은 커다란 모형 주사기를 들고 나와 송해의 엉덩이에 주사를 놓겠다고 엄포를 놓기도 했는데, (연기이지만) 송해 '어르신'은 엉덩이를 손으로 가린 채 무대 위를 뱅뱅 돌며 도망 다녔고, 간호사들은 그의 뒤를 쫓아다니며 깔깔거리고 웃어댔다.

온천이 있는 어느 지역의 한 출연자는 송해를 의자에 앉혀놓고 어린애처럼 앞치마를 송해의 목에 걸쳐 놓은 후, 마치 어머니가 어린 아이를 씻기듯이, 가지고 온 온천물로 송해의 얼굴을 닦아주기도 했다. 그러다 코를 풀라 하면 송해는 마치 어린애처럼 흥, 하고 코를 푸는 시늉까지 한다.

그러나 생각해보라. 송해의 나이가 내일 모레면 아흔이다. 게다가 그는 국내에서 최고의 지명도를 가지고 있는, 가장 유명한 연예인이다. 이 나이에 제대로 활동 중인 연예인도 사실 송해밖에 없지만, 세상에… 국내에 나이 지긋한 어떤 연예인을 일반인들이 이렇게까지 '가지고 놀(?)' 수 있는가.

이것은 〈전국노래자랑〉의 송해만이 가지고 있는 매우 독특한 캐릭터가 아닐 수 없다. 그를 향한 다양한 애칭들, "송해 오빠", "송해 형님", "송해 오라버니", "송해 엉아" 등은 그만이 가지고 있는 이 같은 유일무이한 존재성에 붙여진 매우 각별한 이름들이다. 그는 나이, 신분, 계층, 학력, 그리고 성별 등, 그 모든 위계를 스스로 무너뜨림으로써 대중들과 하나가 된다.

대중의 입장에서 보면 송해의 이와 같은 '무장해제'가 가져다주는 큰 즐거움이 있다. 그것은 바로 '횡단의 쾌락pleasure of transgression'이다. 송해의 외모를 가만히 관찰해보라. 한마디로 그는 '만만하게' 생기지 않았다. 사실 그의 외모는 매우 엄숙하고 권위적이며, 범접하기 힘든 어떤 아우라aura가 있다. 만일 그를 모르는 사람이 있다면(대한민국 국민 중에는 단 한 사람도 없을 가망이 크지만), 그를 '근엄한' 학자라고 소개해도 아마 다 믿을 것이다. 그를 공식 문화의 대표주자들인 국회의원이라고

〈전국노래자랑〉 전라남도 곡성군 편, 녹화 직전의 송해. 대중들은 이 근엄한 상징이 스스로를 '망가뜨릴' 때, 횡단의 쾌락을 경험한다.

해도 아마 다 믿을 것이다.

말하자면 그는 '코미디언'이라는 선입견이 주는 가벼운 인상을 가지고 있지 않다. 그의 외모는 근엄한데, 그 근엄을 언제든지 무너뜨릴 자유와 권리가 대중에게 있는 것이다. 이것이 중요한 것이다. 만만한 인간을 만만하게 횡단할 때 거기에는 아무런 쾌락이 없다. 그러나 전혀 만만하지 않은, 점잖고 근엄하고 게다가 나이까지 지긋한 '어르신'을 아무런 경계 없이 허물 때, 대중들은 희열과 해방을 느낀다.

이것이 내가 말하는 "횡단의 쾌락"이다. 그리고 이 횡단의 쾌락은 출연자들뿐만이 아니라 관객들, 그리고 일요일 점심때쯤 옹기종기 텔레비전 앞에 앉아 있는 시청자들도 다 함께 공유하는 것이다.

사실 대중들은 평소에 얼마나 많은 권위와 위세에 주눅 들어 있는가. 이 세상엔 얼마나 잘나고 힘 센 사람들이 많은가. 그것을 어떻게 감히 무너뜨릴 것인가. 송해의 몸은 이와 같은 권위와 엄숙주의의 상징이다. 그러나 이 상징은 의외로 쉽게 무너져줌으로써, 대중들에게 상상적 차원에서의 해방과 전복과 횡단의 쾌락을 선사하는 것이다.

사실 모든 연예인들은 몸 전체가 재산이다. 송해의 몸 역시 마찬가지이다. 엄숙하고 권위적이며 근엄한 얼굴, 푸근하고 넉넉한 인상을 주는 풍채는 통상적인 '어르신'이 가져야할 모든 것을 다 갖추고 있다. 그러나 이런 풍모를 가진 현실의 어르신들은 엄격한 경계를 가지고 있어서 함부로 치고 들어갈 수가 없다. 그냥 멀리서 예의를 갖추면서 숭앙할 수 있을 뿐이다.

그러나 송해는 그렇지 않다. 대중들은 격의 없이 그의 근엄한 몸을 횡단하면서 권위를 해체하는 상상적 쾌락을 맛본다. 그는 자신을 무너뜨림으로써 대중들의 자발성을 유도하고, 대중들 역시 가면을 다 벗어던짐으로써 〈전국노래자랑〉을 민중적 (하위주체들의) 웃음으로 가득 채운다.

송해가 이렇게 스스로를 격하시킴으로써 대중들과 "자유롭고도 친숙한 접촉(free and familiar contact)"[53]을 유도하는 것이야말로 카니발 정신이다. 송해는 〈전국노래자랑〉에 탑승하기 30여 년 전부터 자신도 모르게 이런 준비를 해왔다. 그것은 바로 코미디언으로서의 그의 경력을 말하는 것이다.

코미디언이 무엇인가. 자기를 망가뜨림으로써 대중들에게 웃음을 선사하는 사람이 아닌가. 송해는 〈전국노래자랑〉이라는 카니발레스크의 공간을 만날 생각도, 계획도 전혀 없는 상태에서 이런 준비를 해온 것이다.

거기에다가 그의 망가짐을 자연스럽게 만들어주는 또 하나의 요인이 있다면, 그것은 그의 매우 소탈한 성격이다. 앞에서도 잠깐 언급했지만, 그는 실생활에서 연예인이라는 것이 상상이 안 갈 정도로 소탈하고 소박하다.

브랜드 상품의 옷들을 거의 입지 않는 것은 물론이고 음식에 대해서도 스스로 "잡식성"이라고 말할 정도로 전혀 까다롭지 않다. 길 가다가 "송해 형님"이 호떡을 먹고 있는 것을 보았다는 한 십대 청소년의 고백은 송해의 이런 성품을 잘 보여준다. 전국의 모든 녹화지에 갈 때마다 동네 목욕탕을 찾아 스스럼없이 옷을 다 벗은 채 촌부들과 스스로 촌부가 되어 격의 없는 대화를 나누는 그의 모습이 이를 증명해준다. 그의 구두는 윤이 나도록 닦여 있는 적이 거의 없고, 〈가요무대〉와

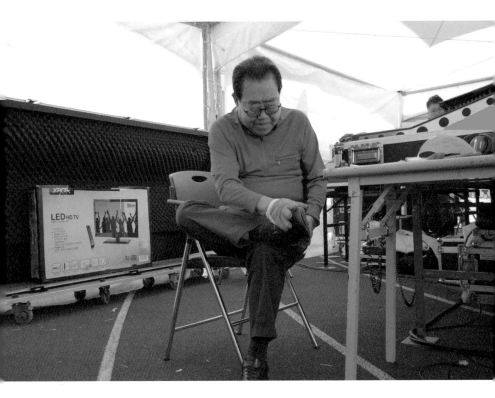

〈전국노래자랑〉 녹화 직전, 평소에 전혀 닦지 않는 구두가 이날따라 너무 지저분했는지 송해가 면장갑을 거꾸로 끼고 구두를 닦고 있다.
입고 있는 푸른 색 상의는 그날 아침 지역 장터에서 단돈 만 원에 산 것이다. 그는 그날 이 차림 그대로 무대에 올랐다.

같이 본격적인 쇼 무대 외에 〈전국노래자랑〉에서 그가 화려한 의상을 입는 경우는 거의 없다. 그의 인생과 인품 전부가 오로지 〈전국노래자랑〉이라는 민중적 축제를 위해 수십 년 동안 자신도 모르게 준비되어 왔던 것이다.

송해가 〈전국노래자랑〉을 차별과 배제가 없는 자유와 해방의 무대로 만든 것과 관련된 중요한 일화가 있다. 〈전국노래자랑〉 초기에 서울 장충체육관에서 노래자랑이 열렸을 때의 이야기이다. 많은 방송들이 장애인을 무대에 세우기 꺼려하던 시절이었다. 택시나 버스 등 대중교통도 새벽에 장애인을 태우면 "재수가 없다"며 마다하던 시절의 이야기이다.

선생은 관계자들과 논쟁 끝에 한 시각장애인을 〈전국노래자랑〉 무대에 세운다. 출연자의 딸이 아버지를 부축하고 무대로 천천히 올라왔다. 그날따라 무대에 오르는 길은 계단이 많았고, 이 기이한 광경에 관객들은 숨을 죽였다. 마침내 딸의 부축을 받고 그가 무대에 오르고 나서야 관객들은 비로소 그가 장애인임을 알게 되었다.

송해의 주문에 따라 그가 노래를 시작했다. 그는 백년설의 〈나그네 설움〉을 구성지고도 유장한 음성으로 천천히 불렀다. 17세에 시력을 잃고 통한의 세월을 살아온 그의 인생이 목소리에 덕지덕지 묻어 있었다. 노래가 끝나자 관객들은 모두 일어나 그에게 박수를 보냈다. 눈시울이 뜨거워진 송해가 그에게 노래를 다시 주문했다.

그리하여 그는 연속해서 세 곡을 계속 불렀고, 그의 '설움'에 감염된 관객들은 자리에서 일어나 눈물의 박수를 계속 보냈다. 생방송이라 1분 1초를 정확히 계산에 넣어야하는 절박한 순간에, 송해는 한 사람당한 곡이라는 룰을 과감히 깨뜨리고 장애인에게 무려 세 곡의 노래를 계속 부르게 했던 것이다. 그때 송해가 등에 식은땀을 줄줄 흘리면서도 머릿속에 끝내 놓지 않았던 생각은 바로 이것이었다.

"모두가 공평하게 놀 수 있어야 한다."

이 평등의 명제야말로 〈전국노래자랑〉을 지금까지 신화로, 전설로 살아남게 만든 정신이 아니고 무엇이랴.

송해의 "평등 정신"은 "불평등"에 토대한 주류 문화의 공식을 완전히 해체해왔다. 생각해보라. 〈전국노래자랑〉이 있기 이전에 방송은 주로 잘생긴 사람, 많이 배운 사람, 돈이나 권력이 있는 사람, 외국인이 아닌 내국인, 여성이 아닌 남성, 노인이나 어린이가 아닌 젊은이, 지방이 아니라 수도권, 장애인들이 아닌 비장애인들을 '중심'에 세워왔다. 이런 중심은 반대로 중심의 자리에서 배제된 대부분의 사람들에게 늘 선망의 대상이었고, 선망의 이면에서 그들의 '무의식적' 열등감을 끊임없이 자극해왔다. 한마디로 텔레비전에는 늘 '우리'보다 잘난 사람투성이였다는 말이다.

〈전국노래자랑〉은 이와 같은 문화적 중심/주변의 폭력적, 이분법적 서열을 교란하고 해체해왔으며, 그 중심을 누구도 독점하지 못하게 함으로써 철저하게 '탈중심화된decentered' 문화의 상징이 되어왔다.

〈전국노래자랑〉 무대에서는 외모가 훌륭한 사람들뿐만 아니라, 못생긴 사람들, 못 배운 사람들, 돈이나 권력에서 소외된 사람들, 내국인이 아닌 다문화 가정 출신의 외국인들, 가부장제 사회에서 강요된 젠더gender 역할을 수행해왔던 수많은 여성들, 늘 문화의 주변부에 있던 유아, 어린이, 노인들, 서울 중심의 문화에서 늘 관심 밖으로 밀려났던 지방문화의 소유자들, 그리고 장애인들이 아무런 거리낌 없이 자신을 표현해왔다. 소위 '하위주체들의 반란'이 일어난 것이다.

인종차별과 저임금에 혹사당하는 다문화 가정 출신의 외국인들도 〈전국노래자랑〉의 무대에서는 '공평'한 대접을 받았으며, '집안의 천사'로 순종적 '여성스러움'을 강요당해왔던 여성들도 남성중심이데올로기를 조롱하며 한 '인간'으로서 자신들의 생각과 느낌을 자유롭게 표현할 수 있었다.

〈전국노래자랑〉의 무대에서는 장애가 더 이상 부끄러움의 대상이 아니었으며, 모든 것이 서울 중심, 수도권 중심으로 가동되는 한국 사회에서 '지역 문화'가 '촌스러움'의 기표를 달고 무시되지 않았다. 첨단 문화 소비의 중심에 있는 젊은이들에게 늘 '촌빨'로 무시되어왔던 노인들도, '못 배워 서러운' 사람들도, 극빈의 삶을 사는 사람들도 〈전국노래자랑〉의 무대에서는 위축되지 않았다.

중심은 주변화되고, 주변이 중심화되는 이 놀라운 문화적 전복 subversion, 그렇다고 해서 중심화된 주변이 다시 항속적 중심의 자리를 고집하지도 않는, 그리하여 그 누구도 다른 누구를 억압하지 않으며 열등감을 조장하지 않는, 유쾌한 상대성이 '중립의 분수'처럼 울려 퍼지는 공간, 이것이 〈전국노래자랑〉의 무대이다.

이렇게 탈중심화된 〈전국노래자랑〉의 공간을 더욱 감동적이게 만드는 것은 바로 비주류로 살아온, 그래서 더 사연이 깊은 민중들의 서사(이야기)들이다. 이들의 이야기는 〈전국노래자랑〉을 오락을 넘어서 '삶이 살아 있는 축제'로 만들어준다.

〈전국노래자랑〉 2014년 연말결선 대회에서 대상을 받은 다문화 가정 출신 필리핀 출연자. 그는 일 년 동안 〈전국노래자랑〉에 출연한 '날고 기는' 내국인들을 제치고 영예의 대상을 차지했다. 〈전국노래자랑〉에는 차별이 존재하지 않는다. 그녀는 제일 맛있는 한국음식이 "삼겹살"이라며 파안대소했다.

〈전국노래자랑〉 2014년 연말결선 리허설 중인 시각장애인. 작가 정한욱(왼쪽)과 남편(왼쪽에서 두 번째)이 그 모습을 지켜보고 있다. 그녀는 후천적 장애로 서서히 시력을 상실했다고 한다. 배경 화면의 연꽃 이미지가 효녀 심청을 연상케 한다.

〈전국노래자랑〉 2014년 연말결선 리허설에서 6세 출연자와 '놀고 있는(?)' 88세 송해 할아버지.
송해의 말대로 〈전국노래자랑〉에는 '고저장단이 없다.' 이게 화평이고 위로다.

가난 때문에 뿔뿔이 헤어져 오랫동안 소식이 두절된 형제 자매들에게 "내일이 (그 사이 돌아가신) 아버지 기일"이니 이 프로를 보면 꼭 소식을 전하라는 출연자의 눈물어린 호소, 병들어 죽어가고 있는 아버지에게 보내는 '철없던' 딸의 절절한 후회와 사랑의 편지, 방송국 공채 개그맨으로 한창 꿈을 키우다 갑자기 돌아가신 아버지 대신 어머니를 돕기 위해 귀농한 한 청년의 비애, 휠체어에 앉은 채 노래 부르는 것이 유일한 즐거움이라며 쓸쓸히 웃는 40 후반의 미혼녀, 20년 전 50 후반의 나이에 출연해 '인기상'을 받았던 출연자가 이제 70 후반 할머니가 되어 다시 나와 송해에게 그 옛날에 함께 찍었던 사진을 보여줄 때, 그리고 이제 다시 나란히 늙어 같은 무대에서 선 두 노인을 바라볼 때, 관객들과 시청자들은 우리 삶의 웅숭깊은 내면과 조우하게 된다.

## 〈전국노래자랑〉 그리고 남은 이야기들

# #45 현재

해마다 초가을이면 〈전국노래자랑〉에는 독특한 관객이 나타난다.
바로 미국인 유진Rudolph Eugene Folmar이다. 현재 60 초반 초로인 그
는 1975~1978년 사이에 주한 미군으로 한국에서 근무했고, 1975년
에 현재의 한국인 부인을 만나 1976년에 결혼했다. 1981년 제대를
한 후 그는 현재 중장비 기사를 하며 미국 플로리다 주, 잭슨빌에서 부
인과 함께 살고 있다.

한국에 대한 그의 경험은 크게 세 가지로 나뉜다. 첫째는 주한미군
으로 한국에 근무할 당시 흑인이라는 이유로 한국인들에게 당한 인
종 차별의 경험이다. 둘째는 허락 받지 않고 미국에서 부인과 결혼한
후 한국을 방문했을 때, 한국인 장인어른이 그에게 보여준 용서와 관

용의 이미지이다. 셋째는 그가 생면부지의 송해 선생으로부터 받았던 각별한 환대이다.

그는 지금으로부터 7년 전 부인이 한인 가게에서 빌려온 비디오 테이프를 통해 우연히 〈전국노래자랑〉과 만났다. 그는 한눈에 〈전국노래자랑〉과 송해 선생에게 매료되었으며 그로부터 7년째 매년 한국을 방문하고 있다. 그는 자신의 모든 휴가일정을 이 방문에 쏟아 붓고 있는데, 그가 매년 한국에 체류할 수 있는 기간은 약 6~7주 정도이다. 그는 이 기간 동안 모든 〈전국노래자랑〉 녹화 현장을 빼놓지 않고 쫓아다닌다. 이 '독특한' 휴가에 드는 총비용은 비행기삯을 포함해 매년 약 1,200~1,300만 원 정도이다. 그는 일 년 내내 중장비 기사로 일하면서 이 돈을 모은다.

지난 가을(2014년)에도 유진은 부인과 함께 〈전국노래자랑〉 현장에 나타났다. 가을에는 지역 축제 등 행사가 많아 어떤 때는 한 달에 열 번씩 〈전국노래자랑〉 녹화를 해야 하는데, 이것이 유진에게는 오히려 호기인 것이다. 왜냐하면 그는 오로지 송해 선생을 만나기 위해, 그리고 〈전국노래자랑〉을 만나기 위해 이 고생을 사서 하기 때문이다.

그가 송해 선생을 얼마나 좋아하고 따르는지, 부인의 설명에 따르면, 한국음식도 송해 선생이 먹으라고 하면 무엇이든지 맛있게 먹는다고 한다. 모든 선택과 배제의 기준이 송해 선생이라고 한다. 나는 미국에도 송해 선생과 같은 MC가 있느냐고 물었다. 그는 단연코, 송해 선생 같은 MC는 전 세계에 어디에도 없을 것이라고 말했다.

그렇다면 그에게 있어서 송해 선생만이 가지고 있는 독특함 uniqueness이란 구체적으로 무엇일까. 나의 질문에 대한 그의 대답은 당연하게도 우리가 앞에서 언급한 바, 송해 선생이 대중들과 나누는 소통의 방식이었다. 〈전국노래자랑〉의 무대에서 벌어지는 카니발적 축제에 그도 깊이 매료된 것이었다. 그 역시 송해 선생과 출연자 그리고 관객들 사이에 벌어지는 '자유롭고 친숙한' 상호작용interaction에 매료되었던 것이다.

그래도 그렇지, 황금 같은 휴가를 모두 털어서 〈전국노래자랑〉에 바치다니…, 당신은 진정한 팬이라는 나의 말에 그는 다음과 같이 말했다.

"내가 진정한 팬인지는 잘 모르겠어요. 그렇지만 나는 그를 좋아해요."

여기에서의 '그'는 물론 송해 선생이다. 송해 선생은 이 독특한 팬 부부를 위해 몇 년 전 한복을 맞추어주었다. 이 부부는 미국에서 무슨 중요한 행사가 있을 때마다 반드시 이 한복을 입는다고 한다. 송해 선생은 당신이 한복을 해주니까 이들이 그렇게 좋아하더라고 언젠가 내게 말하면서 또 눈시울을 붉힌 적이 있다.

작년 10월 하순 어느 날, 지역 녹화를 마치고 올라오는 길에 이제 다시 미국으로 돌아가야 하는 유진 부부를 위한 간단한 저녁 모임이 있었다. 그는 이 자리에서 눈물을 주렁주렁 흘리며 울었다. 우는 모습을 감추기 위해서 만면에 웃음을 띠고 있었으나 눈자위에서는 끊임없이 눈물이 흘러내리는 기이한 장면을 나는 목격하였다. 나는 속으로 생각했다. 우리와 인종도 다르고 국적도 다른 이 친구는 왜 지금 울고 있는 것일까. 가족도 아니고, 일 년 후면 또 만날 수 있을 텐데 무엇이 아쉬워 저렇게 울까.

〈전국노래자랑〉을 관람하고 있는 유진 부부

그러면서 나는 문득 시선을 내 앞에 앉아 있던 송해 선생으로 옮겼는데, 아, 나는 거기서 너무나도 쉽게 유진이 우는 이유를 알고야 말았던 것이다. 거기에는 "청년 송해"가 아니라, 아흔 살을 눈앞에 둔, '유랑 70년'의 고단한 세월을 보낸 노년의 송해 선생이 앉아 있었던 것이다.

선생과 함께 길을 걷다보면 많은 팬들을 만난다. 그리고 그들이 선생께 하는 인사의 대부분은 "건강하세요"이다. 모두들 선생의 나이를 의식하고 있는 것이다. 옆에서 그런 인사들을 목격할 때마다 나는 번번이 울컥, 한다. 지금 우리가 선생께 무엇을 더 바랄 것인가. 다시 말하지만, 존재 자체가 많은 사람들에게 기쁨인 선생은, 오래 건강할 '의무'가 있다.

# #46 현재

〈전국노래자랑〉에 빠져서는 안 될 일등공신이 있다. 그는 바로 작가 정한욱(1964~ )이다. 그는 1991년부터 2015년 현재까지 무려 24년 동안 〈전국노래자랑〉을 지켜왔다. 방송 역사상 한 프로그램에 이렇게 오랫동안 한 작가가 매달려 있는 경우는 거의 없다. 송해 선생과 더불어 그 또한 "살아 있는 신화"가 아닐 수 없다. 그는 단지 대본만 쓰는 것이 아니라 예선부터 시작하여 녹화가 끝날 때까지 PD와 함께 〈전국노래자랑〉의 뼈대와 살을 만드는 거의 모든 일을 관장한다.

내가 〈전국노래자랑〉 예심을 몇 번 참관한 소감으로 말하자면, 예

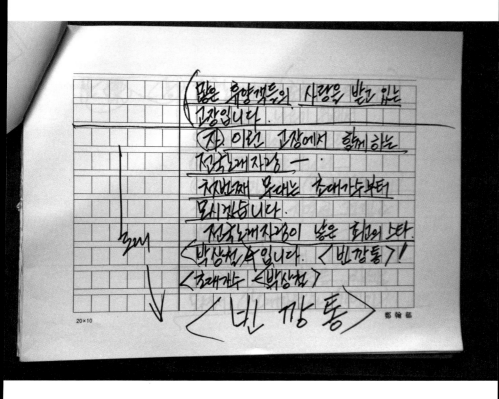

전용 원고지에 작가 정한욱이 쓴 〈전국노래자랑〉 대본. 자세히 보면 오른쪽 하단에 한자로 표기된 작가의 이름이 있다.

심은 작가 정한욱이 사회를 보는 또 하나의 '보이지 않는' 〈전국노래자랑〉이다. 예심 때 그는 특유의 재치와 유머를 발휘하여 시종일관 참가자와 관객들을 즐겁게 한다. 그리하여 사실상 〈전국노래자랑〉이라는 축제는 이미 예심 때부터 불붙기 시작하여 2박 3일 내내 타오르는 것이다.

그의 유머와 위트 덕택에 예심에서 탈락하는 사람들도 전혀 기분 상해하지 않는다. 예심에서도 본심과 다를 바 없이 심사자와 참가자 사이에 유쾌하고도 즐거운 소통이 이루어지기 때문이다. 그는 참가자들을 독려하고, 그들을 〈전국노래자랑〉의 정신에 맞게 유도하며, 본무대에 서기 전에 만반의 준비를 하도록 도와준다. 그의 유머 역시 매우 기발하고 서민 친화적이어서 본무대의 분위기와 그대로 연결된다. 참가자들은 예심에서 이미 〈전국노래자랑〉의 영혼과 깊이 교접을 하는 것이다. 그리하여 예심과 본무대 사이에 아무런 단절이 존재하지 않도록 만드는 것이 그의 임무이고 능력이다. 그리고 이 일을 하는데 있어서 그는 '선수'이다.

23년 동안 송해 선생과 손발을 맞추어 오다보니 이제는 눈빛만 봐도 서로 무엇을 원하는지 다 안다. 말하자면 "쿵짝"이 너무 잘 맞는 것인데, 이들 사이에 이루어지는 무언의 소통 덕택에 〈전국노래자랑〉의 완성도가 더욱 높아지는 것이다. 정한욱은 인쇄 형태의 대본을 싫어하는 송해 선생을 위해 매번 200자 원고지에 큰 글자로 직접 대본을 써서 선생에게 전달한다. 선생보다 하루 일찍 현장에 내려와 예심을 진행하고, 선생이 녹화 전날 현장에 내려오면 바로 대본을 볼 수 있도록 준비한다. 선생은 동네 목욕탕에 다녀온 후 저녁 식사를 하기 전부

녹화 전날, 여관방에서 작가 정한욱이 쓴 대본을 읽고 있는 송해.
근엄한 모습이지만 사실 이 사진을 찍을 때 선생의 아랫도리는 '빤스' 바람이었다. 더운 걸 어떻게 해.

녹화 직전 참가자들과 대화를 나누는 송해와 작가 정한욱

터 바로 대본 읽기에 들어간다. 대본은 구체적이면서 동시에 구체적이지 않기도 하다. 어떤 식으로 해도 작가와 선생 사이에 완벽한 소통이 이루어지기 때문이다.

정한욱은 송해 선생과 함께 20년 이상 〈전국노래자랑〉의 '신화'를 만들어온 공로를 인정받아, 2009년, KBS 연예대상 쇼오락부문 방송작가상을 수상했다.

작가 정한욱은 (게다가 무려) 송해 선생을 닮아 소문난 애주가이다. 어느 지방에서 예심을 끝낸 후 그와 나는 여관방에서 소주 일곱 병에 캔맥주 두 병을 마시고도 장렬히 산화하지 않았다. 아침에 일어나보니 그의 손목시계가 내 방, 그 술의 전쟁터에 남아 우리가 보낸 통음痛飲의 시간을 알려주고 있었다.

# #47 현재

〈전국노래자랑〉의 신바람은 항상 무대 오른쪽에 배치되어 있는 악단에 의해 더욱 고취된다. 실제로 녹화 현장에 가보면 이들이 관객을 향해 날려 보내는 연주 소리만으로도 지역 전체가 〈전국노래자랑〉의 파도로 크게 술렁임을 느낄 수 있다. 녹화 현장을 찾아오는 관객들은 현장에서 수킬로 떨어진 곳에서부터 리허설 중인 악단의 음악소리에 어깨춤을 추며 발걸음을 서두르게 되는 것이다.

악단은 신재동(1959~ ) 단장을 비롯해 총 12명으로 구성되어 있다.

신재동 단장은 1992년부터 23년째 이 무대를 지켜온 베테랑이다. 그는 베이스 주자로 악단에 들어와 잔뼈가 굵었는데 김인협 단장의 뒤를 이어 제2기 단장을 맡고 있다. 앞에서도 말했지만 50 후반의 나이에도 불구하고 20대의 몸매를 유지해 뭇사람들의 질투를 유발시키는 '우유빛깔 피부'의 신사이다. 게다가 엄청난 동안童顔이다.

여하튼 그 역시 젊어서 가수의 꿈을 키우다, 베이스 연주자로, 작곡가로, 편곡자로, 지휘자로 오늘에 이르렀으니, 대중음악의 외길에서 한 발자국도 벗어난 적이 없는 외골수 뮤지션이다. 그는 일찍이 김인협 단장 시절부터 송해 선생의 눈에 띄어 녹화 중 자주 무대에 끌려 나가 여성 유도선수 출신인 출연자에게 '패대기'쳐지기도 하는 등,〈전국노래자랑〉의 감초 역할을 하기도 했다.

김인협 단장의 바통을 이어 받아 요즘 그가 무대에서 하는 일 중의 하나는, '지갑을 여는 일'이다. 짓궂은 송해 선생이 어린 출연자들을 앞세워 그에게 다가오면 그는 영락없이 지갑을 열어야하고, 수천 명의 관객들이 보는 앞에서 애써 꼬불쳐둔 배춧잎들이 그의 지갑에서 빠져나간다.

신재동 단장의 뒤를 이어 '불행하게도(?)' 요즘 '패대기'쳐지는 역할을 이어 받은 단원은 키보드를 연주하는 '인사계' 한범석이다. 그는 나이어린 씨름선수, 권투선수 출신의 출연자들에게 불려나가 허구한 날얻어터지고, 넘어지고, 깔린다. 송해 선생이 "국민 MC"면 그는 "국민 허당"이다. 그러나 아무나 '허당'이 되나. 그의 대책 없는 '빌빌함'에 시청자들은 열광의 도가니가 된다. 그러니 얼마나 사랑스러운 직책인가. 자고로〈전국노래자랑〉악단원이 되려면 연주뿐만이 아니라 연기에도 능하지 않으면 안 되는 것이다.

〈전국노래자랑〉은 이렇게 다양한 목소리가 살아 움직이는 무대이기 때문에 아무도 '멍 때리고' 앉아 있을 수가 없다. 사회자 "송해 엉아"가 언제 누구를 호명할지 모르기 때문이다. 단장, 단원들, 심지어 카메라 감독, 관객들까지 아무 때나 불려나가 〈전국노래자랑〉의 주인이 된다. 출연자가 가지고 나온 음식상 앞에 아예 철퍼덕 앉아서 시음을 하고 있는 신재동 단장을 송해 선생이 발로 걸어차 쫓아내는가 하면, 맛있는 음식을 입에 넣은 선생이 관악기 주자들을 향해 "저기 나팔 부는 사람들은 이거 못 먹지. 메~롱" 하고 놀리기도 한다. 무거운 카메라를 짊어진 카메라(송해 선생의 표현을 빌면 '쇳덩어리') 감독들은 빈번히 송해 선생의 '연민'의 대상이 되어 출연자가 가지고 나온 음식을 한 조각이라도 더 얻어먹는다. 가끔 장난꾸러기 "송해 엉아"가 오징어나 낙지 같은 것을 집에 가서 먹으라고 바지 주머니에 쑤셔 넣지만 않는다면 좋겠지만 말이다. 〈전국노래자랑〉은 이렇게 다중多衆의 대화로 이루어져 있는 완벽한 '카니발레스크'이다.

신재동이 중심이 된 〈전국노래자랑〉악단에 대한 오해 중의 하나는 사람들이 그들을 '아마추어'로 생각하는 것이다. 그도 그럴 것이 초대가수 외에 그들의 반주가 대부분 아마추어들을 위한 것이기 때문이다. 그러나 이것은 완전한 오해이고 왜곡이다. 그들은 트로트에서 시작하여 락, 재즈, 발라드, 펑키, 힙합, 국악뿐만 아니라 심지어 클래식까지 자유자재로 즉석에서 소화해내는 전천후 프로 밴드이다. 그들은 〈전국노래자랑〉무대에서 매년 (거의 전 장르에 걸쳐) 수천 곡의 대중가요를 연주한다. MR(기계 반주)을 절대 사용하지 않는다. 그야말로 '날고 기

〈전국노래자랑〉 리허설을 준비 중인 단원들

막강 〈전국노래자랑〉 밴드. 뒷줄 왼쪽부터 신재동(단장, 베이스 기타), 윤중선(어쿠스틱 기타), 서강철(일렉트릭 기타),
한범석(키보드), 장재봉(알토 색소폰), 손기석(트롬본), 송선호(키보드), 최재훈(테너 색소폰), 앞줄 왼쪽부터 문재호(트럼펫),
민병직(드럼), 이평진(퍼커션). 매니저 역할을 하는 살림꾼, 강재석 부장은 이날 사정이 있어 불참했다.

연습중인 〈전국노래자랑〉 밴드.
왼쪽부터 송선호(키보드), 최재훈(테너 색소폰), 이평진(퍼커션), 장재봉(알토 색소폰), 문재호(트럼펫), 손기석(트롬본)

는' 연주자가 아니면 감히 〈전국노래자랑〉의 무대에 설 수 없으니, '아마추어'니 뭐니 '쌩짜' 부리면 안 된다.

이들은 벌써 두 해째, 연말이면 소년소녀가장, 장애인, 독거노인, 생활보호대상자 등 사회적 약자들을 위해 '자선음악회'를 열어오고 있다. 〈전국노래자랑〉을 보고 싶어도 현장에 오지 못하는 사람들을 위한 배려이다. 이들의 눈은 이렇게 사회의 '낮은 곳'을 늘 향해 있다. 2014년 12월 29일 영등포 아트홀에서 열린 자선음악회에서 이들은 노숙인 밴드 '드림 플러스'와 협연을 하기도 했다. 그들의 자활을 돕자는 취지에서였다. 우리 사회의 하위주체들을 향한 〈전국노래자랑〉의 정신이 자선연주회의 성격에서도 그대로 드러나는 것이다.

또한 이 자선음악회는 〈전국노래자랑〉의 음악적 역량이 총출동되는 무대이기도 한다. 이 무대에서는 팝에서 비롯하여 1세대 가요에 이르기까지 다양한 장르의 음악이 '반주가 아닌 연주'로 재현된다. 〈전국노래자랑〉에서 항상 무대의 배경에 있던 이들이 이날만큼은 비로소 무대의 주인이 되어 자신들의 음악적 기량을 마음껏 발휘하는 것이다. 말하면 무엇 하랴. 이날만큼은 천하의 "송해 형님"도 초대 손님이다.

그들은 관객들 취향에 맞는 음악뿐만 아니라, 자신들의 음악적 역량을 총괄하여 그야말로 '프로페셔널'한 무대를 관객들에게 선사한다. 선곡, 편곡, 노래까지 모두 이 악단에 의해 완벽하게 소화된다. 이들은 여기서 한 걸음 더 나아가 자신들이 작사, 작곡, 편곡, 노래 등 모든 것을 다 소화해 만든 '전국노래자랑 밴드' 음반을 준비 중이다. 감히 말하건대, 이 음반은 '반주자'로서가 아니라 '연주자', '가수', '뮤지션', '아티스트'로서 "전국노래자랑 밴드"의 진면목을 보여줄 것이다.

이들의 관록은 나이에서도 들어나는데, 40 초반인 알토 색소폰 주자 장재봉이 단원들 중 막내이다. 그 역시 25세에 악단에 합승하여 벌써 18년째 〈전국노래자랑〉 무대를 지키고 있는 베테랑인 데다, 2009년에는 〈혼자서 부르는 노래〉라는 제목의 음반을 출시한 가수이기도 하다. 그런데도 '막내'이고, 그는 다른 악단의 모든 잔일들을 도맡아하는 '총무'로 다른 '엉아들'을 섬기고 있다. 그로부터 단장인 신재동까지 줄줄이 날고 기는 연주자들이 〈전국노래자랑〉 악단을 가득 메우고 있기 때문이다.


1988년부터 지금까지 27년 동안 송해가 〈전국노래자랑〉 녹화에 불참한 것은 단 두 번, 2012년 9월 22일 인천시 서구 편 녹화를 할 때와 그 다음날 〈전국노래자랑〉 추석 특집 촬영 때였다. 인천시 녹화는 〈전국노래자랑〉 심사위원인 작곡가 이호섭이, 추석 특집은 MC 허참이 대신 사회를 보았다.

언론의 보도에 의하면 송해의 건강에 특별한 이상이 있었던 것은 아니고 누적된 피로가 원인이었다. 그는 응급실로 실려 갔고 링거를 맞은 후 퇴원했다. 사실 그 무렵 송해는 서울 세종문화회관에서 열렸던 〈나팔꽃 인생 60년 앵콜 송해 빅쇼〉 콘서트를 일주일 앞두고 있었으니 피로가 가중될 만도 했다.

그러나 천하의 송해가 누구인가. 그런 정도의 피로 누적으로 그가 생명처럼 아끼는 〈전국노래자랑〉 녹화를 빼먹을 그가 아니다. 그는 평소에도 녹화 당일 아침 링거를 맞거나 몸살 주사를 맞고 무대에 오르는 일이 자주 있다. 그의 나이를 생각해보라. 그럴 만하지 않은가. 이를 일러 사람들이 송해의 "링거 투혼"이라고 부르는 것이다.

2013년 여름, 어느 지역에서 벌어진 〈전국노래자랑〉 녹화 때였다. 무대에 오른 그는 땀을 비 오듯 쏟기 시작했고 그의 반팔 티가 어깨 쪽으로부터 조금씩 땀으로 젖기 시작했다. 화면으로 보아도 땀에 젖은 부분과 그렇지 않은 부분이 선명하게 드러났다. 시간이 흐를수록 그의 상의는 위에서 아래로 조금씩 땀에 젖어가기 시작했다. 그는 손수건으로 연신 얼굴의 땀을 씻어가며 녹화를 계속 진행했다. 마치 영혼의 쓰나미가 조금씩 쳐들어오는 것처럼, 위에서 아래로 그의 티셔츠는 점점 색깔이 짙게 변해갔다.

마침내 녹화가 끝났을 때 그의 티셔츠는 혁대 부분까지 완전히 흠뻑 젖어 있었다. 땀의 소나기가 그를 마치 "물에 빠진 생쥐"처럼 만들었던 것이다. 많은 관객들이 그의 그런 모습을 안타까운 심정으로 지켜보았다. 어떤 관객은 더러 눈물을 보이기도 했다. 그도 그럴 것이 이때 그의 나이가 우리 나이로 87세이다.

송해의 오늘은 거저 있는 것이 아니다. 〈가로수를 누비며〉를 진행하던 17년 동안 그는 매일, 지정된 시간에, 지정된 장소에서, 방송을 해야 했다. 처음에는 아침 출근 시간에만 그렇게 했지만, 〈가로수를 누비며〉가 점점 인기를 얻자, 하루에 세 번, 아침, 점심, 저녁, 일정한 시간에 매일 방송국을 지켜야 했다.

생각해보라. 단 하루도 빼놓지 않고 매일, 일정한 시간에, 일정한 장소에 가서, 일정한 일을 하면서 십여 년을 보내야 했다. 그 세월 동안 가족끼리의 휴가 같은 것은 꿈에도 생각할 수가 없었고, 몸이 아무리

고단해도 그 시간에, 그 자리에 가 있어야 했다. 사생활이란 없었다. 누가 이런 일을 하겠는가. 세상에 '거저'는 없는 것이다.

그는 악극단 말기, 자살까지 시도했던 극빈의 시절을 거쳐 투혼에 투혼을 거듭하며 늘 대중문화의 중심에 있었다. 환갑이 지난 나이에 〈전국노래자랑〉에 승차했으며 그로부터 근 30년 동안 그만의 살아있는 '전설'을 만들어갔다. 인생은 환갑부터라고 쉽게 말할 일이 아니다. 누가 환갑 나이에 '전설 만들기'를 시작할 것인가. 그는 환갑 이전에 이미 30년 동안 온갖 형극의 길을 통과하면서 〈전국노래자랑〉을 자신도 모르게 준비했고, 61세에 〈전국노래자랑〉에 뛰어들어 다시 근 30년, 불멸의 자기 싸움을 거쳐 그 신화를 완성했다.

그러니 2015년, 데뷔 60주년을 맞이한 그의 인생은, 정확히 〈전국노래자랑〉 이전 30년과 이후 30년으로 나뉜다. 나는 이 모든 과정을 통합하여 '송해 투혼'의 세월이라고 부르고 싶다.

그러나 이 같은 '송해 투혼'도 통하지 않던 때가 있었던 것이다. 앞에서 말한 대로 〈전국노래자랑〉 녹화에 불참했을 때이다. 건강상의 특별한 이상도 없이 그는 절대로 녹화에 불참하지 않는다. 그것은 전혀 '송해답지' 않다. 그렇다면 그는 왜 리허설 도중 응급실로 실려 가고야 말았을까. 언론은 그것의 원인을 누적된 피로로 설명을 했지만 거기에는 다른 이유도 있었다. 근 25년간 〈전국노래자랑〉의 무대에서 애증의 우정을 쌓아온 김인협 전 악단장의 건강 악화로 인한 스트레스가 그것이다.

2011년 하반기에 이미 폐암 말기 선고를 받고 투병 중이었던 그는 송해와는 (1988년 송해가 〈전국노래자랑〉 사회를 보기 시작했을 때부터) 근 24년간 떼려야 뗄 수 없는 친구였고, 동지였고, '웬수'였다. 김인협은 송해보다 나이는 14세 아래지만, 〈전국노래자랑〉이 시작되던 1980년부터 단장을 시작했으니, 사망하던 2012년을 기준으로 보면 송해보다도 무려 8년이 선배인 셈이었다.

늘 의욕이 넘치고 원리원칙에 충실하며 무대의 완성도를 100%로 끌고 가려던 송해와, 말주변도 없고 말수도 적지만 송해보다 〈전국노래자랑〉의 분위기를 훨씬 더 잘 안다고 자부하고 있던 김인협 사이에는 다툼이 끊이지 않았다. 그들은 허구한 날 싸웠고, 허구한 날 화해했다. 그들은 허구한 날 술을 마셨고, 허구한 날 서로를 찾았으며, 허구한 날 서로에게 대들었다. 이 애증의 24년은 이들의 사이를 그 누구보다도 가깝게 만들었다.

그런데 돌이켜보라. 송해가 쓰러져 녹화에 불참한 지 정확히 5일 만인 2012년 9월 27일, 김인협 전 〈전국노래자랑〉 악단장이 숨을 거둔다. 폐암 말기 선고를 받고 김인협 단장의 병세가 죽음을 향해 계속 치달아갔던 기간이, 송해에게는 이 세상에서 가장 좋은 친구와의 영원한 작별을 준비하던 고통의 시간이었던 것이다. 그리고 그 고통의 마지막 순간에 송해는 응급실에 실려가 녹화에 불참했고, 그로부터 5일 후 김인협은 세상을 떠났다.

어머니와의 생이별로 시작된 송해의 유랑 일생에서 송해가 유달리 못 견디는 것이 있다면, 그것은 사랑하는 사람과의 작별이다. 송해는 김인협과 '함께' 아팠던 것이다. 그런데 이것이 송해만의 일일까. 송해와 27년여 년간 함께 유랑 생활을 해온 〈전국노래자랑〉의 식구들은 친족 이상의 끈끈한 애정으로 결속되어 있다.

언젠가 때가 되어 송해가 천수를 누리고 이 세상의 '소풍'을 끝낼 날이 올 것이다. 그 때, 송해와 애증의 세월을 보냈던 〈전국노래자랑〉의 식구들, 예컨대 작가, 악단장, 단원들도 김인협을 떠나보냈던 송해처럼 눈물의 신열身熱을 앓을 것이다.

언젠가 내가 단골로 다니던 미장원의 미용사는 내가 '송해 할아버지' 이야기를 꺼내자 내게 이런 이야기를 했다. "송해 선생님이 돌아가시면 전국의 할머니, 할아버지들이 죄다 우울증에 걸릴 거예요." 제발, 빌건대 그날이 더디 오기를.

송해는 고 김인협 단장을 회고하면서 다음과 같이 말했다.

"세상에서 하고 많은 사람들과 속을 터왔지만, 김인협 단장만큼 서로 속을 터놓고 지낸 사람은 없었우. 우리 둘이 마신 술이 아마 몇 톤은 될 걸."

그의 눈자위가 금세 또 붉어졌다. 김인협 단장이 세상을 떠난 후 실제로 송해는 한동안 심한 우울증에 시달려야 했다. 〈전국노래자랑〉 반쪽이 잘려나간 느낌 때문이었다.

세상을 뜬 다음 해인, 2013년 9월 3일, 고 김인협은 KBS홀에서 열린 제40회 한국방송대상 시상식에서 악단장으로서 송해와 함께 32년간 〈전국노래자랑〉을 이끌어온 업적을 인정받아 공로상을 수상했다. 죽은 자 대신 그의 딸이 대신 상을 받은 이 자리에서 송해는, "옆에 있지 않지만 옆에 있는 걸로 생각한다. '안녕'이라는 말밖에 생각 안 난다"면서 또 눈시울을 붉혔다. '안녕', 얼마나 아픈 단어인가.

# #48 과거. 1998년 11월 18일. 금강산

1998년 11월 18일, 해방 후 최초로 금강산 관광이 시작되는 날이었다. 그러나 금강산 장전항의 입국심사대에서 송해 선생은 입국이 거절되었다. 그가 KBS 직원이라는 이유 때문이었다. 선생 본인은 물론 함께 갔던 가수 현철도 "KBS 직원도 아니고 〈전국노래자랑〉 사회자일 뿐인데 왜 못 들어가게 하느냐"고 항의 했으나 소용없었다. 옆에서 이를 지켜보고 있던 현대 측 직원도 "저쪽에서는 KBS는 무조건 안 된다고 하니…"라며 말꼬리를 흐렸다.

마찬가지로 입국을 거부당한 〈조선일보〉 기자 두 명과 함께 선생은 발길을 돌려야 했고, 결국 현대 측의 설득에 의해 이틀을 기다린 후에야 겨우 배에서 내릴 수 있었다. 1951년 남하한 이후, 무려 37년 만에 고향땅을 밟는 감동의 시간이었다.

유람선이 장전항에 도착하기 전 실향민들은 송해 선생을 앞세워 '선상 노래자랑대회'를 열었다. 선생의 구수한 입담과 더불어 실향과 유랑, 이별의 상처를 담은 이야기들이 추억의 노래들과 함께 이어졌다. 〈한 많은 미아리고개〉, 〈가거라 삼팔선〉, 〈타향살이〉, 〈한 많은 대동강〉, 〈꿈에 본 내 고향〉, 〈불효자는 웁니다〉, 〈고향은 부른다〉, 〈눈물 젖은 두만강〉 같은 노래들이 연이어 불려졌다.

문제는, 즐겁게 시작한 자리였으나 그 중 단 한 명도 노래를 끝까지 부른 사람이 없었다는 것이다. 다들 우느라 노래를 마저 부를 수가 없었던 것이다. 노래를 부르는 사람이나 듣는 사람이나, 사회를 보던 송해 선생이나 모두 눈물의 바다에서 헤어나질 못했다. 누가 수십 년에 걸친 이 눈물을 만들었는가.

나중에 배가 북에 도착하고 금강산에 올라가서는 더욱 기가 찰 일들이 벌어졌다. 누가 시킨 것도 아닌데, 어느새 준비해왔는지 실향민들이 손가방에서 사과, 배, 북어포, 대추, 밤 등 제사음식들을 주섬주섬 꺼내기 시작한 것이다. 그들은 산모퉁이 여기저기에 흩어져 땅바닥이며 바위 위에 대충 상을 차리고 제사를 지내는 것이었다. 금강산의 가을 찬바람 속에 30여 년 참아온 실향민들의 눈물과 한숨이 깊게 얼룩졌다.

그리고 또 17년이 지났다. 남북간 해빙의 기운이 돌던 것도 잠깐, 우여곡절 끝에 지금은 그나마 금강산 '관광'마저도 중단되었다. 그리고 분단의 역사는 계속 길어져 올해(2015년)로 분단 70년이 되었다. 이제, 무엇을, 어떻게 할 것인가.


# #49 과거. 2003년 8월 11일. 평양 모란봉 공원

2003년(76세) 8월 11일, 평양 모란봉 공원 야외무대에서 광복절 특집으로 〈특별기획 평양노래자랑〉이 열렸다. 〈전국노래자랑—평양시편〉이라는 남측의 제의를 북측이 거절해 '전국'이라는 이름이 빠졌지만, 사실상 〈전국노래자랑〉의 평양시 편이었다. 물론 형식과 내용은 남북 간에 일정한 절충이 있어서 남한에서 하는 것처럼 자유로운 분위기는 아니었지만, 남과 북이 만나 〈전국노래자랑〉의 형식을 빌려 무대를 꾸민다는 것 자체가 감동이고 감격이었다.

그리하여 송해 선생은 금강산 관광을 마친 지 다섯 해 만에 다시 북한 땅을 밟았다. 모란봉 공원에는 3,000여 명의 북한 관객들이 운집해 있었고, 남한에서의 〈전국노래자랑〉보다 약간 많은 20여 명의 참가자들이 무대에 올랐다.

참가자들은 〈여성은 꽃이라네〉, 〈평양냉면 제일이야〉, 〈준마처녀〉 등 북한의 '생활가요(유행가)'와 〈고향의 봄〉, 〈반월가(반달)〉 등을 불렀고 초대가수로 간 송대관은 〈네 박자〉, 〈타향살이〉를, 주현미는 당시에 남한에도 많이 알려진 북한노래 〈휘파람〉 등을 불렀다.

선생은 북한의 아나운서인 전성희와 함께 사회를 보았다. 그러나 북한 측은 송해 선생이 남한에서처럼 출연자들과 자유롭게 대화를 나누는 것을 허락하지 않았고, 이런 제약 때문인지 〈전국노래자랑〉식의 축제 분위기가 좀처럼 뜨지 않았다. 신바람과 신명이 없으니 무대는 긴장감이 감돌았고 '관료적 공식 문화'의 분위기에 압도되었다. 선생은 좀이 쑤셔서 견딜 수 없었다.

그러다가 한 늙수그레한 남성 출연자가 나오자 선생은 다짜고짜 무대로 달려 나갔다. 여기저기서 북한의 감시원들이 당황한 눈으로 쳐다보았으나 이미 엎질러진 물이었다. 그는 자신보다 몇 살 아래인 출연자에게 "저는 이제 마흔 일곱이에요"라고 너스레를 떤 후 갑자기 땅바닥에 엎드려 "아이구, 형님" 하면서 절을 올렸다. 관객 속에서 참았던 웃음이 터져 나왔다. 카니발적 일탈이 공식 문화의 경직성을 뒤흔드는 순간이었다. 무대와 관객석을 감돌던 긴장감이 순식간에 사라졌다.

그때부터 모란봉 공원 전체가 축제의 분위기로 서서히 달아오르고 출연자들도 입을 열기 시작했다. 〈아리랑〉을 함께 부를 때에는 사회자, 참가자, 관객들 모두 주체할 수 없는 눈물을 흘렸다. 서로 하고 싶은 말을 다 하지는 못했지만, 통일은 이처럼 민중적 정서로 먼저 오는 것이었다. 녹화가 끝나고 헤어질 때 고향이 송해 선생과 가까운 곳(송화, 선생의 고향과 지척인 거리에 있다)이라던 전성희 아나운서가 귓속말로 속삭였다.

"아바디, 고저 건강하시라요."

호텔로 돌아온 선생은 불과 70~80킬로, 차로 왕복 두어 시간이면 다녀올 수 있는 고향 생각에 잠을 이룰 수 없었다. 그러나 선생을 사회자로 세우는 과정에서부터 남북 당사자들 사이에 심한 갈등이 있었음을 잘 알고 있는 선생은 그 누구에게도 그런 부탁을 할 수 없었다. 선생은 혹시 몰라 어머님께 드리려고 지어간 한복을 결국 호텔에서 일하는 아주머니에게 주고 말았다. 다시는 어머니를 만날 수 없으리라는 불길한 예감이 서늘하게 지나갔다. 밤이 이슥하도록 그는 어머니를 생각하며 〈아주까리 등불〉을 흥얼거렸다. 눈물 반, 노래 반이었다.

다음날 안내원을 따라 주체사상탑 전망대에 오르니 평양 시내가 한눈에 다 내려다 보였다. 가까이 검푸른 대동강이 유유히 흘러가고 있었다. 가슴 깊은 곳에서 손인호의 〈한 많은 대동강〉이라는 노래가 억제할 수 없는 샘물처럼 저절로 올라왔다.

한 많은 대동강아

변함없이 잘 있느냐

모란봉아 을밀대야

네 모양이 그립구나

철조망이 가로 막혀

다시 만날 그때까지

아아아 소식을 물어본다

한 많은 대동강아


대동강 부벽루야

뱃노래가 그립구나

귀에 익은 수심가를

다시 한 번 불러본다

편지 한 장 전할 길이

이다지도 없을쏘냐

아아아 썼다가 찢어버린

한 많은 대동강아

바로 저기, 저 산 언덕을 몇 개 넘으면 어머니, 아버지와 여동생, 형님을 볼 수도 있을 것이었다. 울컥, 명치가 아파왔다. 선생은 〈한 많은 대동강〉을 숨죽여 부르고 울고 부르고 울었다. 이 장면이 나중에 KBS 화면에 잠깐 비치었다. 많은 국민들이 분단체제의 비애를 이론이 아니라 눈물로 체감하는 순간이었다.

돌아오는 비행기에서 아래를 내려다보니 압록강이 보였다. 선생은 이때의 심정을 다음과 같이 표현했다.

"가슴이 쪼개지는 것 같았다."

# #50 현재. 2014년 11월 17일

오늘은 아침 일찍 송해 선생의 사무실로 나갔다. 취재할 것도 있고 또 오후에 있을 〈제5회 대한민국 대중문화예술상〉 시상식에서 선생이 은관문화훈장을 수상하기로 되어 있기 때문이다.

선생은 이미 2003년 김대중 정부로부터 보관문화훈장을 수여받은 바 있다. 정부에서 문화, 예술 발전에 공을 세운 예술인들에게 수여하는 이 훈장은 금관문화훈장이 1등급이라면, 은관문화훈장은 2등급, 그리고 보관문화훈장이 3등급에 해당된다. 메달로 치자면 금메달, 은메달, 동메달인 셈이다. 금관문화훈장이 대체로 이미 사망한 예술인들에 수여되는 것을 고려하면, 은관문화훈장은 살아있는 예술인에게 있어서 최고 수준의 훈장인 셈이다.

그날 송해 선생의 수상을 축하하기 위해 식장인 대학로 '홍익대 아트홀'에 온 사람들 중에 유독 눈에 띄는 사람은 코미디언 구봉서 선생이었다. 일주일에 두 번씩 투석을 받고 있는 불편한 몸으로 구봉서 선생은 1년 후배인 송해 선생을 축하하기 위해 휠체어를 타고 그곳에 나타났다. 무리하지 말라는 주변의 말에 그는 "송해가 상을 받으면 내가 기어서라도 가야지"라고 화답했다고 한다. 병중에도 그는 코미디 무대와 다를 바 없는 코믹하고도 재치 넘치는 말솜씨로 주변사람들을 즐겁게 했다.

드디어 이날 행사 제일 마지막 순서로, 송해 선생이 상을 받은 직후였다. 휠체어를 탄 구봉서 선생이 꽃다발을 들고 무대 앞으로 다가왔다. 그러나 일어서기도 힘든 그가 무대 위로 올라갈 수도 없는 형편이었다. 모두 어쩔 줄 몰라 하는 사이 구봉서 선생이 입을 열었다. 무대 위에 서서 엉거주춤하고 서 있는 송해 선생을 향해서 하는 말이었다.

"야, 니가 내려와."

이 소리에 관객들은 폭소를 터뜨렸고, 1년 '쫄따구'인 송해 선생이 활짝 웃으며 계단을 내려와 선배인 구봉서 선생으로부터 축하의 화환을 받았다. 우레와 같은, 우레와 같은 박수가 쏟아졌다.


송해 선생은 이날 수상소감을 말하는 자리에서 매우 인상적인 멘트를 날렸다. 그 중 하나는 대한민국의 수많은 노인들이 자신에게 "당신이 우리 늙은이들의 자존심을 지켜주었다"는 말을 해왔다는 것이다. 노령화사회가 되어가면서 노인들이 점점 더 '천덕꾸러기'이자, 가정 단

송해의 은관문화훈장 수상을 축하하기 위해 휠체어를 타고 식장에 온 코미디언 구봉서

은관문화훈장 수상식 날 최불암, 김종덕 문화부 장관, 송해 선생이 앉아 있다.

2014년 11월 17일, 은관문화훈장을 수여받고 수상소감을 말하고 있는 송해.
유랑극단의 광대로 시작해 저 자리에 서 있는 저 사람, 자랑스럽지 아니한가.
그는 한국 대중문화의 역사이고 전설이다.

위 혹은 국가 단위에서조차 해결해야할 '짐 덩어리'으로 다가오는 세상에서, 송해 선생의 일생은 정말 값지다고 할 수 있을 것이다. 그는 환갑이 다 지난 61세에 〈전국노래자랑〉을 진행하기 시작하면서 근 30년간 오로지 '송해 투혼'이라는 말로만 설명 가능한, 초인적인 노력을 통해 말 그대로 "살아 있는 전설", "살아 있는 신화"를 만들어냈다.

선생은 수상 소감 말미에 "대한민국 대중문화 만세!"라고 큰 소리로 외쳤다. 나는 이 말에 들어 있는 깊은 뜻을 안다. 선생이 2003년 보관문화훈장을 받았을 때, 그는 수상 소감에서 "나는 딴따라다. 영원히 딴따라의 길을 가겠다"고 선언했다. 선생은 그 약속을 끝까지 지켰고 마침내 "딴따라"로서 최고의 자리에 올랐다. 선생의 "대중문화 만세"라는 말 속에는 그가 악극단의 광대시절부터 천대 받아온 "딴따라 대중문화"에 대한 그의 뿌리 깊은 애정과 자부가 깊이 스며 있다. 수상식이 끝나고 며칠 후 나를 다시 만난 자리에서, 그는 내게 "이제 드디어 이겼다"라는 말로 수상 소감을 다시 말했다. 그는 과연 무엇을 이겼을까.

대중문화는 대중들에게 가장 사랑받는 문화이면서 다른 한편으로는 바로 그 대중들로부터 가장 멸시 받아온 문화이기도 하다. 많은 '학삐리' 엘리트주의 평론가, 연구자들은 대중문화가 지배 이데올로기의 하수인 역할을 한다는 점을 간단하게 지적하며, 대중문화를 마치 터진 샌드백 치듯이 손쉽게 두들겨왔다.

그러나 내가 앞에서도 말했듯이 대중문화에 대한 올바른 이해는 그렇게 간단히 이루어지지 않는다. 샌드백 치듯 대중문화를 실컷 두들긴다고 대중문화가 죽는가. 그렇게 헛펀치(!)를 날린 후에 그들이 술집이나 노래방에 가서 흥얼거리는 노래는 도대체 무엇이냐 말이다.

대중문화와 대중이 맺는 관계는 일종의 '치정癡情 관계'이다. 그것은 한편으로는 대중들을 얼빠지게 만들기도 하고, 그것 없이는 도저히 살 수 없는 '애인'처럼 존재하기도 한다. 누가 애인을 함부로 버리겠는가. 애인에게 '얼빠지는 것'이 왜 나쁜가.

대중과 대중문화 사이에 존재하는 이 복잡한 관계에 대한 올바른 이해는 대중문화의 바깥에서 대중문화를 향해 '위선적인' 잽을 날리는 것으로 이루어지지 않는다. 대중문화에 대한 가장 올바른 인식의 길은 바로 대중문화에 대한 '내재적 이해immanent understanding'에서 시작된다.

그러니 먼저 대중문화, 그 안으로, 그 속으로 들어가지 않는 자는 대중문화의 속살을 결코 알지 못하는 것이다. 그 안으로 들어가 그것의 속살을 느끼고 만지고 호흡한 후에 다시 그 외곽으로 나오는 것, 이 안과 밖 사이의 끊임없는 왕복운동을 거부하는 자들이여, 그리고 그 안과 밖 사이의 '틈새in-between'에서 벌어지는 다양한 변증법적 긴장을 섬세하게 읽어내지 못하는 자들이여, 함부로 대중문화에 대해서 떠들지 마라.

은관문화훈장 수상식을 끝내고 선후배 연예인들과 함께

작년 여름(2014년 8월)부터 부산광역시 중구에서는 소위 "송해 거리"
의 조성이 한창 논의 중에 있다. 부산의 자갈치시장, 남포동, 광복동
일대는 한국전쟁 당시 피난시절의 상징적 공간이다. 수많은 피난민
들, 그 안에 섞여 있던 문인, 화가, 연예인들이 전쟁으로 인한 고통과
가난, 이별과 유랑의 슬픔을 피난지인 이곳에서 겪었다. 선생이 한국
전쟁 당시 남하해 가장 먼저 도착해 군대에 입대한 곳 역시 피난지 부
산이었다. 국내에서 가장 높은 지명도를 가지고 있는 송해 선생은 이
제 실향민의 대표적인 아이콘이 되어버렸다.

　부산시는 이 둘을 상징적으로 연결해 문화체육관광부에 관광특구
활성화 기금 30억 원을 신청하는 것을 시작으로, 남포동, 광복동, 자갈
치시장, 영도다리 등 부산의 핵심 공간(서울깍두기에서 광복쉼터에 이르는)

1km의 거리에 "송해 거리"를 조성함으로써, 송해 선생을 중심으로 고통의 피난시절을 재현하고 반추하고자 하는 것이다. 대구에 가수 고 김광석을 기리는 "김광석 거리"가 있고, 춘천에 소설 〈봄봄〉의 작가 김유정을 기리는 "김유정 역"도 있지만, 부산에서 지금 기획중인 "송해 거리"는 그 규모나 예산, 내용 등에서 비교를 불허하는 국내 초유의 대사건이라고 할 만하다.

"송해 거리" 기획서에 의하면, 광복동, 남포동, 자갈치시장 일대에 들어설 "송해 거리" 프로젝트는 다음과 같은 것으로 구성되어 있다.

먼저 "송해 거리 콘텐츠"에는 송해 소나무공원, 송해 전시관, 전국노래자랑 참가자 거리, 송해 거리 포켓 스페이스, 송해 벽화, 송해 동상 건립, 송해 캐릭터 간판 등이 있고, '거리 조형물'로는 딩동댕 쉼터, 송해 거리 아치, 송해 이동노래방, 송해 등신대 등이 있으며, '스페셜 데이'로 송해 사진 공모전, 송해의 날 지정, 오늘은 나도 스타, 송해 12시 빵빠바 등이 시행될 예정이다.

부산의 "송해 거리"에 이어 최근(2015년 3월 6일)에는 대구 달성군이 2016년 말까지 총예산 42억 원을 들여 달성군 옥포면 기세리 옥연저수지 인근 4만 7300㎡의 부지에 "송해공원"을 조성할 계획을 밝혔다. "송해공원"이 들어설 예정인 옥포면 기세리는 송해 선생의 부인인 석옥이 여사의 고향이기도 하다. 게다가 송해 선생은 달성군과 그간 다양한 인연을 쌓아왔는데, 2011년에 달성군 명예군민, 2012년에는 달성군 명예홍보대사로 임명된 바 있으며, 이미 오래전에 달성군의 기증으로 서울 탑골 공원에 민족의 정기를 살린다는 의미에서 소나무 세 그루를 식재한 적이 있다.

"송해공원"에는 송해의 흉상, 산책로, 쉼터, 송해 둘레길 등이 조성되며 산책로 곳곳에 설치된 스피커를 통해 송해의 노래와 음성을 들을 수 있고, 〈전국노래자랑〉 달성군 편을 시청할 수 있도록 설계된다.

바야흐로 송해 선생의 막강한 존재감이 송해를 기념하는 다양한 공간으로 곳곳에 실현되고 있는 것이다. 우리나라 어느 대통령에게, 어느 연예인에게 이와 같은 영광의 헌정이 있었던가. 송해 선생은 세대, 나이, 성별, 직업을 떠나 말 그대로 온 국민의 사랑을 받는 국민적 아이콘이 아닐 수 없다.

2015년 중하반기에는 이상해, 배일집, 전유성, 김학래, 이용식, 최양락, 이경규, 이영자, 황기순, 유재석, 강호동, 이휘재, 신동엽, 김준호, 박준형 등 송해 이후 최근까지 세대를 이어 내려온 후배 코미디언들이 모두 모여 〈2015 웃자 대한민국, 국민영웅 송해 헌정공연〉이 서울 장충체육관에서 열릴 예정이다.

이런 모든 행사들은 고통 어린 한국현대사의 중심을 관통하며 절대다수의 국민들과 함께 울고 함께 웃어온 송해 선생이 바야흐로 한국의 가장 대표적인 문화적 상징이 되었음을 증명하는 과정에 다름 아니다. 그리고 이 책은 그 과정에 대한 기록이고 설명이고 공감이다.

이제 이 글을 끝낼 때가 되었다. 마지막으로 2010년 11월 6일자 〈한겨레〉 신문을 보자. 이때를 기준으로 〈전국노래자랑〉은 "경북 성주에서 시작해 최북단 백령도, 최남단 흑산도까지 30년간 40만km를 돌았다. 주 1회, 총 1536회를 방영하며 북한, 미국, 일본, 중국뿐만 아니라 멀리 파라과이까지 '지구 열 바퀴' 거리를 유랑했다. 예심 참가자는 그때까지 총 50만 명이고 본선 진출자만 해도 3만 명이 넘는다. 매회당 우승 경쟁률은 평균 300대 1이었다. 최연소 참가자는 3세이고 최고령 참가자는 115세이다. 시청률은 10%대를 항상 넘으면서 동시간대 1위를 놓친 적이 거의 없다."[54]

2015년 현재, 그로부터 5년이 더 지났으니 이 기록들은 계속해서 갱신되고 있다. 지금도 젊은 아이돌 가수들이 주가 된 뮤직 프로그램 시청률 3개 정도를 합쳐야 겨우 〈전국노래자랑〉 시청률에 맞먹는다. 수많은 민중들이 〈전국노래자랑〉에 나와 송해와 함께 울고 웃었다. 그것을 본 시청자의 숫자까지 헤아리면 우리나라 국민들 중 〈전국노래자랑〉의 우산 바깥에 있는 사람은 거의 없다고 해도 과언이 아닐 것이다. 이 신화, 이 전설의 중심에, 이제 나이 90을 눈앞에 둔 송해가 있다. 그의 신화는 앞으로도 계속될 것이다.

이 모든 신화와 전설의 이면에 고독한 송해가 있다. 어머니, 아들과 생이별한 그의 적막은 그 어떤 위로로도 채워지지 않을 것이다. 그는 아직도 누군가를 찾고 있고, 안타깝게도 그 누군가는 이미 이 세상에 부재하므로 찾아지지 않는다. 이것이 그의 아포리아aporia이다. 그 모든 영예의 기록에도 불구하고, 영원히 채워지지 않는 결핍 때문에 그는 아프고 쓸쓸하다.

그러나 나는 그가 이미 만인의 아버지, 오빠, 형님, 할아버지가 된 것을 안다. 많은 사람들이 자신에게 결핍된 것을 송해에게서 찾는다. 그는 결핍을 뚫고 '송해 투혼'을 발휘하여 만인의 '현존(現存 presence)'이 되었다. 말하자면 그가 찾아온 모든 것이 이제 그 안에 있는 것이다.

그러니 '유랑 청춘'이여, 이제 영혼의 유랑을 멈추시라. 고단한 눈가에 자주 비치던 석양을 이제 거두시라. 우리가 당신께 바라는 것은 오직 건강뿐. 당신을 만난 것만으로도 자랑이고 기쁨인 사람들을 위해 오래 오래 건재하시라. 당신과 동시대를 살아서 기쁘고 행복하다.

# 사진 앨범

신혼 초기의 "꽃미녀" 석옥이 여사

결혼 직후의
"꽃미남" 송해와 석옥이 여사

사진으로만 남아 있는, 한 때 행복했던
아버지와 아들의 모습

흑백의 먼 시절,
송해의 딸

오른쪽이 군대 시절의 송해. 사진 뒤에는 선생의 자필로 "전 육군 콩클 기념"이라고 쓰여 있다.

사진 왼쪽이 악극단 시절의 "유랑 청춘" 송해

청춘의 명콤비, 오른쪽이
송해, 왼쪽이 박시명

악극단 "광대" 시절의 송해.
포마드를 발라 머리를 뒤로
넘기고 얼굴에 진한 분장을
하고 있다.

어느 날 식당에서 한국 코미디의 대부들. 가운데가 송해. 왼쪽이 구봉서, 오른쪽이 배삼룡이다.

월남 위문 공연 후 회식 자리에서의 송해와 연예인들
하단 사진 송해 오른쪽에 "엘레지의 여왕", 가수 이미자가 있다.

1971년 파월 맹호부대 위문공연 후 한 병사와 함께. 월남 퀴논 휴양소에서. 왼쪽이 송해

월남 위문 공연 직후. 사진 제일 왼쪽이 송해. 오른쪽으로 한 사람 건너 가수 문주란, 한 사람 건너 가수 이미자, 그 오른쪽 초대 주월 한국군 사령관 최명신 장군, 그 우측 두 명이 가수 은방울 자매, 이미자와 최명신 사이 뒤쪽이 가수 김상국, 뒤에서 두 번째 줄 왼쪽에서 두 번째가 코미디언 남보원

〈가로수를 누비며〉 공개방송 장면. 오늘날의 〈전국노래자랑〉과 분위기가 매우 유사함을 알 수 있다.
왼쪽이 송해. 오른쪽은 함께 사회를 본 미스코리아 제주 출신 고려진.
고려진은 목소리가 하도 고와서 이 시절 송해는 고려진을 소개할 때 "은쟁반에 옥구슬 굴러가는 소리"의 소유자라고 소개했다.

〈전국노래자랑〉 1992년 "연말결산대회" 장면. 이로부터 벌써 23년이 지났다.

〈평양노래자랑〉 직전 모란봉 공원을 산책하고 있는 송해와 관계자들

2003년 8월 11일 북한 모란봉 공원에서 열린 〈평양노래자랑〉의 한 장면.
송해가 북한의 전성희 아나운서와 함께 사회를 보고 있다.

〈평양노래자랑〉을 함께 진행한 송해와 북한의 전성희 아나운서
송해는 아직도 전성희 아나운서가 그에게 마지막으로 남긴 말이 귀에 생생하다. "아바디, 고저 건강하시라요."

〈평양노래자랑〉 공연 전 잠시 망중한(忙中閑)에 빠진 송해

2011년 6월 16일 중국 청도(칭다오)에서
〈전국노래자랑〉 녹화를 마친 후 방문한 현
지의 북한 음식점에서

# 송해 연보

| | |
|---|---|
| 1927년 | 4월 27일 황해도 연백군 해월면 토현리에서 송제근과 박신자의 7남매 중 막내아들로 태어나다. |
| 1935년(8세) | 연백군 해월면 소재 유곡초등학교에 입학한다. |
| 1943년(16세) | 재령군 소재 양원초등학교, 명신초등학교를 거쳐 재령 제1중학교에 입학한다. |
| 1949년(22세) | 재령 제2중학교(현 고등학교)를 거쳐 해주음악전문학교 성악과에 입학한다. |
| 1950년(23세) | 6월 25일 한국전쟁이 발발할 때까지 해주음악전문학교 선전대원으로 북한 전역을 돌며 활동한다. 내용만 달랐지 팔도유람 공연이라는 점에서는 오늘날의 〈전국노래자랑〉과 매우 유사하다. 송해의 '역마살'은 이때부터 시작된 듯하다. 선전대에서 송해의 역할은 주로 노래와 춤이었다. 춤은 당시로서는 가장 선진적인 동유럽 러시아의 캉캉춤 같은 것이었다고 한다. 이 과정은 북한 정부 입장에서는 이념선전의 일환이었지만, 동시에 송해에게는 후일 방송인으로서 최초의 본격적인 무대공연을 위한 훈련의 과정이었다. |
| 1950년(23세) | 12월 3일 구월산 북한군의 토벌작전을 잠시 피하는 과정에서 연평도까지 내려오게 되고, 그곳에서 군상륙함인 LST를 타고 3,000여 명의 피난민들과 함께 3일간의 항해 끝에 부산항에 도 |

착한다. 1950년 11월경에 시작된 중국군의 개입과 공세에 따라 1951년 1월 4일, 남한 정부가 수도 서울을 포기하고 철수하였던 사건을 소위 '1·4 후퇴'라고 부르는데, 송해가 혼란의 와중에 본인의 의지와 무관하게 가족과 생이별을 하게 된 이 과정이 바로 1·4 후퇴라는 당시의 전시상황과 일치한다.

**1950년(23세)**  12월 하순경 부산에 도착한 뒤 송해는 피난민 수용소에 일시 갇혔다가 국군 통신병으로 징집 당한다. 당시 송해는 남한에 주민등록도 되어 있지 않은 상태였다. 북한에서 송해의 이름은 송복희(宋福熙)였다. 송해(宋海)라는 이름은 LST에 실려 어디로 실려 가는지도 모르고 망망대해를 헤맬 때, 그 바다를 보며 송해가 자신의 인생을 빗대어 바다 해(海)자를 빌어 지은 것이다. 그러니까 송해라는 이름은 예명이 아니라, 남한에서 새로운 인생을 시작한 송해의 주민등록상 본명이다.

**1953년(26세)**  7월 27일 한국전쟁 휴전협정이 체결되다. 송해는 통신병 신분으로 휴전협정 모스 암호를 직접 날린다.

**1954년(27세)**  한국전쟁 휴전 후에도 한참이 지난 그 해 8월, 3년 8개월간의 군복무를 마치고 제대한다. 일가친척이 전무한 상태에서 부천에 있는 군대 친구 장세균의 집에 기거하면서, 쌀가게를 운영하던 장세균 부친의 가게 한편을 빌어 장세균과 두부 장사를 벌인다. 그러나 두부 장사는 결국 실패로 돌아가고, 송해는 이후 악극단을 찾아 떠돌기 시작한다.

| | |
|---|---|
| 1955년(28세) | 여러 악극단을 떠돌다 〈창공악극단〉에서 가수로 데뷔하여, 세 칭 '딴따라'로서 본격적인 유랑 생활을 시작한다. |
| | 세상살이에 대한 절망이 깊어져 자살을 기도한다. 천운으로 살아났으나 건강 악화로 메디컬 센터(현 국립의료원)에 6개월간 입원하게 된다. 퇴원과 동시에 금연한다. 이 무렵부터 특유의 건강법인 'BMW(Bus 버스, Metro 지하철, Walking 걷기)'를 실행한다. |
| 1962년(35세) | 박시명과 콤비로 동아방송의 〈스무 고개〉라는 퀴즈 프로그램을 통해 방송계에 데뷔한다. 계속해서 MBC 라디오 방송 〈오색의 화원〉, 〈위문열차〉, 〈백만인의 무대〉 등을 거치며 라디오 방송에서 승승장구 주가를 올린다. 이후 동아방송의 〈나는 모범운전사〉, TBC, KBS의 〈가로수를 누비며〉로 이어지는 교통방송을 통해 라디오 방송 최고의 스타로 떠오른다. |
| 1964년(37세) | 이때부터 1974년까지 세 차례에 걸쳐 파월장병 위문공연에 참여한다. |
| 1965년(38세) | KBS의 〈광일쇼〉에 출연하면서 처음으로 TV 무대에 진출한다. 〈광일쇼〉는 광일제약회사의 후원으로 제작되었으며, 유명가수들과 무희들이 나와 노래와 춤을 하고 중간에 코미디 콩트가 들어가는 프로그램이었다. 송해가 맡은 역할은 바로 이 코미디 콩트이다. |

1966년(39세) TBC-TV 〈힛 게임쇼〉에 출연을 시작한다. 이 프로는 생방송으로 진행되었으며 우리나라 최초의 TV '게임 쇼'이다. 또한 〈요절복통 007〉이라는 영화에 출연하는 것을 시작으로, 이후 30여 편의 영화에 출연한다.

1969년(42세) MBC-TV 개국과 동시에 시작된 〈웃으면 복이 와요〉라는 코미디 프로그램에 구봉서 등과 출연하면서 한국식 코미디의 전형을 만들어간다. 〈웃으면 복이 와요〉가 시작된 1969년부터 1974년까지의 첫 5년은 코미디 프로의 최고 전성기였다.

1970년(43세) KBS-TV의 〈십분쇼〉라는 프로그램에 4월 13일 첫 방송부터 이순주, 장욱제와 더불어 고정 출연한다. 〈십분쇼〉는 1970년 12월 15일에 2백 회를 기록할 정도로 폭발적인 인기를 끌었다. 송해의 회고에 의하면 이 프로는 한국 최초의 '일일 띠프로(일일 연속극)'이다.

1973년(46세) 이순주와 콤비로 〈싱글벙글쇼〉를 시작한다. 이 프로그램은 이후 진행자가 바뀌며 현재까지 40년 이상 진행되고 있는 라디오 방송 사상 최장수 프로그램이다.

1975년(48세) 〈싱글벙글쇼〉에 방송된 이순주 콤비와의 만담과 노래가 LP음반으로 7집까지 발매된다.

| | |
|---|---|
| 1977년(50세) | 11월 4일부터 8일까지 대한극장에서 〈송해 연기생활 27주년 기념 대공연〉이 열리다. |
| 1987년(60세) | 〈백마야 우지 마라〉, 〈아주까리 등불〉, 〈애수의 소야곡〉 등 1세대 대중가요를 모아 〈송해 옛노래 1집〉이라는 타이틀의 음반을 내기 시작한다. 이 최초의 독집 음반에는 다른 가수들의 노래만이 아니라, 가수로서 자신의 데뷔곡인 〈망향가〉가 들어 있다. 또한 2003년부터 2006년에 걸쳐 〈애창가요 모음집 송해쑝〉이라는 제목의 음반을 6집까지 연속적으로 내놓는다. |
| 1987년(60세) | 외아들이 한남대교에서 교통사고로 사망하다. |
| 1988년(61세) | 경상북도 성주 편에서 처음으로 〈전국노래자랑〉 MC를 맡는다. 이후 2015년(88세)까지 국민 MC로서 전설적인 역사를 쓴다. |
| 1998년(71세) | 11월 18일 금강산 관광 시작되다. 송해는 KBS 직원이라는 이유로 금강산 장전항의 입국심사대에서 입국을 거부 당하다가 우여곡절 끝에 이틀 후에야 하선한다. 이는 37년 만에 밟는 고향땅이었다. |
| 2003년(76세) | 8월 11일 〈특별기획 평양노래자랑〉이 평양 모란봉 공원 야외무대에서 열리다. |

| | |
|---|---|
| **2011년(84세)** | 이때부터 2013년까지 〈나팔꽃 인생 60년 송해 빅쑈〉 콘서트를 연다. 이는 국내 최고령 단독 콘서트이다. |
| **2014년(87세)** | 부산 광복동 일대에 "송해 거리" 조성이 발표되다. |
| **2015년(88세)** | 대구 광역시 달성군 옥포면 기세리 일대에 "송해 공원" 조성계획이 발표되다. |
| | 송해의 인생을 담은 신곡 〈유랑 청춘〉을 싱글앨범으로 출시한다. 이후 이 노래를 들고 KBS 〈불후의 명곡〉 등 다양한 프로그램에 출연한다. |
| | 송해의 일대기를 쓴 《송해 평전-나는 딴따라다》가 시인이자 문학평론가인 단국대학교 영문학과 오민석 교수에 의해 출간되다. |

## 수상 내역

1987년   KBS 코미디 연기대상 특별상
1999년   제6회 대한민국연예예술상 특별공로상
2001년   한국연예인협회 제8회 대한민국 연예예술상 대상 문화훈장
2002년   MBC 명예의 전당
2003년   제15회 한국방송프로듀서상(진행자부문)
2003년   제30회 한국방송대상 심사위원 특별공로상
2003년   보관문화훈장
2004년   KBS 바른 언어상
2008년   제44회 백상예술대상 공로상
2009년   제2회 한민족문화예술대상 대중문화부문상
2009년   제1회 대한민국 희극인의 날 자랑스러운 스승님상
2010년   제6회 환경재단 세상을 밝게 만든 사람들
2010년   제16회 대한민국 연예예술상 남자 TV 진행상
2010년   방송통신위원회 방송대상 특별상
2012년   한국광고대회 대한민국광고대상 최고의 광고모델상
2014년   대한민국 대중문화예술상 은관문화훈장

# 주석

1| 신현규, 《기생, 조선을 사로잡다》(어문학사, 2010), 53쪽.

2| 1895년 '소학교령'이 공포되어 송해가 입학할 무렵엔 '소학교'라 불리었고, 1941년부터 일본강점기에 일본왕의 칙령으로 '황국신민의 학교'라는 의미로 '국민학교'라 불리었다. 1996년 '국민학교'라는 이름은 그 왜색을 버리고 지금의 '초등학교'로 바뀌었다.

3| 김소월의 시 중에도 '나무리벌(재령평야)'의 풍요로움을 묘사한 것이 있다. 〈나무리벌 노래〉라는 제목의 민요풍의 이 시는 다음과 같이 재령평야를 노래한다. '신재령(新載寧)에도 나무리벌/ 물도 많고/ 땅 좋은 곳/ 만주나 봉천은 못 살 고장.// 왜 왔느냐/ 왜 왔더냐/ 자곡자곡이 피땀이라/ 고향산천이 어지메냐.// 황해도 신재령/ 나무리벌/ 두 몸이 김매며 살았지요.// 올벼논에 닿은 물은/ 츠렁츠렁/ 벼 자란다/ 신재령에도 나무리벌.'

4| 정해구 외, 《해방전후사의 인식 4》(한길사, 2013), 31쪽.

5| 한국전쟁을 4개 국면으로 나누어 요약한 위의 설명은, 정해구 외, 앞의 책, 36~43쪽을 참조하였다. 한국전쟁의 인명 피해에 대한 통계는 자료마다 다르며, 그 정확성에 대한 학계의 합의가 아직 이루어지지 않은 상태이다. 위의 숫자는 브루스 커밍스-존 할리데이의 《한국전쟁의 전개과정》(태암, 1989)을 참조한 위의 책에 42쪽에서 재인용한 것이다.

6| http://www.dtnews24.com/news/article.html?no=365943 에서 인용. 인터넷 신문인 〈디트 뉴스 24〉에서 기획한, 충남지역에 살고 있는 이산가족들에 대한 인터뷰 기사 중의 하나이다. 나는 송해와의 대화를 통해 이덕배 씨가 실제로 송해의 소학교 동문임을 확인하였다.

7| 이 전투기는 미국의 그루먼 무기회사가 만든 미해병대의 'F6F 헬캣(Hellcat)' 전투기인데 당시에 그루먼 사의 일본발음을 따라 '구라망(グラマン)'이라고 부르기도 했다.

8| 육군본부 소장 자료. http://www.army.mil.kr/history/%B0%FA%B8%F1%B0
%B3%BF%E4/a3/53.htm 에서 인용.

9| 연예계에는 바다 해(海)자를 이름에 넣은 사람이 여럿 있는데, 가령 송해 외에도
영화배우 황해, 이해룡, 희극인 홍해 같은 사람들이 그들이다. 송해의 표현에 따
르면 이들은 키들도 다들 비슷하게 '올망졸망해서' 서로 '의형제'를 맺고 가까이
지냈다.

10| 오민석 시집,《기차는 오늘 밤 멈추어 있는 것이 아니다》(지식을 만드는 지식, 2014),
5~6쪽.

11| 김호연,《한국 근대 악극연구》(민속원, 2009), 36쪽.

12| http://chungju.grandculture.net/Contents/Index?contents_
id=GC01901291&local=chungju.

13| 김호연, 앞의 책, 같은 쪽 참조. 악극단의 형성, 발전, 해체의 과정에 대한 설명은
이 책과 더불어 김호연,《한국 근대 대중공연예술의 생성과 그 변용과정》(한국문
화사, 2008)을 참조하라.

14| 자고로 대중문화의 기수들은 각 시대마다 그리고 정권이 바뀔 때마다, 그들의
'선전대'에 각기 다른 방식으로, 직-간접적으로 동원되어온 것도 사실이다. 이런
현상은 프랑크푸르트학파의 아도르노(Theodor Adorno)로 대표되는 바, 대중문화
에 대한 비판적 해석의 생산에 기여해왔다. 오늘날 대중문화에 대한 더욱 심도
깊은 연구들은 대중문화의 이와 같은 부정적 영향만이 아니라, 더욱 복잡한 '작
동(作動)'의 다양한 경로들을 들여다본다. 발터 벤야민(Walter Benjamin)에 의해 창
의적으로 시작된 이런 기획은 대중문화의 양면성, 다층성들에 대한 중층적 해석
을 지향한다.

15| 홍윤표, '삼팔따라지의 어원',《새국어소식》(통권 제88호, 2005.11.) http://www.
korean.go.kr/nkview/nknews/200511/88_1.html.

16| 김호연,《한국 근대 악극연구》, 220쪽.

17| 한겨레신문, 2010.11.6.

18| 유민영,《한국근대연극사》(단국대학교출판부, 2000), 232쪽.

19| 김호연,《한국 근대 대중공연예술의 생성과 그 변용 양상》, 158~159쪽.

20| 송해에 따르면 당시의 악극 관객들은 항상 손수건을 가지고 다녔다고 한다. 말

하자면 공연을 보며 눈물을 흘릴 준비를 항상 하고 있었다는 이야기이다. 당시에 최고의 악극 배우였던 전옥은 관객들의 눈물을 짜내는 데 '선수'여서 '눈물의 여왕'이라고 불릴 지경이었다. 악극은 신파보다는 덜 감상적이었지만 멜로드라마의 전형적인 형식인 '잘 짜인 드라마(well-made play)'의 형식으로 무장했다. 막판 뒤집기를 동원한 '잘 짜인' 플롯을 통하여 대중들을 철저하게 무대에 복속시킴으로써 악극은 관객과 무대 사이의 거리를 없앴던 것이다. 악극의 이런 특징은 브레히트(Bertolt Brecht)의 '소외효과(alienation effect)'가 목적하는 바, 관객들을 (정치적으로) 각성시키는 것과는 정반대편에 있었다는 점에서 비판의 대상이 되기도 한다. 그러나 악극은 나름대로 간접적이고 우회적인 방식으로 일제말기, 한국전쟁기 한국의 현실을 재현했으며 당시 대중들의 우울하고도 피폐한 정서를 잘 대변해 폭발적인 인기를 끌었다. 일제시대부터 해방 후까지 모든 악극의 공연장에 소위 '임석 경관(臨席 警官)'이 상주했던 것은 대중극으로서의 악극이 가지고 있었던 '잠재적' 영향력에 대한 (바흐친의 표현을 빌면) '공식 문화'의 '경고' 혹은 '두려움'의 표현에 다름 아니다.

21| 신불출(1905~?)은 일제시대 때 풍자와 해학으로 가득 찬 만담으로 대중들의 인기를 독차지하였다. 해방 후 1947년경 월북하여 왕성한 활동을 하였지만 북한의 강령적 문화정책을 비판하다 1962년경 모든 공직을 박탈당했다. 그는 1930년 극단 '신무대'의 배우로 여러 무대에 섰으나 공연 중 대본과 다르게 자기식의 대사를 사용하여 일본 제국주의를 비판하다가 종로경찰서에 연행되어 고초를 치르기도 했다. 이를 이른바 '신불출 설화(舌禍)사건'이라고 한다. 그는 당시에 다시는 무대에 나가지 않겠다'는 각서를 쓰고 풀려났는데, 그의 예명인 '불출(不出)'이 여기에서 유래되었다는 말도 있다. 송해의 회고에 따르면 그는 삼팔선을 허리띠에 비유한 만담을 한 적도 있는데, 가령 이런 식이다. "여러분, 지금 허리띠들 매고 있지요? 그런데 여러분이 화장실 가면 허리띠를 풀어요, 안 풀어요? 우리 인생도, 나라도, 허리띠를 풀어야 합니다."

22| 이에 대해서는 '대중극의 특성에 대한 연구-《번지 없는 주막》을 중심으로', 유민영 박사 정년기념논총 간행위원회 엮음, 《한국연극학의 위상》(태학사, 2002), 135~170쪽을 참조할 것.

23| 김영희, "한국의 방송매체 출현과 수용 현상", 정진석 외 《한국방송 80년, 그 역사적 조명》(나남, 2008), 69쪽, '조선총독부통계연보' 참조.

24| 경향신문, 1996.5.18.

25| 김영희, 같은 책, 79쪽.

26| 같은 책, 84~85쪽.

27| http://blog.naver.com/kjyoun24?Redirect=Log&logNo=220083900679.

28| MBC 문화방송의 코미디 프로그램이었던 〈웃으면 복이 와요〉에서 '홀쭉이와 뚱
뚱이'라는 콤비로 맹활약을 했다. 양훈(1923~1998)이 뚱뚱이, 양석천이 홀쭉이 역
할을 했다.

29| 동아일보, 1955.8.18.

30| 경향신문, 1964.11.16.

31| 정진석, 앞의 책, 46~47쪽.

32| 경향신문, 1964.5.2.

33| 송해-이순주 콤비의 뒤를 이어 허참 등을 거쳐 지금은 강석-김혜영 콤비가 진행
을 맡고 있다.

34| 경향신문, 1975.7.7.

35| 여기에 소개된 이순주에 대한 정보는 연합뉴스, 2007.9.10. 기사 http://news.
naver.com/main/read.nhn?mode=LSD&mid=sec&sid1=104&oid=001&
aid=0001750947 '전도사로 거듭난 코미디언 이순주'와, 인터넷 기독교 연합신
문 아이굿뉴스, 2005.11.23. 이순주 관련 기사에 토대한 것이다. http://www.
igoodnews.net/news/articleView.html?id×no=11316.

36| 동아일보, 1956.5.14.

37| 김영희, 앞의 책, 96쪽.

38| 같은 책, 97쪽.

39| 같은 책, 102~103쪽.

40| 동아일보, 1971.6.26.

41| 경향신문, 1970.12.15.

42| 경향신문, 1974.11.8.

43| 경향신문, 1979.5.1.

44| http://baekn.etoday.co.kr/view/news_view.php?varAtcId=21505.

45| 1988년 전후의 방송 관련 사건일자는, 정진석, 〈방송 80년, 발전과 명암〉, 앞의 책, 52~53쪽 참조.

46| 경향신문, 1976.8.27.

47| 동아일보, 1977.11.5.

48| 경향신문, 1978.6.15.

49| 강태영 윤태진, 《한국TV 예능 오락 프로그램의 변천과 발전》(한울: 2002), 133쪽. 임종수, "일요일의 시보, 〈전국노래자랑〉 연구", 《언론과 사회》(2011년 겨울 19권 4호), 14쪽에서 재인용.

50| 인용은 임종수, 앞의 글, 11쪽과 14쪽.

51| 바흐친의 카니발 이론에 대해서는 Mikhail Bakhtin, tr. Helene Iswolsky, *Rabelais and His World*(Cambridge: MIT Press, 1968) 참조. 우리말 번역본으로는 미하일 바흐친, 이덕형, 최건영 역, 《프랑수아 라블레의 작품과 중세 및 르네상스의 민중문화》(서울: 아카넷, 2001)가 있다.

52| Mikhail Bakhtin, *Rabelais and His World*, 218쪽.

53| Robert Stam, *Subversive Pleasures: Bakhtin, Cultural Criticism, and Film* (Baltimore: The Jonhs Hopkins University Press, 1992), 86쪽.

54| 한겨레신문, 2010.11.6. 이 기사에는 그때까지 최고령 출연자의 나이가 103세라고 나와 있다. 그러나 이 기록은 2014년 2월 2일 방송된 〈전국노래자랑〉에 115세의 이선례 할머니가 출연함으로써 다시 깨졌다. 이선례 할머니는 대학에 재학 중인 20대의 외증조 손자와 함께 나와 빠른 곡조에 맞춰 댄스까지 추었을 뿐만 아니라, 87세의 송해를 껴안고 귀엽다는 듯이 '뽀뽀'를 했고, 송해도 할머니의 이마에 뽀뽀를 해줌으로써 화답했다. 할머니에게 뽀뽀를 한 후 송해는 갑자기 입맛을 다시더니 "할머니는 이마에 꿀을 바르셨나. 왜 이렇게 달아"라고 너스레를 떨었다.

**송해 평전**
**나는 딴따라다**

1판 1쇄 발행 2015년 4월 27일
1판 2쇄 발행 2015년 5월 4일

지은이 오민석

발행인 김승현
발행처 스튜디오 본프리
등록 2002년 2월 8일 제300-2004-72호

주소 서울특별시 성북구 아리랑로 5길 1로 2층
전화 02-742-2352(편집) 02-714-4594(영업)
팩스 02-742-2353(편집) 02-713-4476(영업)

홈페이지 www.bornfree.co.kr
이메일 master@bornfree.co.kr

편집주간 송락현
책임편집 김동일
객원편집 김형태
북디자인 글빛 이춘희
출판제작 GS테크
영업관리 박상률

ISBN 978-89-91909-28-1  03810

• 이 도서의 국립중앙도서관 출판예정도서목록(CIP)은 서지정보유통지원시스템 홈페이지
  (http://seoji.nl.go.kr)와 국가자료공동목록시스템(http://www.nl.go.kr/kolisnet)에서
  이용하실 수 있습니다.(CIP제어번호: CIP2015009115)